인간의 대지

Terre des hommes

인간의 대지

생텍쥐페리 지음 · 배영란 옮김 · 이림니키 그림

Terre des hommes

목차

서문.

우리에게 대지는 우리 인간
에 대한 그 어떤 책들보다도 더 길고 긴 가르침을 준다. 우리
자신들을 스스로 견뎌내 왔기 때문이다. 인간이란 장애물과
싸워 헤쳐 나갈 때, 스스로를 발견하는 법이다. 그런데 장애물
을 극복하자면 대패, 혹은 수레 등과 같은 그 어떤 도구가 필
요하다. 농부는 농사일을 하면서 자연으로부터 비밀을 조금
씩 캐낸다. 그리하여 농부가 끄집어낸 진리는 보편성을 갖는
다. 마찬가지로, 항공 노선에서의 도구가 되는 비행기는 그 모
든 해묵은 문제들 속으로 인간을 끌어들인다.

아르헨티나에서 처음 야간 비행을 하던 날의 풍경은 언제나
두 눈에 선하다. 그 까만 밤, 평야에서는 띄엄띄엄 산재해 있
던 불빛들만이 별처럼 빛나고 있었다.

그 어둠의 심연에서 각각의 불빛은 의식의 경이로움을 알려 왔다. 그 불빛 하나하나 속에서 어떤 이는 책을 읽고 있었을 것이고, 어떤 이는 사색에 잠겨 있었을 것이며, 또 어떤 이는 계속해서 속내 이야기를 털어놓고 있었을 것이다. 또 다른 어떤 불빛 속에서는 누군가가 우주를 관측하느라 여념이 없었을 것이고, 안드로메다 성운에 대한 계산을 하는 데에 온통 시간을 다 써버렸을지도 모른다. 그곳에서 사랑을 나누는 이도 있었을 것이다. 시인이나 교사, 목수의 것과 같이 가장 소박한 불빛에 이르기까지, 전원 풍경 속에서 군데군데 피어나는 불빛들은 각자의 양식을 달라고 아우성이었다. 그러나 이 살아 있는 별빛 가운데에서, 얼마만큼의 창문이 굳게 닫혀 있으며, 얼마만큼의 불빛들이 꺼져버렸으며, 또 얼마만큼의 사람들이 잠이 들었는가.

이들과 어울리려는 시도를 해야만 한다. 전원 풍경 속에서 군데군데 타오르는 불빛들 가운데 몇몇과 소통하려는 시도를 해야만 한다.

1. 항공로

때는 1926년이었다. 나는 이제 막 라테코에르 사(社)에 정기선 조종사로 들어간 참이었다. 라테코에르 사는 훗날 아에로포스탈 및 에어프랑스로 명맥이 이어지며 툴루즈 – 다카르선(線)을 담당하던 항공사였다. 그곳에서 나는 비행 일을 배웠다. 다른 친구들과 마찬가지로, 나 역시 우편기를 조종하는 영광을 누리기 전 초보 비행사라면 누구나 겪어야 하는 그 수련 기간이라는 것을 거쳤다. 시험 비행으로 프랑스 남부 툴루즈와 스페인 국경 부근 페르피냥 사이를 날아보기도 하였으며, 얼어붙은 격납고 깊숙한 곳에서 혹독한 기상수업을 받기도 했었다. 우리는 아직 그 정체가 다 밝혀지지 않았던 스페인 산맥에 대한 두려움과 선배들에 대한 존경심 속에서 살고 있었다.

선배들은 식당에서 마주치거나 하면 다소 쌀쌀맞고 무뚝뚝

한 모습을 보였으며, 우리에게 조언을 해주던 선배들의 모습
은 우리로서는 한없이 높아 보이기만 하였다. 선배들 중에 한
명이 알리칸테나 카사블랑카에서 돌아와 비에 흠뻑 젖은 가
죽옷 차림으로 뒤늦게 우리와 합류하면 우리들 가운데 한 사
람이 그에게 비행이 어땠냐고 물어본다. 그러면 폭풍우 속에
서 여러 날을 보낸 선배는 그 물음에 대한 답으로 자신의 영웅
담을 들려주었고, 우리들의 머릿속에서는 덫과 함정으로 가
득하고 절벽이 갑자기 튀어나오며 나무를 뿌리째 뽑아놓을
정도로 엄청난 소용돌이가 몰아치는 그 굉장한 세계가 그려
지고는 했다. 흑룡이 골짜기 입구를 막아서고, 수많은 번개가
내리쳐 능선을 휘감던 그 세계에서 살아 돌아온 선배들은 충
분히 우리의 존경을 받아 마땅한 존재들이었다. 하지만 이따
금씩 영원히 경외의 대상이 되는 선배들도 있었다. 몇몇은 비
행에서 영영 돌아오지 못했기 때문이다.

• • •

뷔리 선배 역시 그 같은 경우였다. 코르비에르 산 어딘가에

서 목숨을 잃었던 뷔리 선배가 사고가 나기 전 비행에서 돌아오던 때가 기억이 난다. 고참 비행사였던 뷔리 선배는 그날, 우리들 가운데 막 자리를 잡고 앉아 묵묵히 밥만 먹고 있었다. 선배의 축 처진 두 어깨에서는 고된 비행의 흔적이 느껴졌다. 그날도 날씨가 좋지 않았었다. 항공로 전 구간에서 하늘은 시커멓게 뒤덮여 있었고, 조종사의 눈에 산들은 마치 풀어진 대포알이 갑판 위를 주름잡으며 굴러가는 것과 같이 수렁 속으로 굴러들어가는 것처럼 보였다. 나는 뷔리 선배를 바라보았다. 침을 한 번 꿀떡 삼키고는 감히 선배에게로 다가가 비행이 힘들었는지를 물어보았다. 선배는 내 말은 듣지도 않은 채 이마에 주름을 잡고는 접시를 향해 고개를 푹 숙였다. 악천후 속을 날아가는 비행기에서 우리는 기상 상태가 어떤지 보다 잘 알아보기 위하여 비행기 방풍창 밖으로 몸을 숙여보고는 한다. 그러면 거세게 불어오는 바람이 오래도록 귓전을 후려치는 것이 느껴진다. 뷔리 선배는 고개를 들더니 내 이야기를 듣는 것 같았고, 이어 그가 막 끝낸 비행의 기억을 떠올리는 듯하였다. 그러고는 갑자기 환한 웃음을 짓고는 나가버렸다. 선배의 그 웃음에 나는 무척이나 놀랐다. 뷔리 선배는 평소에 거의 웃지 않는 사람이었기 때문이다. 그의 짧은 웃음은 지난 비행에서 그가 겪었을 노고를 잘 나타내주고 있었다. 선배는 자신이 쟁취한 승리에 대해 여타의 다른 설명은 하지 않았다. 고개를 숙이고 말없이 음식을 꼭꼭 씹어 먹을 따름이었다. 하지만 말단 공무원들이 그날의 피로를 푸는 식당의 단조로운 풍경 속에서, 어깨가 축 처진 선배의 모습에서는 야릇한 고귀함이 느껴지는 것 같았다. 그의 거친 껍데기 속에서 용을 물리친 천사의 모습을 본 것이다.

• • •

이윽고 내 차례가 돌아왔다. 부장실로 불려가게 된 것이다.

"내일이네."

나는 그곳에 우두커니 서 있었다. 부장이 내게 나가 봐도 좋다는 말을 하기라도 바라는 마음으로 서 있었다. 그런데 잠시 침묵이 흐른 후, 부장이 다시 이어 말했다.

"규정은 잘 알고 있겠지?"

그 시절의 엔진은 오늘날의 엔진만큼 안전하지가 못했다.

접시가 깨지는 것 같은 굉음 속으로 예고도 없이 별 안간 조종사들을 내팽개치는 일도 다반사였다. 그러면 우리는 비상 착륙할 곳 하나 없는 스페인 암벽을 향해 돌진할 수밖에 없었다. 우리끼리 하는 말로 "여기서 엔진이 고장 나면, 비행기도 함께 끝나는 거지."라고 하고는 했었다. 하지만 고장 난 비행기야 다른 것으로 대체하면 되지 않던가. 중요한 것은 장님처럼 바위에 들입다 갖다 박지 않는 것이었다. 따라서 조종사들에게는 산악지대 위 운해(雲海) 상공 비행이 금지되어 있었으며, 이를 어길 시, 엄중한 처벌을 받게 되어 있었다. 하얀 구름으로 앞뒤 분간이 제대로 되지 않는 상황 속에서 비행기가 산봉우리를 보지 못하고 이와 충돌할 수 있기 때문이다.

이와 같은 이유로 부장은 마지막으로 한 번 더 규정에 대해 천천히 되새겨주었다.

"스페인에서 나침반을 보며 구름 위를 비행하는 것은 매우 아름답지. 그러나……."

부장은 더욱 천천히 말을 했다.

"그러나 기억해두게. 구름 밑은…… 완전히 저 세상으로 가는 길이라네."

　이리하여 구름 위로 떠오를 때 발견하게 되는 이 너무도 한 결같고 꾸밈없는 잔잔한 세계는 내게 있어 미지의 가치를 갖게 되는 대상이 되었다. 나는 드넓은 이 백색의 덫이 내 발밑에 펼쳐져 있는 상상을 해보았다. 내 발아래 세상은 보통 생각하는 것처럼 사람들이 부대끼는 곳도, 난리법석을 피우는 곳도, 도시의 숨 가쁜 일정이 반복되는 곳도 아닌, 보다 절대적인 침묵과 더없는 평화가 깃든 곳이었다. 허공에 미동 없이 떠 있는 이 하얀 공간은 내게 있어 현실적인 공간과 비현실적인 공간 사이의 경계, 알려진 것과 알 수 없는 것 사이의 경계처럼 느껴졌다. 나는 눈에 보이는 장관이 문화나 문명, 직업을 통하지 않고는 의미를 가질 수 없다는 사실을 이미 간파하고 있었다. 산골 주민들도 운해(雲海)는 알고 있다. 하지만 이들은 여기서 이 놀라운 구름 장막의 존재를 알지는 못한다.

　부장실에서 나왔을 때, 나는 어린아이같이 우쭐대고 있었다. 동이 트면 이번에는 내가 탑승객의 안전을 책임지고 아프리카로 가는 우편물을 담당하는 사람이 되는 것이다. 하지만 한편으로는 많이 부담스럽기도 했다. 내 스스로가 아직은 준

비가 덜 되었다고 느꼈기 때문이었다. 스페인에는 비상 착륙을 할 만한 곳도 별로 없는데, 혹 고장이라도 나면 불시착할 곳을 찾지 못하게 되는 것은 아닌지 걱정이 이만저만이 아니었다. 나는 고개를 숙여 애꿎은 지도만 뚫어지게 쳐다보았다. 하지만 그래봤자 거기에서 내가 원하는 답이 나올 리 만무했다. 따라서 나는 대망의 비행을 앞둔 전날 밤, 자만심과 부담감이 교차하는 가슴을 부여잡고, 동료인 기요메의 집으로 향했다. 기요메는 나보다 먼저 항공로를 터득한 친구이다. 기요메는 스페인 비행의 키포인트들을 알고 있었다. 일단은 기요메를 만나는 것이 우선이었다.

기요메의 집에 도착했을 때, 그는 웃으며 내게 말했다.

"소식은 이미 들었네. 좋은가?"

기요메는 진열장에 가서 포트와인과 잔을 꺼내어 다시 내 쪽으로 돌아오며 연방 입가에 미소를 머금고 있었다.

"술이나 한잔 하세. 두고 보게나, 모든 게 다 잘될 거야."

기요메는 마치 램프가 불빛을 퍼뜨리듯 그렇게 자신감을 발산하고 있었다. 후일, 이 친구는 안데스 산맥 및 남대서양 우편기 횡단 최고 기록을 경신한다. 그 기록을 세우기 몇 년 전

이었던 이날 밤, 기요메는 소매를 접어올리고 스탠드 아래에
서 팔짱을 낀 채 세상에서 가장 온화한 미소를 지으며 내게 짤
막하게 말했다.

"간혹 폭우나 안개, 눈 같은 게 자네의 앞길을 막을 때도 있
겠지. 그러면 자네에 앞서 모든 조종사들이 그와 같은 상황을
겪었다는 사실을 생각하게. 그리고 스스로에게 그냥 이렇게
말해. '다른 사람이 해냈다면, 내가 해낼 가능성도 언제나 열
려 있는 것이다.' 라고 말일세."

하지만 나는 기요메 앞에서 내 지도를 펼쳐보이고는 그래도
같이 항공로를 다시 한 번 살펴보자고 부탁했다. 스탠드 아래
로 몸을 숙이고 이 선배 비행사의 어깨에 기댄 채, 나는 학창
시절의 침착함을 되찾았다.

• • •

하지만 거기에서 나는 정말 독특한 지리 수업을 받았다. 기
요메는 내게 스페인에 대한 지리적 정보를 준 것이 아니라, 스
페인을 아예 내 친구로 만들어버렸다. 기요메는 수리학이라

15

든가 인구 혹은 가축 등에 대한 이야기를 해주지 않았다. 그가 내게 말해준 것은 스페인 남부 도시 과딕스에 대한 것이 아니라 과딕스 부근에서 어느 밭을 따라 심어져 있는 세 그루의 오렌지 나무였다.

"그 나무들을 조심하고, 그걸 지도에 표시해두게."

그렇게 해서 오렌지나무 세 그루는 내 지도 위에서 시에라 네바다보다 더 큰 자리를 차지하게 되었다. 스페인 남동부의 로르카에 대해서도 마찬가지였다. 기요메는 로르카에 대한 설명이 아닌 로르카 부근의 어느 소박한 농장에 대한 설명을 해주었다. 활기가 넘치는 농장이었다. 기요메는 농장 주인과 그 아내에 대해서도 이야기를 해주었다. 이곳으로부터 1,500km나 떨어진 외딴 곳의 그 농장 부부는 가늠할 수조차 없는 중요성을 띠게 되었다. 산비탈에 자리 잡은 등대지기와 같은 그 부부는 별들이 내려보는 가운데 사람들을 구해낼 준비가 되어 있는 사람들이었다.

그렇게 우리는 믿을 수 없을 만큼 멀리 떨어진 곳에서 이 세상 모든 지리학자들이 무심코 지나친 세세한 부분들을 끄집어내었다. 기실 지리학자들이란 대도시에 물을 대는 에브르

강 정도에만 관심을 갖지, 모트릴 지방 서쪽 수풀 아래 숨겨진 채 삼십여 송이 꽃들의 목을 축여주는 이 작은 실개천 따위에 는 관심을 갖지 않는다.

"이 실개천을 조심해. 비상 착륙장을 엉망으로 만들어 놓으니까 말이야. 이것도 자네 지도에 표시해두게."

그러고 보니 나는 뱀의 형상을 했던 모트릴의 실개천도 기

억해야 했다. 이 실개천은 그리 대수로워 보이지도 않았고, 뱀과 같이 구불구불한 녀석의 미끼에 걸려드는 개구리는 몇 마리 없었지만, 녀석은 한쪽 눈으로밖에 잠을 자지 않았다. 비상 착륙장이라는 구원의 땅에서 수풀 아래 드러누운 녀석은 여기서 2,000km 떨어진 곳에서부터 나를 노려보고 있었다. 녀석은 기회만 잡으면 나를 불구덩이로 몰아넣을 기세였다.

뿐만 아니라 언덕 옆에 자리 잡고 전투 채비를 하고 있던 서른 마리의 양에 대해서도 굳건히 대비하고 있어야 했다. 언제든 공격할 태세를 갖추고 있었기 때문이다.

"초원 위에서는 자유로울 거라고 생각하지? 천만의 말씀! 이 양 서른 마리가 바퀴 아래로 부랴부랴 달려들 수 있다고."

이 '무시무시한' 위협에 대해 나는 웃음으로 응수했다.

그리고 조금씩, 내 지도 위의 스페인이라는 국가는 램프 불빛 아래에서 요정의 나라가 되어버렸다. 나는 비상 착륙장이 있는 곳과 함정이 있는 곳에 십자가 표시를 해두었다. 농장의 위치와 양의 위치, 그리고 실개천이 있는 곳에 표시를 해둔 것이다. 지리학자들이 등한시했었던 이 소중한 지도를 애인이라도 되는 양 고이 품 안에 넣어 두었다.

기요메 집에서 나온 뒤, 나는 쌀쌀한 겨울 저녁을 느끼며 걷고 싶었다. 무심코 지나가는 사람들 사이에서 옷깃을 세우고 나는 젊음의 열기를 내뿜고 다녔다. 모르는 사람들 틈바구니에서 가슴 한편에 나 혼자만 아는 비밀을 품고 지나가는 기분은 꽤나 뿌듯했다. 사람들은 지금 무심코 내 곁을 지나가고 있지만, 날이 밝으면 이들의 사랑과 고민을 우편기에 담아 싣고 가게 될 사람이 바로 나였다. 이들의 희망을 배달하는 것이 내 손안에 달렸다는 말이다. 그래서 나는 외투로 몸을 감싸고 이들을 비호하는 자로서의 발걸음을 내디뎠지만, 그러한 내 마음 씀씀이에 대해서는 아무도 알아주지 않았다.

이들은 이 밤이 내게 보내주는 메시지와도 무관했다. 어차피 한판 휘몰아칠 준비를 하고는 내 첫 비행을 복잡하게 만들 눈보라에 관계된 것은 나 하나뿐이다. 저 위의 별들이 하나 둘 지고 말고가 여유롭게 산책하는 한량들에게 무에 그리 대수이겠는가. 전쟁 전야에 적들의 위치가 어디인지에 대한 정보를 받은 것은 오직 나 하나뿐이었다.

그런데 내가 이토록 지엄한 지령을 받은 곳은 크리스마스 선물이 반짝이는 어느 투명한 유리창 옆이었다. 그 밤, 그곳에

는 이 세상의 모든 물건들이 죄다 놓여 있는 것 같았고, 나는 거만한 희생정신에 도취되어 있었다. 나는 위험을 무릅쓰고 전투에 임하는 전사였다. 내게 저녁 파티를 위한 반짝이는 크리스털이라던가, 전등갓, 책 따위는 아무래도 좋았다. 나는 이미 흐릿한 하늘에서 헤엄치고 있었고, 정기선 조종사인 나는 야간 비행의 씁쓸한 과일 맛을 한 입 베어 물은 참이었다.

• • •

사람들이 나를 깨웠을 때는 새벽 3시였다. 나는 무심히 덧문을 열어젖히고는 비에 젖은 도시를 바라보았다. 그러고는 단단히 비행복을 챙겨 입었다.

30분 후, 나는 빗물로 반짝이는 보도 위에 트렁크를 깔고 앉아서는 버스가 와서 날 태워주기를 기다렸다. 조종사로서의 인정을 받게 되는 그날, 내 앞에 얼마나 많은 사람들이 가슴을 졸이며 이 같은 기다림을 겪었을까. 요란한 소리를 사방으로 내뿜고 다녔던 그 옛날의 버스가 길모퉁이에서 결국 모습을 드러냈다. 그리고 다른 동료들처럼 내게도 잠이 덜 깬 세관원과 몇몇 관리들 사이에 껴 앉을 권리가 주어졌다. 버스 안에서는 퀴퀴한 냄새가 났고, 인간의 삶이 자취를 감춘 오래된 사무실과 낡은 관청의 느낌도 났다. 차는 500m마다 한 번씩 멈춰서서 서기관을 싣고, 세관원을 싣고, 또 감독관을 실었다. 버스 안에서 이미 잠이 들었던 사람들은 새로이 버스에 올라탄 사람들의 인사에 알아듣지도 못할 웅얼거리는 소리로 답을 대신하였고, 신입 탑승객들은 할 수 있는 한 최대로 자기 자리를 확보한 후 자신들도 이내 곧 잠이 들어버렸다. 툴루즈의 울퉁불퉁한 도로 표면 위에서 버스는 서글픈 달구지와도 같았다. 공무원들 틈바구니에 섞인 정기선 조종사는 겉보기엔 이들과 조금도 구별이 되지 않았다. 하지만 차창 밖으로는 가로등이 빠르게 지나갔고, 비행장은 다가오고 있었다. 사람들은 허물을 벗듯 낡은 버스에서 변신한 모습으로 내려올 것이었다.

이렇듯, 어제와 다르지 않은 아침나절, 역정을 내는 감독관과 복종하는 힘없는 하급직원 사이에 끼어 앉은 각각의 동료들은 스페인–아프리카 간 우편기에 대한 책임자가 탄생하리라는 것을 느끼고 있었을 것이다. 세 시간 후에는 번개 속에서 스페인 동부 연안 도시 오스피탈레트의 용과 맞서 싸울 책임자

21

가 탄생하는 것을, 네 시간 후에는 그 싸움을 승리로 이끈 후 사기충천하여 해로를 이용할지 아니면 폭풍우와 더불어 산과 바다를 다스리며 알코이 산맥을 직접 넘어 돌아갈 것인지 결정하게 될 책임자가 탄생하는 것을 한 번쯤 생각해봤을 것이다.

이렇듯, 어제와 다르지 않은 아침나절, 툴루즈의 어두운 겨울 하늘 아래, 이름 모를 비행팀에 섞여서, 각각의 동료들은 다섯 시간 후면 북극의 눈과 비를 뒤로 한 채 겨울을 저버리며 엔진 회전수를 줄이게 될 것이며, 알리칸테 항구의 작열하는 한여름 태양 속으로 하강을 시작할 지배자가 자라고 있음을 느꼈을 것이다.

• • •

그날의 낡은 버스는 이제 사라지고 없지만, 버스 안에서의 불편함은 여전히 내 기억 속에 살아 있다. 버스는 우리가 이 직업에서 가까스로 기쁨을 누리기 위해 필요한 준비과정을 상징적으로 보여준다. 버스 안에서 모든 것은 놀랄 만큼 간결했다. 그로부터 3년 후, 열 마디도 안 되는 말로 조종사 레크리뱅의 죽음을 알게 되었던 일이 떠오른다. 백여 명의 정기선 동료 가운데 하나였던 그는 어느 날, 어느 안개 낀 밤, 영원히 조종석을 떠나게 되었다.

그때도 시각은 새벽 3시였다. 여전히 침묵이 짙게 깔려 있었고, 그때 우리는 그림자에 가려 보이지는 않지만 부장이 감독관에게 소리 높여 말하는 것을 들었다.

"레크리뱅이 오늘밤 카사블랑카에 착륙을 하지 않았네."

감독관이 대답했다.

"아…… 네……?"

꿈에서 깨어난 그는 잠을 깨려고 한껏 애를 쓰며 자신의 의지를 보여주기 위해 다음과 같이 덧붙였다.

"아, 그래요? 통과하지 못한 건가요? 유턴을 했나요?"

버스 안쪽에서 부장은 "아니."라고 짤막하게 대답했다. 우리는 그 뒤에 무언가 이야기가 이어지기를 기대하였으나, 어떤 말도 들려오지 않았다. 그리고 적막 속에 시간이 흐르면 흐를수록, 부장의 이 '아니.' 라는 말 한마디 뒤에는 어떤 말도 이어지지 않을 것이라는 사실과, 부장의 이 '아니.' 라는 말 한마디가 결정적인 것이라는 사실, 그리고 레크리뱅은 카사블

23

랑카에 착륙하지 않았을 뿐 아니라 다른 그 어디에도 착륙하지 못했을 것이라는 사실이 더욱 명백해졌다.

이렇게 그날 아침, 내 첫 우편 비행을 이제 막 시작하려고 하는 그때, 나는 내가 하는 이 일의 지엄한 관행을 순순히 따랐다. 그리고 차창 밖으로 가로등이 비추어 반짝이는 거리를 바라보면서, 믿음을 상실한 듯했다. 물웅덩이 위에서 우리는 거세게 몰아치는 바람을 느끼며 생각했다.

'첫 비행인데…… 정말이지…… 운도 지지리도 없군.'

나는 감독관을 올려다보며 물었다.

"날씨가 안 좋은가요?"

감독관은 창문으로 익숙한 시선을 던지며 툴툴거리듯 대답했다.

"저 정도로는 모르지."

그렇다면 어떤 것이 나쁜 날씨의 징후란 말인가. 전날, 기요메는 선배들이 우리에게 말했던 불길한 징조들을 웃음으로 말소시켰다. 그러나 내 머릿속에서는 선배들의 이야기가 떠오르고 있었다.

"돌멩이 하나에 이르기까지 항공로에 대해 정통하지 않은 사람이 눈보라를 만나면 어쩔 거야. 그 사람만 불쌍한 거지.
암, 그 사람만 불쌍해지는 거라고."

선배들은 체통을 지킬 필요가 있었다. 이어 선배들은 다소
거북한 동정심으로 우리를 쳐다보며 고개를 설레설레 흔들었
다. 마치 우리의 천진난만하기 짝이 없는 모습을 동정하는 것
같았다.

• • •

비 오는 날 아침, 늘 과묵한 기사가 몰았을 이 버스는 내 앞
의 얼마나 많은 사람들에게 마지막 피난처가 되었을 것인가?
60명? 80명? 나는 주위를 둘러보았다. 어둠 속에서 불빛이 반
짝이고 있었고, 담배 연기가 점점이 사람들의 명상을 수놓고
있었다. 연세 지긋한 직원들의 초라한 명상이었다. 이들은 우
리들 가운데 얼마나 많은 사람의 마지막 인생 동반자가 되어
주었던 것일까?

사람들이 낮은 목소리로 주고받는 속내 이야기도 나를 놀라
게 하고는 했다. 이들은 병이나 돈, 가슴 아픈 집안 이야기들

을 나누고는 했다. 그러한 이야기를 통해 사람들이 갇혀 사는 암울한 감옥이 느껴졌다. 그리고 갑자기 내게 운명의 얼굴이 보였다.

'오래된 관리도, 여기 있는 내 동료도, 그 무엇도 나를 해방시켜주지 않았다. 이는 내 책임이 아니다. 흰개미처럼 나는 빛이 들어오는 모든 구멍을 단단히 발라 메워버린 덕에 내 안에 이 평화를 구축했다. 나는 풍족하고 안정적인 내 삶 속에서, 나의 타성과 전원 속 숨 막히는 관행 속에서 공처럼 몸을 웅크렸고, 바람과 밀려오는 파도, 그리고 별에 대해 이 비루한 성벽을 높이 쌓아올렸다. 나는 복잡한 문제로 골머리 썩기를 원치 않았으며, 내 인생을 둘러싼 환경 자체를 잊기에도 충분히 버거웠다. 나는 지상 위를 정처 없이 떠돌아다니는 사람도 아니며, 답 없는 질문은 하지도 않는다. 나는 툴루즈의 한 소시민에 불과하다. 때가 늦기 전에, 아무도 내 어깨를 잡아주지 않았다. 이제, 나를 만들어낸 진흙은 메말라 딱딱하게 굳어버렸다. 내 안에 잠들어 있는 음악가나 시인의 기질을, 다른 무엇보다도 먼저 내 안에 자리 잡은 천문학자의 기질을, 어떻게 깨워야 하는 건지도 모르겠다.'

이제 나는 더 이상 거세게 몰아치는 비바람을 불평하지 않는다. 2시가 채 되지 않아 나는 흑룡과, 그리고 푸른 번개를 댕기 머리처럼 달고 있을 능선과 맞서 싸울 것이며, 밤이 되면 별을 따라 내가 가야 할 길을 찾을 것이다. 조종사라는 이 직업은 내게 마법과도 같이 그러한 세상을 열어준다.

. . .

우리의 신고식은 이렇게 진행되었고, 우리는 비행을 시작했다. 비행에서는 별다른 이야깃거리가 없었다. 하늘에서 우리는 전문 잠수부처럼 깊이 평화롭게 하강을 하였고, 지금은 이 하늘 길에 대한 탐사도 잘 이루어져 있다. 조종사, 정비사, 무선사는 이제 더 이상 모험을 하지 않아도 된다. 다만 연구실에 갇혀 있을 뿐이다. 이제 이들은 바늘의 움직임만 주시하면 되고, 창밖으로 풍경이 지나가는 모습은 보지 않아도 된다. 밖에서, 산은 짙은 어둠 속에 잠겨 있으나 이는 더 이상 산이 아닌 보이지 않는 힘으로, 그 공략법을 계산해야 한다. 불빛 아래에서 무선사는 찬찬히 수치를 적고, 정비사는 지도를 체크하며,

산이 궤도에서 벗어나 있거나 좌측으로 우회하여 항해하려던 산봉우리가 말없이 은밀하게 군사작전을 펴며 눈앞에 펼쳐져 있다면 조종사는 항로를 변경한다.

지상 불침번 무선사들은 같은 시각, 공책에 동료의 것과 같은 데이터를 침착하게 받아 적는다.

"자정 40분. 항로 230. 기내 이상 무."

오늘날, 승무원들은 이렇게 비행을 한다. 자신들이 지금 움직이고 있음을 느끼지 못한다. 바다에 내린 밤과 같이, 이정표가 되는 모든 것들과도 거리가 멀다. 그러나 엔진은 불이 켜진 기내 안을 가벼운 떨림으로 온통 뒤바꾸어 놓는다. 그래도 시간은 돌아가며 계기판과 무선 진공관, 지침 안에서 보이지 않는 연금술은 계속된다. 일 초 일 초 이 은밀한 몸짓과, 이 숨막히는 말들과, 이 대단한 집중력은 기적을 일으킬 준비를 한다. 그리고 때가 왔을 때, 조종사는 분명 자신의 이마를 유리창에 붙여볼 수 있을 것이다. 아무것도 없는 가운데 금빛이 반짝거린다. 기항지 불빛 속에서 금빛이 생겨나는 것이다.

그러나 기항지 도착 두 시간을 앞두고, 조금 달리 보이는 불빛을 감지하여, 설사 인도에 가 있다 하여도 그렇지 않을 만큼 아득하게 느껴지는 비행이 있음을 우리는 모두 알고 있다. 그리하면 귀환은 먼 남의 나라 일이 되어버린다.

• • •

메르모즈가 처음으로 남대서양을 수상 비행했을 때, 해질 무렵 그는 포토누아르(Pot-au-Noir)에 당도했었다. 그는 자기 앞에서 토네이도 꼬리가 조여지듯 점점 포위해 들어오는 모습을 보았다. 그 모습은 마치 벽을 쌓아 올리는 모습과도 같았다. 그리고 이어서 이 전투를 준비하는 모습 위로 밤의 장막이 내려 이를 모두 덮어버렸다. 한 시간 후, 메르모즈는 구름 아래로 슬그머니 들어갔고, 환상적인 왕국에 이르렀다.

그곳에는 해양 소용돌이가 겹겹이 우뚝 솟아 있었는데, 어느 신전의 검은 기둥처럼 조금도 움직임이 없는 모습이었다. 소용돌이는 터질 듯이 배가 불룩해진 상태로 낮고 어두운 천장을 받치고 있었다. 그러나 천장 사이사이 뚫린 틈새로 빛 자락이 새어나왔고, 기둥과 기둥 사이, 바다의 차가운 보름달이 빛나며 반짝이는 타일과 같은 바다 표면을 비추고 있었다. 아

무도 살지 않는 이 폐허를 통과하며 메르모즈는 자기 갈 길을 계속 갔다. 빛이 내준 길을 이쪽저쪽 옮겨가며, 바닷물이 일렁이면서 으르렁대고 있을 것이 분명한 거대한 기둥들을 피해가며, 그리고 달빛의 오솔길을 따라 신전의 출구 쪽으로 네 시간을 달려간 것이다. 하지만 이 장관에 너무도 압도된 나머지, 메르모즈는 한 번 포토누아르를 넘고 난 후, 두려움을 갖지 않게 된 스스로를 발견하였다.

나 역시 이 현실계의 변경을 비행하던 기억 가운데 하나가 떠오른다. 그날 밤, 사하라 기항지와 통신하던 무선방위 측정기의 위치 결정이 모두 틀렸었고, 이에 나와 무선사 두 사람은 극심한 혼란에 빠져들었다. 안개의 틈바구니에서 물이 반짝이는 것을 본 내가 갑자기 연안 쪽으로 방향을 잡았을 때, 우리는 도대체 언제부터 난바다 쪽으로 곤두박질치고 있었던 건지 알 수가 없었다.

연안에 닿을 수 있을지도 미지수였다. 연료가 바닥을 치고 있었기 때문이었다. 연안에 당도하는 대로 기항지를 찾아야 할 처지였다. 그렇게 때는 바야흐로 달이 질 무렵이었으므로, 이미 방향 감각을 잃어버린 우리는 조금씩 눈뜬장님이 되어

가고 있었다. 달은 거의 다 꺼져 창백해진 숯불처럼 눈 더미같
이 쌓인 안개 속에서 빛을 잃어갔다. 우리 위의 하늘도 구름에
덮여가고 있었고, 이제 우리는 이 구름과 안개 사이에서, 빛도
없고 개미새끼 한 마리 얼씬거리지 않는 빈 공간을 항해하고
있었다.

우리의 부름에 응답을 했던 기항지들은 우리가 있는 곳이
어디쯤인지 정보를 주는 것조차 포기한 상태였다.

"위치 정보 없음, 위치 정보 없음."

우리의 외침이 사방에서 들려와 결국 어느 한 곳으로 귀착
되지 않았기 때문이다.

그리고 갑자기, 우리가 이미 좌절할 대로 좌절해 있었을 때,
좌측 전방 지평선 쪽에서 무언가 점 하나가 반짝였다. 나는 극
도의 환희를 맛보았다. 무선사 네리는 내 쪽으로 몸을 숙였고,
나는 네리가 쾌재를 부르는 소리를 들었다. 그건 기항지일 수
밖에 없었고, 그 불빛은 기항지의 관제등일 수밖에 없었다. 밤
이 되면 사하라 전체가 암흑 속에 잠기고 하나의 커다란 죽은
도시로 변하기 때문이었다. 그런데 그 불빛은 아주 잠시만 반
짝일 뿐이었고, 이내 곧 꺼져버렸다. 우리는 기수를 꺼져가는

31

어느 한 별에 맞추었고, 몇 분 후, 별은 안개층과
구름 사이 지평선으로 사라졌다.

그 후, 우리는 다른 빛이 떠오르는 것을 보았
고, 옅은 희망과 함께 그 별들 하나하나에 기수를
맞추었다. 그리고 빛이 길게 이어졌을 때, 우리는 필사적으로
교신을 시도했다.

"빛이 보인다. 관제등을 끈 후 이를 세 번 깜빡여 달라."

네리가 시스네로스 기항지에 명령했다. 시스네로스는 기항
지 관제등을 끄고 켜기를 반복했으나, 우리 눈앞의 불빛은 깜
빡임이 없었다. 별빛임이 분명했다.

연료는 고갈되어가고 있음에도 우리는 번번이 빛의 계략에
걸려들었고, 매번 진짜 관제등의 불빛처럼 느꼈으며, 그때마다

기항지와 우리의 구사일생을 알려오는 것같이 보였다. 그리
고 연거푸 좌절의 쓴맛을 본 우리는 또다시 다른 빛을 찾아야
만 했다.

　그때부터 우리는 우주 속 어느 행성과 행성 사이에서, 그 누
구도 범접할 수 없는 무수한 행성들 사이에서 길을 잃고, 진짜
행성인 우리의 별을 찾아, 우리에게 익숙한 풍경과 우리에게
친근한 집이 보이는, 우리에게 낯익은 따뜻함이 느껴지는 진짜
우리의 별을 찾아가고 있다는 느낌을
받았다.

사람이 살고 있는 단 하나의 별……. 나는 당시 내 머릿속에 떠올랐던 생각의 잔상들을 말해보려 한다. 독자들에겐 아마 우습게 보일지도 모르겠다. 하지만 위험 한가운데에서 우리는 지극히 인간적인 문제로 걱정을 하고 있었다. 목이 말랐던 것이다. 그리고 배도 고팠다. 만약 우리가 시스네로스를 찾았더라면, 우리는 기름만 채우면 항해를 계속할 수 있었을 것이고, 동이 틀 무렵 카사블랑카에 착륙할 수 있었을 것이다. 그러면 일은 끝나는 것이었다. 그리고 우리는 도시로 나가 그 새벽에 이미 문을 연 어느 카페를 찾았을 것이며, 네리와 나, 우리 둘은 지극히 편안한 마음으로 테이블에 앉아 웃음과 더불어 간밤의 일을 회고하며 따끈따끈한 크라상과 함께 카페오레를 마셨을 것이다. 네리와 나는 삶이 주는 이 아름다운 아침의 선물을 받았을 것이다. 이른 아침, 나이 지긋한 시골 할머니는 예배당의 그림이나 소박한 펜던트, 묵주를 통해서 그 자신의 신하고만 대면한다. 우리하고는 지극히 간단한 언어로만 이야기해야 대화가 통할 수 있을 것이다. 이처럼 이른 아침, 내게 있어 삶의 기쁨이란 이렇게 따끈따끈하고 향긋한 커피 한 모금에 담겨 있는 것이며, 이렇게 우유와 커피, 빵의 어우러짐

안에 담겨 있는 것이다. 삶의 기쁨은 사람들이 자유롭게 가축을 방목하고 식물을 키우며 이를 수확하는 신비로움에서 생겨나는 것이며, 대지 전체와 교감하는 가운데 생겨나는 것이다.

그러나 이렇듯 사람냄새 나는 대지와 우리가 항해하고 있는 곳 사이에는 넘을 수 없을 만큼의 먼 거리가 있었다. 반짝이는

것들 사이에서 길 잃고 헤매는 먼지 알갱이 하나에 이 세상의 그 모든 풍요로움이 살고 있었다. 그리고 그 세상을 찾으려 애쓰는 점성가 네리는 언제나 별들에게 무릎을 꿇었다.

• • •

갑자기 네리는 내 어깨를 잡고 흔들었다. 그러고는 종이에 무언가를 적어 내게 보여주었다. 거기에는 이렇게 적혀 있었다.

"모든 것이 잘돼가네. 아주 기가 막힌 메시지 하나를 받았어."

그리고 나는 두근거리는 가슴으로 내게 전해줄 그 메시지, 우리를 결국 이 상황에서 구해 줄 그 메시지를 네리가 어서 빨리 전해주기를 기다렸다. 그리고 곧 나는 신께서 보내주신 그 메시지를 받았다.

메시지는 우리가 전날 밤 떠난 카사블랑카에서 보낸 것으로, 전송이 늦어져 기지로부터 2,000km나 더 떨어진 바다 한가운데 구름과 안개 사이에서 길을 잃고 헤매는 우리에게 당도한 것이었다. 발신인은 카사블랑카 공항 정부 대표였다. 그

내용은 이러했다.

"생텍쥐페리 선생님, 파리에서 부득이하게 선생님에 대한 징계를 요청하게 되었습니다. 선생님께서는 카사블랑카 출발 시, 지나치게 격납고 너무 가까운 곳에서 우회하셨습니다."

내가 격납고 너무 가까운 곳에서 우회한 것은 사실이다. 이 사람의 입장에서는 나에게 이처럼 불만을 토로하는 것도 무리는 아니다. 사무실에서 나는 이러한 지적을 겸허히 받아들였다. 하지만 이자가 지금 우리를 이렇게 나무랄 상황이 아니었다. 별빛이 드문드문 보이며 안개가 진을 치고 바다가 생명을 위협하고 있는 이 상황과 맞지 않는다는 것이다. 우리의 손에는 우리 자신의 운명과 비행기의 운명, 이 우편물의 운명이 달렸고, 우리는 어떻게 하는 것이 살 수 있는 길인지 모르는 상황이었다. 그런데 이 사내는 지금 그런 우리에게 대고 자신의 대수롭지 않은 불만을 토로하고 있는 것이 아닌가. 하지만 이러한 이자의 행동에 네리와 나는 화가 나기는커녕 굉장한 기쁨을 느꼈다. 생각해보니 우리는 이자에게 있어 상사가 아니었던가. 그러니까 하사인 이 작자는 우리의 팔에 달린 대위 진급 계급장을 못 본 것이 아닌가? 우리가 큰곰자리와 사수자

37

리 사이를 서성거리고 있을 때, 우리 입장에서 급한 일이란 이 달(月)의 배신에서 헤어 나오는 길밖에 없다고 여겨질 때, 이자는 결국 우리를 방해하고 만 셈이었다.

이 사람이 자신의 의사표현을 하고 있는 이 행성에서 지금 즉시 시행해야 할 과제란 오직 우리에게 정확한 수치를 제공해주는 것이었다. 그래야만 우리가 이 별들 사이에서 제대로 된 계산을 해낼 수 있기 때문이다. 그 수치는 잘못됐었다. 그렇다면 지구는 잠시나마 입 닥치고 있을 수밖에 없는 거였다. 네리는 내게 쪽지를 써줬다.

"잘잘못을 따지기보다는 이 사람들, 우리를 어디로든 데려가 주든가 하지."

네리가 말하는 '이 사람들'이란 상원 및 하원 의원과 해군, 군대, 제왕 등 지구에 사는 모든 인간들을 가리키고 있었다. 우리와 한배를 탄 척하는 이 몰지각한 사람의 메시지를 다시 읽으면서, 우리는 수성 쪽으로 선회할 것이었다.

● ● ●

우리가 구출된 것은 정말 기이한 우연에 의해서였다. 결국 나는 시스네로스로 돌아갈 수 있다는 희망을 버리고 연안 방향을 향해 수직으로 기선을 잡은 후, 연료가 바닥이 날 때까지 이 방향을 유지하기로 결심했다. 바다에 빠지지 않을 거라는 희박한 가능성 정도는 건지는 셈이었다. 불행하게도 내 눈앞에 보이는 불빛들은 나를 알 수 없는 곳으로 끌고 갔고, 한밤중에 우리를 가둬두고 있는 짙은 안개 때문에 큰 사고 없이 지상에 닿을 가능성은 거의 없었다. 하지만 내겐 다른 선택의 여지가 없었다.

우리 앞에 펼쳐질 불행한 미래가 너무도 분명하여 내가 침울하게 어깨를 으쓱해 보였을 때, 네리가 내게 메시지 하나를 보여주었다. 한 시간 후면 우리를 그 암울한 순간에서 구해 줄 메시지였다.

"시스네로스가 우리를 찾아내기로 결심했나 보네. 216도라는데, 확실한 것은 아니라는군."

이제 시스네로스는 더 이상 어둠 속의 기항지가 아니었다. 시스네로스는 그곳, 우리의 왼쪽에 손에 닿을 듯이 존재했다. 하지만 그 거리는? 도대체 얼마 정도 떨어진 거리에 있는 것

인가? 네리와 나는 짧은 대화를 주고받았다. 우리 두 사람의 공통된 결론은 너무 늦었다는 것이었다. 시스네로스로 달려 가다가는 연안에 닿지 못할 가능성이 더 커진다. 네리가 답신을 보냈다.

"1시간 후 연료 고갈. 93도로 기수 유지."

그런데 기항지들이 하나 둘 타전을 해오기 시작했다. 아가디르 기항지, 카사블랑카 기항지, 다카르 기항지 등의 목소리가 섞여 들어오는 것이었다. 각 도시의 무선 기지국은 이 사실을 공항에 알렸고, 공항 책임자들은 동료들에게 이를 전달했다. 그리고 환자의 침대에 사람들이 몰려들 듯, 이들이 우리 주위로 하나 둘 몰려들고 있었다. 쓸데없는 온정이었으나, 그래도 온정이기는 했다. 무익한 조언들이었으나, 그래도 굉장히 부드럽게 들렸다.

그리고 갑자기 툴루즈가 튀어나왔다. 정기선의 헤드격인 툴루즈는 그곳에서 4,000km 떨어진 곳이었다. 우리 둘 가운데 예고도 없이 툴루즈가 단숨에 튀어나와서는 이렇게 말을 거는 것이 아닌가?

"현재 조종하고 있는 항공기가 F……(애석하게도 항공기 등

록번호는 잊어버렸다.)가 아닌가?"

"그렇다."

"그렇다면 연료가 두 시간은 버틸 수 있다. 그 항공기는 표준 연료 저장고와는 다르다. 시스네로스로 방향을 잡도록."

• • •

이처럼, 어떤 한 직업이 요구하는 필요성이라는 것은 세상을 변화시키고 이를 더욱 풍요롭게 해주는 힘이 있다. 정기노선 조종사가 익숙한 비행 풍경 속에서 무언가 새로운 의미를 발견하도록 하기 위해 반드시 이와 같은 밤의 경험이 필요한 것은 아니다. 승객에게는 무료할 수도 있는 단조로운 풍경이 승무원에게는 다르게 다가온다. 승무원에게 있어서 지평선을 가로막고 있는 짙은 구름 덩어리는 하늘을 아름답게 수놓는 장식물이 아니다. 이 구름 덩어리는 승무원의 근육을 긴장시키고 문제점을 유발한다. 그러면 승무원은 문제의식을 갖고 사태가 어느 정도인지 가늠한다. 이어, 그 구름과 하나의 진실한 언어로 소통한다. 아직 멀리 있긴 하지만 산봉우리가 하나

보인다. 이 산은 대체 어떤 모습을 하고 있을 것인가? 달밤에, 이 봉우리는 그저 평범한 좌표에 지나지 않을 것이다. 하지만 조종사가 앞을 보지 못하는 상황에서 비행을 하고 있고, 힘겹게 방향 전환을 하고 있다면, 조종사는 그 봉우리의 위치에 대해 확신할 수가 없을 것이다. 그렇게 되면 봉우리는 갑자기 돌변하여 밤이 계속되는 내내 그에게 위협적인 존재가 된다. 바다 위에 떠 있는 상태로 해류를 따라 표류하는 지뢰 하나가 바다 전체를 위협하는 것과 같은 이치이다.

바다도 마찬가지이다. 단순한 여행객의 눈에는 풍랑이 보이지 않는다. 아주 높은 곳에서 보면 파도는 잔잔하기 이를 데 없고,

무리를 지어 일렁이는 물보라는 움직이지 않는 것처럼 보인다. 오직 크고 하얀 야자수 잎만이 얼어붙은 채로 잎 선과 갈라진 부분을 드러내 보이며 펼쳐져 있을 뿐이다. 그러나 조종사는 이런 곳에는 절대 착륙해서는 안 된다고 판단한다. 이 야자수 잎은 독을 지닌 커다란 꽃과 같기 때문이다.

비록 순조로운 비행이 계속된다 해도, 길을 따라 항해하는 조종사의 눈에 들어오는 풍경은 그저 감상해도 좋을 단순한 경치가 아니다. 조종사는 대지와 하늘의 빛깔, 바다에 새겨진 바람의 흔적, 황혼녘의 금빛 구름을 감상하는 것이 아니라 감정하고 있을 것이다. 묵묵히 자기 일을 하는 가운데, 봄이 다가오는 것이나 한파의 위협, 비가 올 조짐 등을 수천 가지 신호로써 예견하는 농부와 마찬가지로, 전문 조종사 역시 눈과 안개가 보내오는 신호, 축복받은 밤이 보내오는 신호들을 해독한다. 자연과 무관한 듯 보이는 기계도 보다 철저히 자연에 복종한다. 조종사는 오직 비바람이 몰아치는 하늘이 만들어 준 위대한 심판대 한가운데에서만 자신의 조종기로 세 가지 신성한 힘, 즉 산과 바다, 그리고 폭풍우와 싸우는 것이다.

2. 동료

1

메르모즈를 포함한 몇몇 동료들은 녹록치 않은 여정인 사하라를 거쳐 카사블랑카에서 다카르까지 가는 프랑스 정기선 비행 역사의 기초를 닦았다. 그 당시의 엔진은 견고하지 못했기 때문에, 메르모즈의 경우, 언젠가 엔진이 고장 나서 무어인(Moors: 마우레인 또는 모르인. 8세기경에 이베리아 반도를 정복한 이슬람교도를 막연히 부르던 말. 11세기 이후 북아프리카나 아시아의 이슬람교도를 뜻하는 말로 쓰였다가 15세기경부터는 회교도를 이르는 말.)들에게 붙잡힌 적도 있었다. 무어인들은 메르모즈에 대한 처형을 망설이며 그를 15일간 포로로 잡고 있다가 되팔았다. 그리고 나서 그는 다시 같은 영토 상공에서 우편기 비행을 재개하였다.

미국 정기 노선이 첫 취항되었을 때, 메르모즈는 여전히 전방에서 부에노스아이레스 – 산티아고 구간에 대한 연구를 담

당했다. 그리고 사하라 상공에 다리를 놓은 후, 안데스 산맥 상공에 다리를 놓는 일('다리를 놓는 다.'라는 비유적 의미, 직접적인 의미는 '사하라 항공로 개척을 한 뒤, 이어 안데스 산맥 상공의 항공로 개척도 도맡아 했다.')도 맡은 바 있다. 사람들은 그에게 5,200m 상공을 날 수 있는 비행기를 주었다. 코르비에르 능선의 높이는 7,000m에 달한다. 그래도 메르모즈는 돌파구를 찾기 위해 날아올랐다. 모래 다음에는 산과 맞닥뜨리게 되었는데, 산 정상은 바람 속에서 자신들이 두르고 있던 눈의 장막을 풀어헤친다. 그로 인해 폭풍우가 들이닥치기 전 사방이 새하얘지며, 두 개의 암벽 사이에서 일어난 매서운 회오리바람 때문에 조종사는 칼싸움에 휘말린다. 메르모즈는 이 결투에서 상대가 누구인지도 모르는 채 싸움에 임하게 되었으며, 그 같은 포위망을 살아서 빠져나갈 수 있을지조차 알지 못했다. 그는 다른 이들을 위해서 '실험'을 해본 것이다.

그러던 어느 날, 결국 너무 많은 '실험'을 한 끝에, 그는 안데스의 포로가 된 스스로를 발견하고 만다.

수직으로 뻗은 암벽이 있는 고도 4,000m 고원에서 실패한

메르모즈와 그의 정비사는 이틀 동안 빠져나갈 길을 모색했다. 둘은 꼼짝없이 갇힌 신세였다. 그래서 마지막 명운을 걸고 허공에 비행기를 날렸으며, 고르지 못한 지면 위에서 힘겹게 도약했다. 그러고는 벼랑에까지 나아가 아래로 떨어졌다. 비행기가 추락하면서 충분한 속력을 내게 되어, 다시금 조종간이 말을 듣게 되었다. 메르모즈는 산봉우리를 향해 다시 한번 기수를 세워 보았지만 그저 산꼭대기를 스쳤고, 그 충격으로 이미 고장이 나서 터져버린 모든 배관에서는 물이 새어나왔다. 꽁꽁 언 그날 밤 7분간의 비행으로 엔진이 정지했다. 하지만 그는 발아래, 약속의 땅처럼 펼쳐진 칠레의 평야를 발견했다.

다음날, 그는 다시 시작했다.

안데스 산맥에 대한 탐사가 마무리되고, 이를 통과하는 횡단 기술을 깨우치자, 메르모즈는 그곳을 동료인 기요메에게 넘기고 자신은 야간 비행 탐사에 나섰다.

그때만 해도 우리의 기항지는 조명 시설이 완전히 갖추어지지 않았었다. 따라서 칠흑 같은 밤에 메르모즈가 착륙을 할 때면, 우리는 착륙장에서 메르모즈가 보이는 앞에 세 개의 유등을 놓아 희미한 불빛을 밝혀주었다.

메르모즈는 그 힘든 일을 해내었고, 우리에게 길을 열어주었다.

야간 비행에 어느 정도 익숙해지자 메르모즈는 대서양에 대한 시험비행을 해보았다. 그리고 1931년부터는 우편기가 툴루즈에서 부에노스아이레스까지를 사상 최초로 4일 만에 주파하였다. 돌아오는 길에, 메르모즈는 남대서양 한가운데 풍랑이 심한 바다에서 연료 고장을 겪었는데, 어느 선박이 그의 목숨과 우편기, 그리고 함께 탄 승무원을 구해주었다.

이렇듯 메르모즈는 모래와 산과 밤과 바다를 개척했다. 그는 모래 속에도 빠져보았고, 산에도 빠져보았으며, 밤과 바다 속에도 빠져보았다. 메르모즈의 귀환은 언제나 다시 떠나기 위한 것이었다.

· · ·

그렇게 12년간을 비행한 후, 남대서양을 한 번 더 날아가던 때, 그는 우측 후방 엔진을 끈다는 짧은 메시지를 보내왔다. 그러고는 침묵이 이어졌다.

47

조금도 걱정스러운 소식이 아닌 듯하였으나, 10분의 침묵 후, 파리에서 부에노스아이레스에 이르기까지 정기선의 모든 무선사들은 떨리는 마음으로 상황을 예의 주시하기 시작했다. 왜냐하면 일상 속에서야 10분의 침묵이 아무런 의미를 갖지 못하겠지만, 우편 비행에서 이는 아주 많은 의미를 담고 있기 때문이다. 적막만이 감도는 그 시간 동안에는 무언가 알 수 없는 일이 한창 진행된다. 아무 일 없이 지나가건, 불행한 일이 터지건, 어쨌거나 시간은 흐르기 마련이고, 운명의 여신은 자신의 판결을 선고한다. 그리고 이 판결에 대항하여 항소를 할 수 있는 자는 아무도 없다. 무쇠 같은 힘을 가진 손은 승무원의 운명을 관장한다. 별 탈 없이 바다에 내려주든가, 산산조각을 내버리든가, 둘 중 하나이다. 그러나 판결을 기다리는 사람들에게 이 같은 형 집행과정은 결코 알려지지 않는다.

임종을 코앞에 둔 환자같이 시시각각 상황이 나빠지는 그 같은 침묵 앞에서, 사람들의 기대가 점점 더 흐려지고 있음을 그 누가 모르겠는가? 그래도 우리는 기대한다. 이어 시간이 조금씩 흘러가고, 이제 더 이상 돌이킬 수 없는 상황이 왔음을 깨닫는다. 우리의 동료들이 다시 돌아올 수 없게 되었음을, 이들이 그토록 자주 그 하늘을 주름잡았던 남대서양에서 잠이 들었음을 결국 받아들인다. 마지막에 메르모즈는 그가 열어준 길 뒤로 숨어버렸다. 마치, 수확이 끝나고 짚 더미를 잘 엮은 후 자신의 밭에서 잠이 든 농부 같았다.

• • •

이렇게 동료 하나가 죽으면, 그의 죽음이 아직은 실감이 나지를 않는다. 여전히 그가 일의 연장선상에 있는 것처럼 느껴지는 것이다. 이는 여느 다른 죽음보다는 마음의 고통이 덜할 것이다. 죽은 친구는 물론 마지막으로 기항지를 바꾸어 우리 곁을 영원히 떠나갔지만, 그 빈자리가 아직은 뱃속이 빈 것만큼 그렇게 심히 허전하지는 않다.

사실 우리는 동료들과의 조우를 오랫동안 기다리는 데에 이골이 나 있다. 파리에서 칠레의 산티아고에 이르기까지 정기노선 동료들은 따로 떨어져 서로 한 마디도 건네지 않는 보초처럼 곳곳에 흩어져 있기 때문이다. 흩어져 있는 정기노선 멤

버들을 여기저기 긁어모으려면 비행운이 따라줘야 한다. 카사블랑카에서, 다카르에서, 부에노스아이레스에서 저녁식탁에 둘러앉으면, 몇 년을 아무 말 없이 보내다가 중단되었던 대화의 끈을 다시 이어가며 함께 옛 기억에 빠져든다. 그러고는 다시 비행이다. 그렇게 나가서 바라보는 대지는 황량하면서도 풍요롭다. 하늘 곳곳에는 쉽게 닿을 수 없는 그 어딘가에 비밀의 화원이 은밀히 숨겨져 있기 때문이다. 하지만 비행을 하다 보면 언젠가는 그 비밀의 화원에 닿게 된다. 삶은 우리에게서 동료들을 하나 둘 떼어 놓고, 우리가 이들에 대한 생각조차 많이 할 수 없게 만들지만, 어디인지 정확히는 알 수 없어도 이 하늘 어딘가에는 너무나도 한결같은 모습으로 묵묵히 동료들이 존재한다. 만약 이들과 마주치면, 극도의 기쁨으로 어깨를 들썩이게 된다. 물론 우리는 기다리는 데에는 이골이 나 있긴 하지만……

하지만 조금씩 시간이 흐를수록 우리는 그 사람의 호탕한 웃음을 더는 들을 수 없게 된 현실을 발견하며, 앞으로는 영원히 그 친구와 비밀의 화원에서 만날 수 없음을 깨닫는다. 그때야 우리는 진정으로 가버린 친구의 죽음을 슬퍼하게 된다. 가슴이

찢어질 듯 아픈 것은 아니지만, 약간의 쓰라림이 느껴진다.

이 세상 그 무엇도 잃어버린 친구를 대신할 수는 없다. 오래된 친구는 저절로 생기는 것이 아니다. 그 많은 추억을 함께 공유하고, 그 많은 어려움을 함께 견뎌내며, 많이도 싸우고 많이도 화해하며 오랫동안 마음을 주고받던 보물 같은 친구를 감히 그 무엇이 대신할 수 있겠는가. 이러한 우정은 다시 만들 수 없는 것이다. 그럴 수 있다고 믿는 것은 방금 심은 밤나무에서 곧바로 몸을 피할 그늘을 바라는 것만큼이나 어리석은 생각이다.

우리의 삶이 돌아가는 이치도 이와 같다. 수년간 심은 나무로 재산이 불어나면 언젠가는 나무가 잘려나가고 사업이 무너지는 때가 오기 마련이다. 친구들은 우리에게 드리웠던 그늘을 하나 둘 걷어가고, 나이가 들면서 이 같은 슬픔 위로 남모를 서글픔이 더해진다.

• • •

이게 바로 메르모즈와 다른 동료들이 우리에게 남겨준 교훈이다. 직업의 위대함이란 사람들을 결집시켜준다는 데에 있

다. 진정한 재산이란 풍요로운 인간관계뿐이다.

단지 돈을 벌기 위해서만 일을 하면서 우리는 손수 우리의 감옥을 쌓아올리고, 그 안에 잿더미와 다를 바 없는 돈과 함께 스스로를 가둬둔다. 돈이란 진정 삶에 필요한 것은 아무것도 가져다주지 못하는데도 말이다.

내 기억 속에 진한 흔적을 남기고 간 사람을 되새겨보거나 이들과 함께 보냈던 시간들을 돌이켜보면, 나는 이 세상 그 어떤 물질적 재산도 내게 가져다주지 못했던, 나만의 소중한 재산을 되찾는다. 메르모즈와 나는 함께 시련의 순간을 겪으면서 서로 간에 보이지 않는 끈으로 영원히 함께 묶여버렸다. 이와 같은 동료의 우정은 결코 돈으로는 살 수 없다.

야간 비행을 하는 순간과 밤하늘에 수놓인 수많은 별들, 그 고요함과 몇 시간 동안 지속되는 절대적인 힘……. 우리는 이를 결코 돈을 주고 살 수 없다.

힘겨운 시간을 보낸 후, 세상의 새로운 면모, 나무와 꽃들, 여자들, 새벽녘 우리가 되찾은 삶의 빛깔로 상큼하게 물든 이 웃음들, 우리를 달래주는 미물들의 음악회……. 우리는 이러한 것들을 결코 돈으로는 살 수 없다.

대립과 반목으로 찌든 이 밤도, 언젠가는 추억이 되어 나를
찾아올 이 밤도, 결코 돈으로는 살 수 없다.

• • •

우리는 리오 드 오로 연안에서 해질 무렵 좌초된 아에로포
스탈 3인방이었다. 먼저 동료인 리구엘이 푸시로드가 파손되
어 착륙을 하였고, 또 다른 동료인 부르가는 리구엘의 승무원
을 데려오기 위해 착륙을 하였으나 별로 대수롭지 않았던 기
체 손상이 그를 바닥으로 곤두박질치게 만들었다. 끝으로 내
가 가서 착륙을 하였으나, 때는 이미 날이 저문 후였다. 우리
는 부르가의 비행기를 살려보기로 결심을 하고, 순조롭게 수
리를 하기 위해 날이 밝기를 기다렸다.

이에 앞서 일 년 전, 정확히 이곳에서 고장이 났던 구르프와
에라블은 불귀순 세력(不歸順 部族: 정부에 대한 반항심으로 복종이나 순
종을 하지 않는 부족.)에 의해 학살을 당했었다. 그날의 우리 역시
보자도르에서 멀지 않은 곳에 사수 3백여 명으로 구성된 무장
습격대가 야영을 하고 있으리라는 사실을 모르지 않았다. 우

리 세 사람이 착륙하는 모습은 멀리서도 보였을 것이고, 아마 무장 습격대도 이를 눈치 챘을 것이다. 하여 우리는 생애 마지막 밤이 될지도 모르는 그날, 불침번을 서기로 했다.

• • •

우리는 밤을 보낼 채비를 하였다. 화물칸에서 대여섯 개 물품박스를 내린 후, 박스를 비워서 둥글게 늘어놓았다. 그리고 각 박스의 한가운데에는 초소에서 하는 것처럼, 한줄기 바람에도 파르르 떨리는 가녀린 촛불을 놓고 불을 밝혔다. 그렇게 사막 한가운데, 지구라는 행성의 알몸 위에서, 우리는 태초의 원초적 고립 속에 사람 사는 마을을 세웠다.

우리의 모래광장 위에 놓인 상자에서는 파르르 떨리는 촛불이 새어나왔고, 우리는 마을의 이 드넓은 광장에 옹기종기 모여 앉아 낮이 오기를 기다렸다. 우리를 구해 줄 새벽이 오기를 기다린 것이었지만, 혹 무어인이 올 수도 있는 일이었다. 그런데 왠지 그날 밤, 크리스마스 기분이 느껴졌다. 서로 옛 추억을 얘기했고, 농담도 주고받았으며, 함께 노래도 불렀다.

우리가 느낀 것은 잘 차려진 파티가 한창일 때에나 느껴질 법한 가벼운 열기였다. 하지만 우리가 가진 거라고는 바람과 모래와 별뿐, 그 외에는 아무것도 없었다. 침묵의 트라피스트 수도사들이나 즐길 법한 파티였다. 하지만 지저분한 천 쪼가리 하나 위에서, 추억 말고는 아무것도 가진 것이 없는 예닐곱의 사람들은 눈에 보이지 않는 재산들을 서로 나누어 가졌다.

우리는 결국 서로 하나가 되었다. 사람들은 나란히 서서 저마다의 침묵을 지킨 채, 혹은 아무런 의미도 전해주지 못하는 말들만을 주고받은 채 한참을 나아간다. 하지만 위기의 시기가 도래하면 서로서로 손을 잡는다. 한 공동체에 속해 있음을 깨닫는 것이다. 혼자가 아님을 깨닫고, 더 넉넉해진다. 그러고는 함박웃음을 지으며 서로를 바라본다. 석방된 죄수가 바다의 드넓음에 놀라하는 모습과도 같다.

2

기요메, 자네에 대한 이야기를 좀 하겠네. 하지만 자네의 용기나 직업 수완에 대해 지나치게 왈가왈부함으로써

자네를 귀찮게 하는 일은 없을 거야. 자네가 겪은 일 중 가장 아름다웠던 그 일을 이야기하면서 내가 기술하고 싶은 것은 그와는 좀 다른 일이네.

그 일에는 딱히 뭐라고 붙일 단어가 없다네. 굳이 붙여보자면 '엄숙함' 정도 되겠네만, 그것만으로는 부족하지. 단지 엄숙할 뿐만 아니라, 이 세상 그 무엇보다도 기쁘게 만들어주는 힘이 있는 일이기도 하니까 말이야. 어쩌면 나무토막을 앞에 두고, 나무와 동등하게 자리 잡고 앉아 이리저리 만져보고 재단하면서 나무를 결코 가볍게 대하는 법이 없으며, 자신의 온 힘을 다 쏟아 붓는 목수의 기질과 조금 닮았다고나 할까?

기요메, 요전에 나는 사람들이 자네의 모험에 대해 찬양하는 글을 하나 읽었네. 사람들에게 잘못 알려진 자네의 이미지에 대해 나는 그 오해를 풀어야겠다는 오랜 숙원을 과제로 품고 있었지. 레미제라블에 나오는 가브로슈같이 재치 있게 행동하는 자네를 보면서 사람들은 용기란 마치 절체절명의 위태로운 순간이나 죽음을 목전에 두고 있을 때, 시시껄렁한 농담을 던지며 가볍게 행동하는 것이라도 되는 듯 생각했어. 기요메, 사람들은 자네에 대해 잘 알지 못했네. 자네는 부딪쳐보기도 전에 적의 주위를 배회할 필요성을 느끼지 않았지. 고약한 폭풍우 앞에 서고 나서야, 비로소 '여기, 고약한 폭풍우가 납시셨군, 그래.' 라고 판단을 했어. 그제야 자네는 사태를 받아들이고, 어떻게 싸워야 할지를 가늠했지.

나는 말이지, 기요메, 여기에서 자네에게 내가 기억하고 있는 바를 이야기해보려 하네.

자네가 행방불명되었던 것은 50시간 전이었어. 이 겨울에 안데스 산맥을 횡단하는 중이었지. 파타고니아 골짜기에서 돌아오면서, 나는 멘도사에서 조종사 들레를 만났네. 닷새 동안 우리 두 사람은 비행기로 첩첩산중을 이 잡듯이 뒤졌지만 아무것도 발견하지 못했어. 우리 둘로는 역부족이었지. 전투 비행 중대 100여 팀이 한 백 년은 날아다닌다손 치더라도, 능선이 7,000m까지 올라가는 이 산맥에 대한 탐사를 끝내지 못할 것 같았네. 우리는 모든 희망을 잃었어. 단돈 5프랑만 쥐여줘도 기꺼이 범죄를 저지르는 강도나 도둑 역시, 위험을 무릅쓰고 산의 지맥 위에 구조 막사를 치기는 꺼려했네. 그 사람들 말로는 우리의 목숨이 위협을 받을 수도 있다는 거야. 겨울의 안데스 산맥은 사람이 한번 들어가면 여간해선 나올 수가 없

57

다더군. 들레와 내가 산티아고에 착륙했을 때, 칠레의 장교들 역시 우리에게 탐사를 중지하라고 권고했네.

"지금은 겨울입니다. 설령 당신들의 동료가 비행기 추락에서 살아남았다손 치더라도, 겨울밤을 이겨내고 생존했을 가능성은 희박합니다. 저 위에서는 밤이 되면, 사람을 그냥 두지 않습니다. 얼음으로 만들어버리죠."

그 후, 안데스 산맥의 거대한 산기둥과 암벽 사이에서 내가 이곳저곳을 날아다니고 있을 때, 나는 자네를 찾고 있다기보다는 눈의 신전 속에 고요히 잠들어 있을 자네 시신을 수색하는 기분이었지.

결국 일곱째 날, 비행에서 돌아와 다음 비행을 나가기 전, 멘도사 어느 식당에서 점심식사를 하고 있을 때, 어떤 사람 하나가 문을 박차고 들어오더니 소리쳤지.

"기요메가…… 살아 있어!"

그곳에 있는 모든 사람들의 얼굴에는 당황한 기색이 역력했네.

그로부터 10분 후, 나는 기내에 르페브르와 아브리, 두 정비사를 태우고 이륙을 했어. 40분 후, 무슨 조화인지 모르지만 나는 자네를 태운 자동차를 한눈에 알아보고는 어느 길가를 따라 착륙했네. 어디쯤인지 정확히 알 수는 없었는데, 차는 산라파엘 쪽에서 자네를 데리고 오는 듯했지. 나는 그렇게 기쁠 수가 없었다네. 우리는 모두 눈물을 흘리며 두 팔로 자네를 부서져라 끌어안았지. 살아 있는 자네를, 죽다 살아온 자네를, 자네 표현대로라면 '그 기적 같은 생환의 주인공'인 자네를 말이야. 자네는 처음으로 알아듣기 쉽게 얘기했지. 인간의 경외할 만한 자부심이었어.

"장담컨대, 그 어떤 동물도 내가 했던 것처럼 하지는 못할 걸세."

• • •

그리고 얼마 후, 자네는 우리에게 사고에 대한 이야기를 해주었네.

폭설이 사방천지를 뒤흔들어 놓으며 안데스 산맥 칠레 쪽 경사면 위에 48시간 만에 5m 두께의 눈을 쏟아 부었고, 팬 에어 항공사의 미국 비행기들은 비행기 머리를 돌렸다고 했어.

하지만 자네는 하늘에 뚫린 틈이 있을까 하여 하늘로 날아오른 거지. 잠시 후 그 틈을 발견하였지만, 함정이었네. 해발 6,000m까지만 깔려 있는 구름을 넘어 6,500m까지 날아오르며 자네는 아르헨티나로 기수를 잡았다고 했지. 구름 위로는 산봉우리만이 드문드문 그 얼굴을 드러내고 있었어.

때로 하강기류는 조종사들에게 묘한 불편함을 안겨주지. 엔진은 끊임없이 돌아가는데, 점점 더 깊숙이 처박히고 마니까. 고도를 유지하려고 비행기를 급상승시켜보지만, 비행기는 제 속력을 잃고는 실력 발휘를 하지 못하게 되네. 그럼 비행기는 계속해서 아래로 곤두박질치고 말이야. 그러면 이제는 비행기를 지나치게 급상승시키려 한 것은 아닐까 두려워진 조종사는 고삐를 늦추고 오른쪽 혹은 왼쪽으로 편류하게 내버려두어 만만한 봉우리에 등을 기대려 하지. 텀블링처럼 바람을 받아치는 그런 봉우리 말이야. 하지만 그래도 비행기는 계속 아래로 곤두박질치네. 하늘 전체가 하강하는 것처럼 보이지. 그러면 조종사는 블랙홀에라도 빨려들어가는 느낌을 받는데, 그 어디에도 피난처는 보이지를 않아. 기

둥처럼 단단하고 평평하게 지탱해줄 만한 기류가 있는 곳을
찾으려 유턴을 시도해 봐도 소용이 없어. 어디에도 그런 기둥
은 안 보이니까.

　모든 것이 무너지고, 비행기가 있는 곳까지 모락모락 위로
올라와서 비행기를 삼켜버리는 구름을 향해
총체적 난국 속으로 미끄러져 가
지. 자네는 우리에게 말했네.

"나는 이미 돌이킬 수 없는 상황에 빠질 뻔했지만, 아직은 확신이 서질 않았어. 안정적으로 보이는 구름 위에서는 보통 하강기류를 만나게 되지. 이유는 간단해. 같은 고도에서 구름들은 무한대로 서로 뭉쳐지기 때문이야. 높은 산에서는 모든 게 너무도 신기해."

구름이란 얼마나 굉장한가!

"구름에 사로잡히자마자 나는 밖으로 튕겨나가지 않기 위해 성가신 조종간을 놓아버렸어. 기체의 흔들림이 너무 심해 벨트는 내 어깨에 상처를 입히고 끊어져 버렸지. 심지어 성에가 껴서 시야도 제대로 확보되지 않아 나는 해발 6,000m에서 3,500m까지 그야말로 모자처럼 데굴데굴 굴러갔지. 해발 3,500m에서 나는 거뭇거뭇한 덩어리 같은 것이 수직으로 길게 늘어서 있는 것을 얼핏 보았고, 그 덕에 비행기를 곧추세울 수 있었어. 못자리였지. 라구나 델 디아만테였어. 나는 이 호수가 원곡(圓谷)의 깊숙한 곳에 자리 잡고 있음을 알고 있었네. 그 계곡의 사면 가운데 하나인 마이푸 화산은 고도가 6,900m까지 올라가지. 구름에서 벗어났어도, 거센 눈보라 때문에 앞이 안 보였어. 원곡(圓谷)의 사면 가운데 하나에 갖다 박고 나서야 호수에서 벗어날 수 있겠더군. 그래서 연료가 바닥이 날 때까지 30m 상공에서 라구나를 계속 맴돌았네. 그렇게 두 시간을 회전목마를 타고 나서는 멈춰 서서 아래로 곤두박질쳤지. 비행기에서 빠져나오니 눈보라가 덮쳐왔네. 엎어졌다가 두 발로 다시 일어나니 눈보라는 또다시 나를 뒤집어놓았어. 결국 나는 기체 아래로 기어들어갔네. 그리고 눈구덩이를 파고 내 피난처를 마련했지. 우편물 가방으로 나를 감싸고 48시간 동안을 기다렸다네. 그다음에는 눈보라가 좀 잦아들었고 나는 걷기 시작했지. 4박 5일 동안을 내내 걸었어."

하지만 그때, 자네 모습이 어땠는지 아나, 기요메? 자네를 찾긴 찾았지. 하지만 자네는 새까맣게 타 있었네. 잔뜩 말라비틀어져 있었고, 웬 노파처럼 잔뜩 쪼그라들어 있었어. 같은 날 저녁, 나는 비행기로 자네를 멘도사로 이송했네. 하얀 시트가 금방이라도 자네를 치료해줄 듯 자네 몸을 감싸고 있었지만, 자네의 몸은 낫지를 않았지. 녹초가 되어버린 그 몸속에서 자네는 꼼짝없이 갇혀 있는 신세였고, 잠들지도 못한 채 이리 뒤척이고, 저리 뒤척였네. 자네의 몸은 암벽에 대한 기억도, 눈에 대한 기억도 어느 것 하나도 잊지 못하고 있었어. 자네의 몸에 각인되어 버린 것이지. 나는 몇 차례 얻어맞아 멍든 과일처럼 까무잡잡해지고 부어오른 자네 얼굴을 유심히 들여다보았다네. 자네 몰골은 흉측했고, 참혹했어. 손은 여전히 얼어 있는 상태였고, 자네가 숨을 쉬려고 침대에 걸터앉았을 때, 동상 입은 다리는 마치 두 개의 죽은 추처럼 흔들거렸지. 비행은 아직 끝난 것이 아니었어. 자네는 여전히 헉헉댔고, 안정을 찾아보려 애쓰며 다시금 몸을 베개 위로 뒤척였을 때, 자네 얼굴 위로는 못 참겠다는 표정들이 스쳐갔지. 자네의 두개골 아래에서 파르르 떨리던 고통의 몸짓은 더 이상 감추지 못하겠다는 듯 위로 모습을 드러냈네. 그 같은 고통의 몸짓이 계속 이어졌고, 자네는 끝없이 되살아나는 이 적들과 골백번도 넘게 싸움을 하였지.

　나는 자네에게 탕약을 따라주며 말했지.

　"좀 들게나, 이 딱한 친구야."

　"내가…… 가장 놀랐던 건 말이지……."

　경기에서는 이겼으되, 온몸이 멍투성이인 복서와도 같았던 자네는 기이하기만 했던 그 모험에 대한 기억들을 되살렸네. 토막토막 끊어서 단편적으로 되살려내었지. 그 밤, 자네 이야기를 듣는 동안 내게는 피켈도 로프도 없이 걸어가는 자네 모습이 떠올랐네. 식량도 없이 5,500m 높이의 협곡을 기어오르고 있었겠지. 가파른 암벽을 따라 영하 40도의 추위에 피투성이가 된 손발을 이끌고 앞으로 나아가고 있었을지도 모르겠군. 몸에서 서서히 피와 기력이, 이성이 빠져나가자, 자네는 개미의 고집스러움으로 한 발, 한 발 앞으로 나아갔겠지. 장애물을 피해가려 발길을 되돌리고, 굴러 떨어진 후 다시 몸을 곧추세우고, 깊은 좌절의 늪으로밖에 이어지지 않는 오르막길을 다시 기어오르며 잠시도 쉴 틈을 주지 않았을 테지. 눈밭을 침대 삼아 주저앉아 버렸다가는 다시 일어설 수 없었을 것이니까 말일세.

미끄러지고 나면 금세 몸을 일으켜 세워야 했지. 그러지 않았으면 바로 돌덩이로 변해버릴 목숨이었으니까. 추위는 시시각각 자네 몸을 돌덩이로 굳게 했고, 굴러 떨어지고 나서 더도 덜도 아닌 딱 1분의 휴식만을 맛본 뒤, 다시 몸을 일으켜 세워보려 죽은 근육을 움직여 보았을 게야.

자네는 온갖 유혹의 손길을 뿌리쳤네.

"눈 속에서 우리는 모든 생존본능을 다 잃어버려. 눈 속에서

65

걷기를 이틀, 사흘, 나흘 반복하다 보면 사람의 머릿속엔 자고 싶다는 생각밖엔 남지 않아. 나도 그랬어. 하지만 나 자신에게 말했지. '집사람이 만약 내가 살아 있다고 믿는다면, 내가 아직 걸어가고 있다고 믿는다면, 친구들이 아직 내가 걸어가고 있을 것이라고 생각하고 있다면, 모두가 아직 나에 대한 믿음을 가지고 있다면, 그런데도 포기하면 그게 사람이야?' 라고 말이네."

그래서 자네는 계속 걸었다고 했어. 그리고 매일 조금씩, 다용도 칼로 구두 밑창에 홈을 파서, 얼어붙고 부푼 발이 견딜 수 있도록 했다고 했지. 자네는 내게 이상한 얘기도 하나 털어놓았어.

"둘째 날부터는 제일 큰일이 뭐였는지 아나? 바로 생각을 하지 않으려고 애를 썼던 거였어. 나는 너무도 고통스러웠고, 상황이 너무도 암울해서, 계속 걸으려는 의지를 버리지 않으려면 그때 내가 처한 상황에 대한 생각을 일체 하지 말아야 했네. 하지만 그게, 내 머리가 생각대로 되지가 않더군. 내 머리는 터빈처럼 쉴 새 없이 돌아갔네. 그래도 내게 생각의 자유는 아직 주어져 있었지. 그래서 내가 봤던 영화나 책에 대한 생각을 하려고 애를 썼어. 그랬더니 머리가 그에 대한 생각들로 꽉 차버리더군. 그런데 또 결국 종착점은 내 극한 상황이 되어버리는 거야. 꼭 그렇게 이어지더라고. 그래서 나는 그 생각을 또다시 떨쳐버리고 다른 기억을 끄집어냈다네."

그런데 한번은 눈 바닥에 배를 붙이고 미끄러져 버린 자네는 다시 일어나기를 포기했어. 자네의 그 모습은 마치 최후의 일격을 맞고서 1초씩 내려가는 카운트다운 소리를 듣고 있는 복서와도 같았지. 10초가 지나면 게임은 끝나는 거였어.

"나는 할 수 있는 만큼 다했고, 희망이 없었네. 도대체 내가 왜 이 고생을 하고 있나 싶더라고."

그저 두 눈만 감으면 평온한 세상이 자네를 기다리고 있었으니 말이야. 그러면 바위도, 얼음도, 눈도 모두 사라져버리는 거였네. 이 기적의 눈꺼풀이 감기자, 자네에게 가해지던 타격들이 모두 사라져버렸어. 넘어지는 일도 없었고, 만신창이가 된 근육에서도 아픔이 느껴지지를 않았지. 살을 에는 듯한 추위도 없었고, 소처럼 질질 끌고 가던 삶의 무게도 사라졌네. 수레보다도 더 무거웠던 그 삶의 무게 말일세. 자네는 독이 되

67

어버린 추위의 맛을 보았지. 모르핀의 맛과도 같았던 그 황홀경, 그 사이 삶은 자네의 심장을 빠져나가고 있었네. 자네의 몸 한가운데에는 무언가 부드럽고 소중한 것이 잔뜩 웅크리고 있었지. 고통으로만 가득 차 있던 자네의 몸을, 이미 대리석과도 같이 딱딱하게 굳어버린 자네의 몸을, 자네의 의식은 서서히 떠나가고 있었어.

자네의 불안감도 서서히 줄어들었지. 우리가 자네를 찾아 외쳐대는 소리도 자네에게 닿지를 않았어. 아니, 조금 더 정확히 말하면 자네는 그 소리를 꿈속 어디에선가 듣고 있는 것쯤으로 생각했지. 꿈속에서의 한 걸음 한 걸음은 달콤했네. 보폭을 조금만 잡아주어도 저만큼 멀리 나갈 수 있었고, 힘들이지 않아도 평원의 즐거움을 만끽할 수 있었어. 자네에게 그토록 감미로운 세계가 된 그곳으로 미끄러져 들어가며 얼마나 편안했던가! 기요메, 다 꺼져가는 불빛처럼 희미하기 그지없던 자네는 우리의 곁으로 돌아오지 않기로 결심했었지.

그런데 자네 의식 저 깊숙한 곳에서 후회가 일기 시작한 거야. 머릿속으로 갑자기 또렷한 생각들이 섞여 들어갔지.

"나는 내 아내를 생각했네. 보험에 들었으니, 궁핍한 생활은 면할 수 있을 거였네. 그래, 그런데 그 보험은……."

그 보험은 피보험자가 실종될 경우, 법적인 사망 선고가 4년 간 유예되는 것이었네. 자네 머릿속에 갑자기 그 생각이 번뜩 스친 거야. 다른 생각들을 다 물리치고 말일세. 그런데 자네는 가파르게 경사진 눈길에 엎드려 있는 신세가 아니었던가. 여름이 오면 자네의 시신은 진흙과 함께 안데스 산맥의 수천 개 골짜기 가운데 하나로 굴러갈 것이었네. 자네는 그걸 알고 있었지. 그런데 자네는 앞으로 50여 미터만 더 가면 커다란 바위가 솟아올라 있다는 걸 알고 있었지.

"난 생각했네. '만약 내가 지금 다시 일어나 저 바위에 도달할 수만 있다면, 그래서 내 몸을 저 바위에 단단히 고정시켜놓을 수만 있다면, 여름이 됐을 때, 사람들이 내 시신을 쉽게 찾을 수 있을 거야.' 라고 말일세."

자네는 자리에서 일어나 2박 3일간을 걸었네. 하지만 더 멀리 갈 생각은 조금도 하지 않았지.

"내 목숨이 얼마 남지 않았다는 걸 알려주는 신호들이 많았어. 그 가운데 하나는 거의 두 시간마다 한 번씩, 꽁꽁 언 발을 녹여보려 멈춰서야 했다는 거야. 부풀어 오르는 내 발을 눈으

로 비벼보기도 했지. 그렇게 멈춰 서서 심장을 잠시 쉬게도 했
어. 그런데 막바지에 다다를수록 기억이 희미해지는 거야. 그

렇게 걷기 시작한 지가 꽤 되었는데, 한 줄기 빛이 지나갈 때면 그때마다 무언가를 하나씩 잊어버리게 되더라고. 처음에는 장갑 한 짝이었어. 날도 추운데 큰일이었지. 내 앞에 한 짝을 내려놓았다가 그걸 다시 줍지 않고 그냥 걸어왔던 거야. 그 다음엔 시계, 그리고 그다음엔 다용도 칼, 또 그다음엔 나침반, 한 번씩 멈출 때마다 몸은 점점 더 가벼워지더군. 나를 살린 건 앞으로 나아간 그 한 걸음이야. 한 걸음, 또 한 걸음…… 언제나 그 한 걸음으로 우리는 다시 시작하는 거야."

· · ·

"장담컨대, 그 어떤 동물도 내가 했던 것처럼 하지는 못할 걸세."

내가 아는 한 가장 고귀한 말인 이 문장이, 인간을 바로 세워주고, 인간에 대한 경의를 표하여, 진정한 위계질서를 회복시켜 주는 이 문장이 떠오르는군. 결국 자네는 잠이 들었어. 자네의 의식은 사라졌으나, 만신창이가 되고 다 타들어간 그 육신에서 다시 의식이 깨어 나와 새로이 자네의 육신을 지배

했어. 그리하여 자네의 몸은 다시 쓸 만한 도구가 되었고, 다시 자네 의식의 시종이 되었다네. 그리고 기요메, 자네는 그 쓸 만한 도구에 대한 자랑을 늘어놓았지.

"먹을 것도 없이 그렇게 산송장처럼 걸어가는 게, 상상이 가나? 아무튼 그렇게 사흘째를 걷던 날이었네. 심장이 정말 못 견뎌 하는 거야. 가파른 오르막길을 따라 주먹으로 빈 곳을 후벼 파면서 올라가는데, 결국 심장이 말썽을 일으키더군. 뛸 듯 말 듯 망설이다 다시 뛰기도 하고, 여하튼 제대로 뛰지를 못하는 거야. 심장이 조금만 더 더디게 뛰다간 손에 힘이 빠져버리겠더라고. 나는 더 이상 움직일 수가 없어서 가만히 귀 기울여 심장 소리를 들어보았어. 여태까지 단 한 번도 그런 적이 없었어. 알겠나? 단 한 번도 내 심장이, 그렇게 비행기 엔진 덜컥거리듯 제대로 뛰지 못하며 멈추는 걸 느껴본 적이 없었다고. 나는 내 심장에 대고 말했네. '조금만 더, 조금만 더 힘을 내봐! 조금만 더 뛰어보란 말이야!' 그런데 내 심장은 성능이 아주 뛰어난 놈이었네. 잠시 멈칫하더니, 다시 뛰기 시작하는 거야. 그 순간, 내 심장이 얼마나 자랑스러웠는지 아나?"

• • •

내가 자네를 밤새 지키고 있던 멘도사 병실에서 자네는 가쁜 숨을 몰아쉬며 잠이 들었지. 나는 생각했네.

'사람들이 용감하다고 말한다면, 기요메, 이 친구는 어깨를 으쓱해 보이겠군. 하지만 어떤 사람은 겸손 운운하며 녀석에게 반기를 들 수도 있을 거야. 겸손 나부랭이하고는 거리가 먼 친구니까. 기요메가 어깨를 으쓱해 보일 때는 그만큼 뭔가 알고 있기 때문이야. 한 번 무언가를 겪고 나면 사람이란 다시는 그 일로 두려워하지 않는다는 사실을 녀석은 알고 있지. 사람을 공포에 사로잡히게 만드는 건 오직 미지수일 뿐이야. 무슨 일이 생길지 모르기에 겁을 먹는 거지. 하지만 한 번 맞닥뜨린 사람에게는 미지수란 존재하지 않아. 특히나 이렇게 심각한 상황에서 현명하게 대처한 사람이라면 더욱 그러하지. 기요메의 용기는 무엇보다도 그 곧은 성품을 있는 그대로 보여준 거라고.'

   • • •

  기요메의 진가는 거기에 있는 것이 아니었다. 그건 무엇보다도 스스로 책임감을 느낀다는 것이었다. 그 자신에 대한 책임감, 우편기에 대한 책임감, 그리고 그를 기다리는 동료들에 대한 책임감, 그게 바로 기요메의 대단함이다. 이들의 고통과 기쁨은 기요메의 손안에 있었다. 살아 있는 사람들 사이에서는 그가 참여하여 새로이 만들어지는 무언가에 대한 책임감을 느꼈고, 일을 할 때는 작게나마 사람들의 운명을 책임진다는 사명감이 있었다.

  그는 자신의 잎으로 기꺼이 드넓은 지평선을 감싸 안기를 감수하는 대범한 사람 가운데 하나이다. 사람이 된다는 것은 엄밀히 말하면 책임을 진다는 것이다. 사람이 된다는 것은 자기와는 무관한 가난 앞에서도 부끄러움을 아는 것이다. 사람이 된다는 것은 동료가 가져간 승리를 함께 자랑스러워하는 것이다. 사람이 된다는 것은 그 자신의 돌을 가져다 놓으며 이 세상을 만들어 나아가는 데에 일조하는 것이다.

  우리는 이러한 사람들을 투우사나 운동선수들과 혼동하는

경향이 있다. 죽음에 대해 초연한 듯한 그들의 모습을 찬양하는 것이다. 하지만 나는 죽음을 경시하는 태도는 비웃어주고 싶다. 자신이 감당해야 할 책임감을 도외시한다면 그건 젊은 날의 객기에 지나지 않는다. 나는 자살을 한 어느 젊은이를 알고 있다. 그 어떤 사랑의 고통이 있었기에 이 청년이 자신의 심장에 대고 권총을 쏘았는지는 모르겠다. 그 어떤 글귀의 유혹에 넘어가 이 청년이 백기를 들고 그 앞에 무릎을 꿇었는지도 모르겠다. 하지만 내가 기억하는 바로는 그 친구의 장례행렬 때, 나는 이를 고결한 죽음으로 받아들이지 않았다. 내가 느낀 것은 그저 초라한 동정심이었다. 그렇게 사랑스러운 얼굴을 한 인간의 두개골 아래에는 아무것도 없었다. 정녕 아무것도……. 아니면 다른 여자들과 다를 바 없는 어느 바보 같은 어린 아가씨의 모습 정도라고 할까?

이처럼 가혹한 운명 앞에서, 나는 진정 인간다운 죽음을 하나 떠올렸다. 그건 어느 정원사의 죽음이었다. 그는 내게 말했다.

"있잖아요…… 삽질을 할 때면 이따금씩 땀을 흘렸어요. 류마티즘 때문에 다리가 지끈거렸거든요. 그러면 이 지긋지긋

한 노예 같은 신세를 저주했지요. 그런데 오늘은 삽질을 하고 싶어요. 땅에 대고 삽질을 하고 싶다고요. 땅을 일구는 일은 제겐 정말 아름다운 행동처럼 보이거든요. 그렇게 땅을 일굴 때면 얼마나 자유로워지는지 몰라요! 또 저 아니면 누가 제 나무들을 돌봐주겠습니까?"

정원사는 황무지가 된 땅을 남기고 죽었다. 황무지가 된 대지를 남기고 죽은 것이다. 그는 세상의 모든 흙과 대지의 모든 나무와 사랑으로 연결되어 있었다. 관대하며 풍요로움을 누리는 자, 위대한 귀인이 바로 그였다. 그 역시도 기요메와 마찬가지로 조물주의 이름을 걸고 죽음과 맞서 싸운 용감한 사람이었다.

3. 비행기

기요메, 압력계를 조절하고 자이로스코프 위에서 평형을 유지하며 15톤짜리 금속 덩어리에 어깨를 기대고 있느라 밤낮으로 시간을 다 흘려보낸다 해도, 그게 뭐 그리 대수이겠는가. 결국 자네에게 제기되는 문제는 사람의 문제인 것을. 그리고 자네는 단숨에, 손쉽게, 산악인의 숭고함을 갖게 되었네. 또한 자네는 시인과도 같은 감각으로 새벽이 오는 소리를 느낄 줄도 알고 있지. 힘겨웠던 그 깊고도 깊은 밤, 자네는 새벽의 그 희미한 빛줄기 하나가 나타나기를, 까만 대지를 누르고 동녘에서 솟아날 그 빛줄기가 나타나기를 그토록 간절히 고대하였더랬지. 자네가 죽었다는 생각에 도달했을 때, 그 기적과도 같은 샘은 자네 앞에서 서서히 녹아내렸고, 자네를 치료해주었네.

다루기 힘든 기계의 사용법을 아는 것이 자네를 무미건조한 기술자로 만든 것은 아니었네. 내 생각엔 기술적 진보에 대해 기겁을 한 사람들이 목적과 수단을 혼동하고 있는 것 같아. 단지 물질적 재화에만 눈이 어두운 사람들은 진정으로 삶의 가치가 있는 것은 아무것도 얻지 못하는 법이야. 하지만 기계는 목적이 될 수 없네. 비행기는 목적이 될 수 없어. 그건 도구일 뿐이야. 수레와 같은 도구 말일세.

• • •

만약 기계가 인간을 황폐화시키고 있다고 생각한다면, 그건 아마도 우리가 겪은 것만큼 빠르게 이룩한 기술적 진보를 한발 뒤로 물러서 판단하지 않았기 때문일 것이다. 인류의 역사는 20만 년인데 반해, 기계의 역사는 고작 100년이 아니던가? 광산이니 발전소니 하는 것들은 이제 막 인간의 삶과 함께 하기 시작했을 뿐이다. 아직 다 완공을 못한 이 새로운 형태의 집에 우리는 이제 막 새로 들어와 살게 된 것뿐이다. 인간관계, 근로조건, 관습 등 우리 주위에서는 모든 것들이 너무도 빠르게 변화하고 있다. 우리의 심리 역시 가장 뿌리 깊게 박혀 있는 기반 속에서 뒤흔들렸다. 이별이나 부재, 거리, 귀환과 같은 개념들은 비록 그 단어가 이전의 형태 그대로 남아 있다고 하더라도 이전과 같은 현실적 의미를 담고 있지는 않다. 우리는 어제의 세상에서 만들어진 단어로 지금의 세상을 파악하는 데에 사용하고 있다. 과거의 삶이 우리의 언어에 더욱 잘 맞아떨어진다는 이유 하나만으로도, 우리의 천성에는 과거의 삶이 더 잘 부응하는 것처럼 느껴진다.

새로운 관습에 간신히 적응이 되었다 싶으면, 또 다른 진보가 우리를 이전의 관습에서 벗어나게끔 만들어놓는다. 실로 우리는 아직 자신의 고향을 찾지 못한 떠돌이 이민자의 신세와도 같다.

우리는 아직도 새로운 장난감이 신기하기만 한 철없는 어린아이에 불과하다. 비행기 경주를 하는 이유도 별다른 의미는 없다. 오로지 더 높이 올라, 더 빨리 달리기 위함이다. 비행기를 왜 그렇게 달리게 만드는지에 대한 이유는 망각하고 있다. 일시적으로는 달리는 것이 목표에 우선하고 있다. 언제나 늘 그런 식이다. 식민제국을 건설하는 식민주의자에게 있어 삶의

의미는 정복하는 것이다. 군인은 식민 통치 지역을 지키는 데에 경계를 늦추지 않지만, 정복의 목적은 이 식민 통치 지역을 세우는 것이 아니던가? 따라서 진보를 찬양하는 가운데, 우리는 철로도 놓고 공장도 세웠으며, 석유 시추도 하였다. 이를 건설하는 작업이 결국 인간을 위한 것이라는 사실도 잊어버렸었다. 정복의 시기 동안 우리는 군인의 이치를 가졌었다. 하지만 이제는 식민화 작업을 해야 한다. 아직 제 얼굴을 갖지 못한 이 새로운 집에 생기를 불어넣어 주어야 한다. 어떤 이에게는 진실이란 집을 짓는 것이고, 어떤 이에게는 진실이란 집에 들어가 사는 것이다.

• • •

우리의 집은 서서히 인간적인 면모를 갖추게 될 것이다. 기계라는 것도 완벽에 가까워져 갈수록 그 역할 뒤로 잊혀져 갈 것이다. 설계도면 위에서 밤을 지새우고, 열심히 수치계산을 하는 등 산업화를 위한 인간의 모든 노력의 끝은 결국 자연스러워 보이는 것이다. 마치 가슴선이나 어깨선의 곡선과 같이

매끄러운 원통의
곡선, 유선형 기체의
곡선, 혹은 비행기 동
체의 곡선을 얻어내기 위
해서는 여러 세대의 경
험이 필요했던 것처럼 말이
다. 엔지니어나 설계사, 연
구실 계산원들의 작업은 오
직 접합부를 반들반들하게 닦
아주고, 연결부위를 완화시켜주고,
이음새의 흔적을 없애주는 데에 있는
것 같다. 날개가 비행기 동체에 걸려 부러
지는 일이 없을 때까지 균형을 잡아주는 데에

있는 것 같다. 그리하여 오점이라고는 찾아볼 수도 없을 만큼 하나의 완벽한 형태로 거듭나는 것이다. 그리하여 하나의 시와 같이, 유기적으로 연결된 자연스러운 집합체로 거듭난다. 완벽함이란 더 이상 추가할 것이 없을 때 이루어지는 것이 아니라 더 이상 덜어낼 것이 없을 때 이루어지는 것이다. 그렇게 진화의 끝에 서면 기계는 그 자취를 감춘다.

마찬가지로, 발명의 완성도 더 이상 발명할 것이 없을 때를 일컫는다. 이처럼 발명의 완성이란 발명품의 존재 자체를 없애는 것이다. 어떤 기구든 마찬가지이다. 눈에 보이는 모든 기계장치는 서서히 사라져가고, 바닷물에 의해 닳고 닳아 반들반들해진 조약돌처럼 자연스러운 사물 하나가 우리에게로 인도된다. 사용되어가면서 기계가 서서히 자신의 존재감을 지워가는 것 또한 경탄할 만하다.

과거에는 복잡하기 짝이 없는 공장과 접촉을 하였으나, 오늘날의 우리는 공장의 엔진을 잊어버린 지 오래다. 그렇다고 엔진이 돌아가지 않는 것은 아니다. 우리의 심장이 계속해서 뛰고 있되, 우리가 여기에 신경을 쓰지 않는 것처럼, 엔진 역시 우리에게서 잊힌 상태로 계속해서 제 기능을 수행하고 있는 것이다. 이제 도구는 관심의 조명을 받지 않는다. 도구를 넘어서 이제 우리가 다시 관심을 갖기 시작한 것은 오래된 본연의 모습, 즉 정원사나 항해사, 혹은 시인의 오래된 속성이다.

비행기를 이륙시키는 조종사는 물과 공기에 접촉한다. 엔진에 발동이 걸리고, 비행기가 바닷물에 움푹움푹 자국을 패어 놓으면, 찰랑거리는 소리를 뒤로 비행기 동체가 징처럼 울리

는 소리가 들려오고, 이는 인간에게 허리의 떨림으로 전해져
온다. 조종사는 속도를 높일수록 수상 비행기에 시시각각 힘
이 실리는 것을 느낀다. 이 15톤짜리의 육중한 기계가 힘껏
날아오르기 위해 준비하는 과정을 느끼는 것이다. 조종사는
조종간을 손으로 힘차게 부여잡고, 움푹 들어간 자신의 손바
닥 안에다가 비행기가 보내주는 이 힘을 전해 받는다. 그 힘을
조종사에게 전달해주는 역할을 조종간이 맞는 것이다. 그 힘
이 어느 정도 무르익으면, 조종사는 나무에서 열매를 따는 것
보다 더 부드럽게 바닷물에서 비행기를 떼어내서 공중에 안
착시킨다.

4. 비행기와 지구

1

물론 비행기가 기계라는 사실에는 의심의 여지가 없다. 하지만 비행기만큼 이 대지를 잘 분석할 수 있게 해주는 도구가 또 있을까! 비행기는 우리가 진정한 대지의 모습을 발견할 수 있게 해주었다. 도로는 수 세기 동안 우리를 속여 왔다. 신하를 방문하여 자신의 통치방식을 마음에 들어 하는지 알아보고 싶어 하는 여왕의 모습과도 같다. 간신들은 눈속임을 위해 여왕이 가는 길을 화려하게 치장한 뒤, 돈을 주고 사람을 사들여 그 길에서 춤을 추게 한다. 아무것도 모르는 여왕은 왕국 구석 곳곳을 두루 살펴보지 못하고, 도시 외곽에서는 배고픔으로 죽어가는 사람들이 자신을 저주하고 있다는 사실조차 모른다.

마찬가지로 우리도 구불구불한 길을 따라가고 있었다. 메마

85

른 대지와 바위, 모래를 피해 나 있는 길이었고, 사람이 필요로 하는 것은 뭐든 다 있었으며, 곳곳에 샘이 솟아오르는 길이었다. 이 길은 곳간에서 벼가 자라는 대지로 나그네를 인도하는 길이었고, 외양간에서는 가축들이 잠이 들어 있었으며, 날이 밝으면 이들에게 먹을 것도 잔뜩 주는 그런 곳이었다. 길은 마을과 마을을 연결시켜준다. 사람들이 서로 결혼을 하였기 때문이다. 그 가운데 한 길을 가다 사막을 만나면, 스무 번을 돌고 돌아 오아시스를 만나는 기쁨을 누린다.

거짓말에 쉽게 속아 넘어가듯, 우리는 구불구불한 길에 속아 넘어갔다. 비행 도중 축축이 물 먹은 대지를 수도 없이 보았고, 숱하게 많은 목장들과 초원들을 본 탓에, 우리가 갇혀 있는 감옥의 모습을 한참 동안 미화하였다. 우리는 이 대지가 따뜻하고 촉촉한 곳이라고 생각했다.

그러나 우리의 시각은 예민해졌고 쓰라린 진보를 이루었다. 비행기와 더불어 곧게 뻗어 가는 길을 배웠다. 이륙을 하자마자, 축사로 휘어져 있거나 도시에서 도시로 꾸불꾸불 이어지는 길에서 벗어났다. 이제는 사랑받는 종살이를 극복하고 샘에 대한 욕구에서 벗어나, 목적지를 향해 우리의 기수를 잡았다. 그리하여 곧게 뻗은 우리의 길, 그 높은 곳에서 바위와 모래와 소금이라는 핵심토대를 발견하였다. 그곳에서는 가끔 폐허의 깊게 팬 웅덩이에 이끼가 피어나는 것과 같이 삶의 이곳저곳에서 생명이 피어나고 있었다.

계곡을 장식하는, 그리고 때로는 기후가 좋은 곳의 공원처럼 기적적으로 피어나는 이 새로운 문명을 연구하면서, 우리는 물리학자도 되고 생물학자도 되었다. 그렇게 우리는 우주적인 차원에서 인간을 판단하였다. 그렇게 우리는 비행기 차창으로 이를 관측하였다. 과학자들이 자신들의 연구도구를 통해서 하듯 그렇게 말이다. 그렇게 우리는 우리의 역사를 되짚어보았다.

2

마젤란 해협을 향해 비행하는 조종사는 리오 갈레고스 약간 남쪽으로 예전에 용암이 흘렀던 지대를 날아가게 된다. 평원 위에는 20m 두께로 용암의 흔적이 드리워져 있다. 그리고 나서는 두 번째 용암로, 세 번째 용암로를 지나게

되고, 또 그다음에는 지면에서 솟아오른 분화구 하나하나와 마주치며, 돌기처럼 솟아오른 200m 크기의 원구(圓丘)가 보인다. 그리고 산허리 분화구에 이르게 되는데, 평야에 그대로 놓여 입을 벌리고 있는 분화구들은 거만한 베수비오 화산의 흔적이다.

하지만 지금은 모두 잠잠해졌다. 사람들은 폐허가 된 그곳의 풍경을 경이롭게 바라본다. 과거에는 천여 개의 화산이 저마다 지하에서부터 뽑아낸 웅장한 소리를 토해내며 불구덩이와 함께 서로 주거니 받거니 펑펑 터져 올라왔을 것이었다. 하지만 이제는 검은 빙하로 장식된 채 그저 잠잠하기만 한 이 대지의 상공을 날고 있는 것이다.

그런데 조금 더 멀리 떨어진 곳에서는 이보다 더 오래된 화산들이 이미 금빛 잔디를 두르고 있었다. 이따금씩은 분화구 속에서 나무 한 그루가 마치 오래된 화병의 꽃 한 송이처럼 비집고 올라왔다. 황혼빛 아래의 평야는 키 작은 잔디로 한껏 치장하여 도심의 여느 공원과 다를 바 없이 고풍스러운 맛을 뽐내고 있었다. 그리고 분화구 목 부근에서나 불룩하게 배가 불러 있을 뿐이었다. 산토끼가 도망치고 새가 날아오르며, 하나의 별에 불과했던 곳에 대지가 보기 좋게 섞여 자리 잡으며 새로 태어난 행성 위에는 그렇게 삶이 둥지를 틀었다.

  푼타 아레나스에 조금 못 가서는 최후의 분화구들이 메워지고 있었다. 화산의 굴곡을 따라 잔디가 곱게 내려앉았고, 화산은 이제 지극히 부드러움을 발산하고 있었다. 갈라진 틈은 이 부드러운 풀빛 천으로 다시 메워버렸다. 대지는 매끈했고, 경사는 완만했으며, 본래의 모습을 찾아보기 힘들 정도였다. 언덕 중턱에서 이 잔디가 어두운 흔적을 지워버린 것이다.

  그곳은 남극의 빙하와 본래의 용암 사이에서, 약간의 진흙으로 우연히 구축된 도시였다. 그렇게 시커먼 용암 가까이에서 만들어진 도시라니, 인간은 그 얼마나 놀라운 기적을 만들어낸 것인가? 수많은 날들 가운데 어느 날, 지질학의 역사가 살아 숨쉬는 그때, 그 어떤 우연으로 왜, 그리고 어떻게 이 나그네가 그토록 짧은 시간 동안 사람이 살 수 있는 곳으로 가꾸어진 이 공원을 방문하게 된 것인지 모르겠다.

• • •

감미로운 저녁나절, 나는 착륙했다. 푼타 아레나스! 나는 샘에 기대어 앉아 소녀들을 바라보았다. 두 발치 떨어진 곳에서 이들의 매력을 느껴보고 있자니, 나는 인간의 신비를 더욱 잘 느낄 수 있었다. 삶이 쉽게 또 다른 삶과 조우하고, 바람결에도 꽃과 꽃이 서로 뒤섞이고, 백조가 다른 백조들과 어우러지는 이 세상에서, 오직 인간만이 그들만의 외로움의 성을 쌓고 있다.

이들의 정신 속에는 얼마만한 공간이 서로의 마음의 통로를 가로막고 있는가? 소녀에 대한 환상이 나로부터 그녀를 떼어 놓는다. 어떻게 하면 소녀와 어울릴 수 있을까? 두 눈을 아래로 내리깔고 입가에 미소를 머금은 채, 이미 사랑스런 거짓말과 꾸며낸 이야기들로 머리가 가득 찬 이 소녀에게서 무엇을 알 수 있단 말인가? 연인의 침묵과 음성으로, 이런저런 생각들로, 소녀는 하나의 왕국도 만들 수 있었다. 상황이 이쯤 되면 소녀에게는 연인 이외의 사람은 모두 야만인쯤으로 치부된다. 나는 다른 그 어느 곳에서보다도 소녀가 자신의 비밀 속에, 습관 속에, 기억에서 울려 퍼지는 메아리 속에 갇혀 있음을 잘 느끼고 있다. 화산에서, 잔디에서, 그리고 짭조름한 바닷물에서 이전 날 태어난 소녀는 이미 반쯤 신의 모습을 하고 있었다.

푼타 아레나스! 나는 샘에 기대어 앉았다. 나이 많은 아주머니들이 그곳에 물을 길으러 왔다. 그들의 고통 속에서 나는 단지 식모살이를 하는 여인의 움직임밖에는 느끼지 못했다. 한 아이가 벽에 기대어 말없이 눈물을 흘리고 있다. 이 아이는 내 기억 속에서 결코 달랠 수 없는 귀여운 꼬마로만 남게 될 것이다. 나는 이방인이다. 나는 아무것도 모른다. 나는 그들의 제국으로 들어갈 수 없다.

· · ·

인간의 증오와 애정, 즐거움은 얼마나 협소한 무대에서 표출되었던가! 용암은 아직 따끈따끈한 상태이므로, 아직 위험은 가시지 않았다. 미래에는 모래가, 혹은 눈이 그 목숨을 위협할지도 모를 일이다. 이토록 취약한 인간은 그 작은 무대 위에서 영원의 맛을 끌어내고 있는 것인가? 인간의 문명은 얇디얇은 금박에 불과하다. 화산에, 새로운 바다에, 한 줄기 모래

91

바람에도 지워져 버리는 것이 인간의 문명이다.

이 도시는 보스(Beauce, 프랑스의 보스 지방, 광활한 평야가 있음 – 역자 주)의 대지처럼 깊이가 있는 진정한 토양 위에 세워진 것 같다. 우리는 여기에서도 다른 곳과 마찬가지로 삶이란 사치임을, 인간의 발밑에는 깊이 있는 땅이 아무 데도 없다는 사실을 잊고 있었다. 하지만 푼타 아레나스에서 10km 떨어진 곳에는 이를 보여주는 연못이 있다. 잘 자라지 못한 나무들과 낮은 집들로 둘러싸여 있고, 시골 어느 뜰 안의 늪처럼 보잘 것 없는 그 연못에는 그 이유를 설명할 수는 없지만 조수가 일었다. 갈대가 있고 아이들이 뛰어노는 지극히 평화로운 현실 속에서 밤낮으로 느린 호흡을 계속하며 그 연못은 또 다른 법칙을 따른다. 잔잔한 표면 아래에서, 움직이지 않는 빙판 아래에서, 하나밖에 없는 망가진 돛단배 아래에서, 달의 기운은 그렇게 작용하고 있었다. 바다의 소용돌이가 그 깊은 곳에서 이 검은 덩어리를 부추겼던 것이다. 기이한 소화과정이 마젤란 해협 부근까지 가벼운 수풀층과 꽃 아래에서 계속된다. 사람들이 자기네 집이라고 믿는 도시의 가장자리에서, 100m 너비의 이 늪은 인간의 대지 위에 잘 자리 잡고 앉아 바다의 맥박을 전해온다.

3

우리는 방랑의 행성에서 살고 있다. 비행기 덕이긴 하지만 시간이 가면서 지구는 우리에게 자신의 기원을 보여주었다. 달과 연관이 있는 늪은 숨은 혈족관계를 드러내 주었다. 그러나 나는 다른 신호를 알고 있었다.

우리는 점점 더 멀리, 쥐비 곶(岬)과 시스네로스 사이 사하라 연안 위로 너비가 작은 것은 백여 걸음, 큰 것은 30여 킬로미터까지 이르는 원추형 모양의 사구 상공을 날아간다. 그러나 놀랍게도 이들의 고도는 한결같이 300m이다. 비단 높이가 같은 것 이외에도 이들은 빛깔도 같고, 알갱이의 크기도 같으며, 깎여진 모양도 같다. 모래에서 솟아오른 사원의 기둥이 허물어진 탁자의 잔해를 보여주듯이, 고독한 이 기둥들 역시 예전에 이들을 하나로 묶어주었던 거대한 사구의 흔적을 보인다.

카사블랑카 – 다카르 노선을 비행하던 초창기에는 장비가 허술했었다. 따라서 고장이 나거나 수색 혹은 구조의 이유로 위험을 무릅쓰고 불귀순 세력 주둔지역에 착륙해야 할 때가 종종 있었다. 그런데 모래가 우리를 속이는 것이다. 단단하다고 믿고 착륙을 하면 모래에 움푹움푹 빠지는 것이었다. 아스

93

팔트만큼 견고해 보이는 오래된 염전 터는 발아래에서 둔탁한 소리를 내며, 이따금씩 바퀴의 무게를 견뎌내지 못하였다. 검은 늪지대의 역한 냄새 위로 하얀 소금 외피가 바스러지는 것이었다. 그리고 상황이 허락할 경우, 이 고원의 매끄럽고 평탄한 곳을 택할 때도 있었는데, 이유는 그 어떤 함정도 숨기고 있지 않기 때문이었다.

그곳이 확실한 착륙장소일 수 있던 이유는 알갱이가 굵고 딱딱한 모래가 있었고, 또 작은 조개무지가 어마어마할 정도로 많이 있었기 때문이었다. 고원 표면에서 아직 그 누구의 손에도 닿지 않은 채로 남아 있던 이 조개무지를 우리가 발견한 것이었다. 조개무지는 우리가 능선을 따라 내려갈수록 토막토막 부서지고 다시 쌓이고는 했다. 산 밑의 가장 오래된 더미에서 조개껍질은 이미 순수 석회질을 이루고 있었다.

그런데 불귀순 세력에게 우리의 동료 렌과 세르가 붙잡혀 있던 시절, 무어인 전령을 내려놓기 위해 이 불시착장 중 한 곳에 착륙한 나는 그곳을 떠나기에 앞서, 그가 내려갈 만한 길이 있는지 함께 찾아보았다. 하지만 우리가 착륙한 고원은 어느 방향에서나 절벽에 닿아 있었고, 절벽은 헐렁한 옷에서 볼 수 있음 직한 주름과 더불어 수직으로 깊게 내리뻗어 있었다. 어떤 식으로든 그곳을 도망치는 것은 불가능했다.

그런데 다른 비행장을 찾으러 이륙하기 전 나는 여기에서 잠시 머물렀다. 여태까지 동물이든 사람이든 아무도 그 발길이 닿지 않았던 그곳에 내 발자국을 남김으로써 어린애 같은 즐거움을 느꼈기 때문이었다. 그 어떤 무어인도 이 강력한 요새를 공격할 수 없었으며, 그 어떤 유럽인도 이 땅을 탐사한 적이 없었다. 귀중한 금가루라도 되는 것처럼 이 조개 가루를 손에서 손으로 흘려보내 본 사람은 내가 처음이었다. 이 고요함을 깬 것도 내가 처음이었다. 영원을 통틀어 그 어떤 풀잎도 싹 틔우지 않았던 이 극지방의 얼음과도 같은 곳 위에서 나는 바람에 실려 온 씨앗처럼 처음으로 그 삶을 목격한 사람이었다.

이미 별이 반짝거리고 있었고, 나는 가만히 그 별을 바라보았다. 이 새하얀 곳이 수십 년 전부터 저 하늘의 별들에게나 보이기 위한 곳으로 존재해왔다고 생각했다. 맑은 하늘 아래 순백의 하얗고 빳빳한 식탁보와 같이 말이다. 그리고 또 하나의 대발견을 했을 때, 그러니까 이 하얀 식탁보 위, 내게서 15~20m쯤 떨어진 곳에서 까만 조약돌을 발견했을 때, 나는

가슴이 벅차오름을 느꼈다.

나는 300m 두께의 조개무지 위에서 편히 쉬었다. 그곳은 어떠한 돌멩이의 존재도 결코 허락하지 않았다. 지구의 느릿느릿한 소화과정에서 나온 돌들은 아마 지하 깊숙한 곳에서 잠이 들었던 것 같다. 하지만 너무나도 새것 같은 이 표면에까지 그들 가운데 하나를 올라오게 한 기적은 대체 무엇이었을까? 나는 내가 우연히 발견한 이 조약돌을 집어들었다. 조약돌은 딱딱하고 검은빛이 났으며, 주먹만한 크기에 금속처럼 무거웠고 눈물 같은 것이 묻은 자국이 있었다.

사과나무 아래 펼쳐놓은 빳빳한 식탁보는 사과밖에는 받을 수 없고, 별 아래 펼쳐놓은 빳빳한 식탁보는 별의 부스러기밖에는 받을 수 없었다. 그 어떤 운석도 이렇게 확실하게 그 기원을 보여줄 수는 없었을 것이다.

그리고 자연스럽게 고개를 든 나는 이 천체의 사과나무에서 다른 과일도 떨어졌을 것이라고 생각했다. 나는 이 과일들이 떨어지는 순간에 바로 그 자리에서 이들을 찾을 수 있을 것이다. 왜냐하면 지난 수십만 년 이래로 그 어떤 것도 이들을 방해하지 않았기 때문이다. 또한 이들이 다른 재료들과 섞이지

않을 것이기 때문이다. 그리고 곧, 나는 나의 가설을 검증하기
위한 탐사를 시작했다.

나의 가설은 검증되었다. 그리고 헥타르당 거의 운석 하나
씩을 찾을 수 있었다. 언제나 용암으로 빚어진 형상이었고, 언
제나 검은 금강석같이 단단했다. 그렇게 나는, 놀랍도록 압축
된 현장 속에서, 나의 별 측량계 위로 불꽃이 소나기처럼 쏟아
지는 광경을 목격하였다.

<h1 style="text-align:center">4</h1>

그런데 가장 경이로웠던 것은 자기가 흐르는 이 식탁
보와 별들 사이, 지구의 둥그런 등 위에 인간의 의식이 하나
서 있었다는 사실이다. 그 인간의 의식 내면은 거울과도 같이
이 별의 빛줄기를 반사하여 비추어주었다. 광물층 위에서의
몽상이란 하나의 기적과도 같다. 그러고 보니 꿈 하나가 기억
난다……

한번은 사막이 짙게 깔린 지역에 불시착한 적이 있었다. 그
때 나는 얼른 동이 트기를 기다렸다. 금빛 사구는 달빛 아래에

서 빛나는 경사면을 드러내고 있었고, 그늘에 가린 다른 면들은 달빛이 갈라지는 곳까지 뻗어 올라가 있었다. 그림과 달빛이 공존하는 이 사막에서, 본의 아니게 하던 일을 잠시 중단한 채 느껴보는 그 평화로움 속에서, 함정과도 같은 그 적막 속에서, 나는 잠이 들었다.

잠에서 깨었을 때, 내 눈에는 별이 담긴 밤하늘의 수조밖에 들어오지 않았다. 내가 별이 담긴 수조를 마주 보고 팔짱을 낀 채 산등성이 위에, 몸을 뉘였기 때문이다. 그 깊이가 얼마만큼일지 아직 가늠을 하지 못하였던 나는 아찔한 현기증을 느꼈다. 붙잡을 만한 지붕이나, 나무뿌리 혹은 마땅한 나뭇가지도 없는 데다 이미 내 몸을 붙들어 매고 있던 매듭이 풀어져, 나는 한없이 심연으로 추락하는 잠수부 같았다.

하지만 나는 그 어디로도 추락하지 않았다. 머리끝에서 발끝까지 나는 땅바닥에 매인 몸이었다. 나는 일종의 안도감을 느꼈다. 내 무게를 대지에게 모두 내주어버린 느낌이었다. 중력은 내게 사랑과도 같은 절대적 존재로 다가왔다.

대지는 내 허리를 떠받치고 있는 것 같았다. 나를 지탱하고, 나를 일으켜 세우며, 밤의 공간 속으로 나를 인도하는 것 같았다. 그렇게 나는 수레가 커브를 돌 때 수레에 가해지는 힘과 비슷한 크기의 힘으로 별에 이끌리는 나를 발견하였고, 이 놀라운 보호벽의 견고함과 안전함을 맛보았다. 그리고 나는 내 몸 아래에서 내가 탄 배의 둥근 하부를 감지했다.

이미 내가 대지에 완전히 사로잡혀 있음을 잘 알았기에, 대지 저 깊은 곳에서 힘겹게 자세를 바로잡으려는 미물들이 아우성치는 소리도 그리 놀라지 않고 들을 수 있었다. 항구로 돌아오는 오래된 범선들의 앓는 소리, 길목을 차단당한 작은 배가 내는 찌르는 듯 날카롭고 기나긴 울부짖음……. 두터운 대지 안에서 침묵은 지속되었지만, 그 힘은, 조화롭고 한결같으며 영원토록 변하지 않는 그 힘이 내 어깨에 전해져왔다. 나는 이 나라에 비집고 들어가 잘살고 있었다. 바다 깊숙한 곳에서 납을 잔뜩 싣고 죽은 갤리선 노예들의 시신처럼 말이다.

나는 나의 상황에 대해 생각해 보았다. 사막에서 길을 잃고, 언제 위험이 들이닥칠지 모르고, 모래와 별 사이에 빈털터리 신세로 삶의 터전에서도 멀어져 있으며, 주변엔 극심한 적막만이 감도는 상황……. 만약 그 어떤 비행기도 나를 찾아내지 못한다면, 그리고 무어인이 내일 당장 내 목숨을 끊어놓지 않

는다면, 이전의 삶으로 돌아가고자 며칠, 몇 주, 몇 달을 소모하게 될 것을 알기 때문이었다. 여기에 있는 나는 이 세상에 가진 것이 아무것도 없는 존재였다. 나는 모래와 별들 사이에서 길 잃은 채 죽음을 코앞에 두고 있는 사람이었으며, 오직 숨쉬는 달콤함밖에는 의식할 수 없는 사람이었다.

그런데 나는 내 머릿속이 공상으로 가득 차 있음을 깨달았다.

그 황당무계한 생각들은 소리도 없이 샘물처럼 내게로 왔으며, 나는 무엇보다도 나를 집어삼킨 그 감미로움을 이해할 수가 없었다. 아무런 소리도 들리지 않았고, 아무런 모습도 보이지 않았지만, 무언가가 있다는 느낌만은 확실했다. 아주 가까이서 매우 다정하게, 이미 반쯤 나를 간파한 채로 그곳에 서 있었다. 나는 상황을 이해하였고, 눈을 감은 채 내 기억의 주술에 홀리도록 나를 내버려두었다.

어떤 곳에서는 검은색 전나무와 참나무로 꾸며진 공원과 내가 좋아하는 오래된 집이 한 채 서 있는 풍경이 그려졌다. 그 집이 가까이 있든 멀리 있든 그건 별로 중요치 않았다. 그 집이 나를 따뜻하게 해줄 수 없어도, 나를 그 안에 받아들여 줄 수 없다 해도 그건 아무래도 좋았다. 공상이란 원래 그런 것이다. 그런 집에 대한 생각만으로 나의 밤이 채워질 수만 있다면 그걸로 공상의 역할은 충분하다. 나는 더 이상 모래톱 위에 좌초된 몸이 아니었다. 나는 나의 위치를 알고 있었고, 이 집의 어린아이였다. 그 향기에 대한 기억으로 충만한, 그리고 그 집을 움직이는 목소리로 가득 찬, 그런 어린아이였다. 그리고 늪지대의 개구리 울음소리마저 내게로 다가왔다. 나는 이 수천 가지의 좌표가 필요했다. 내가 어디 있는지 나 자신이 알기 위해서이다. 그 어떤 부족함 속에서 이 사막의 느낌이 생겨나는 것인지 발견하기 위해서이다. 개구리조차 울지 못하고 잠자코 있는 이 수천 가지의 적막으로 말미암은 고요함에서 무언가 의미를 찾아내기 위해서다.

아니, 나는 이제 더 이상 모래와 별들 사이에서 묵고 있는 사람이 아니었다. 나는 냉랭한 메시지밖에는 다른 아무것도 받지 못했다. 이 메시지로부터 얻어진 것이라 생각되는 영원에 대한 동경이 어디서 유래되고 있는 건지 이젠 그 기원을 알겠다.

나는 그 집의 화려하고 커다란 장롱을 눈앞에 그려보았다. 장롱 문이 살며시 열리면서 눈처럼 하얀 시트가 차곡차곡 쌓

여 있는 것이 보였다. 그리고 나이 많은 가정부 아주머니는 쥐새끼처럼 이곳저곳을 바쁘게 돌아다니고 있었다. 하얀 시트를 이리저리 살펴보고, 접었다 폈다 다시 세보기도 하며, 집의 영원불멸함을 위협하는 마모의 흔적이 있을 때마다 "세상에, 이렇게 불행한 일이!" 하고 소리를 쳤다. 또 제단에 놓은 천의 매무새를 만지고 삼장범선(三檣帆船)의 돛대만큼 커다란 범선의 돛을 꿰매며, 뭔지 모르겠지만 자기보다 더 큰 존재인 신 또는 범선을 위해 몸 바치느라 불빛 아래에서 뜬 눈으로 밤을 지새우고는 하였다.

그렇지, 아주머니에게도 한 페이지 정도는 할애해야겠지요. 내가 첫 비행에서 돌아왔을 때, 아주머니께서는 무릎까지 하얀 법의에 잠긴 채, 손에는 바늘을 들고 계셨습니다. 해가 거듭할수록 조금씩 주름이 늘어갔고, 얼굴은 점점 더 창백해져 갔으며, 우리의 편안한 잠을 위해 언제나 주름 하나 없는 시트를 손수 준비해 주셨지요. 우리의 저녁을 위해서는 바느질 자국 없는 식탁보를 준비했고, 크리스털로 가득한 휘황찬란한 파티도 준비했습니다. 시트 창고로 가서 아주머니를 뵌

적도 있었어요. 아주머니 앞에 앉아 감동을 주려고, 또 세상에 대한 아주머니의 눈을 뜨게 해주려고, 아주머니에게 묻지 않았던 세상의 때를 묻혀주려고, 죽을 뻔한 고비에 처했던 내 이야기를 들려주었습니다. 아주머니는 내가 조금도 변하지 않았다는 말씀을 하셨지요. 어렸을 때의 나도 옷에 구멍을 내오기 일쑤였다고요. 무릎에 상처를 입은 채 올 때도 있었고, 그러면 나는 그날 저녁처럼 붕대를 감기 위해 집에 돌아왔지요. 아니지, 아니에요, 아주머니. 내가 돌아간 것은 더 이상 공원 한가운데가 아니라 이 세상의 저 끝이었어요. 나는 코를 찌르는 외로움의 냄새를 가지고 갔지요. 모래 바람의 소용돌이와 열대지방의 눈부신 달빛과 함께였어요. 당신은 말했지요. 무릇 남자 아이들이란 정신없이 뛰어놀기 마련이야. 뼈가 부러져서 올 때도 있고, 심하게 삐어서 올 때도 있지. 하지만 아니에요, 아주머니. 나는 이 공원보다 더 먼 곳을 보았어요. 이 그늘조차 아무것도 아닌 것이 되어버리고, 모래와 화강암, 원시림, 대지의 늪지대 사이에서 그늘은 사라지는 것 같았다고요! 만약 아주머니가 그 사람들을 만났다면, 이들은 아주머니를 쏘려고 어깨에 카빈총을 메고 겨눌 준비를 했을 거란 걸 아세요? 거긴 얼음같이 차가운 밤 지붕도 없이, 침대도, 시트도 없이 사람들이 잠을 자는 그런 사막이란 걸 아시기나 하냐고요?

'세상에, 미개인 같으니!' 아주머니는 그렇게 말씀하셨죠.

나는 교회 시종의 믿음에 상처를 준 것만큼 아주머니의 믿음에 상처를 주지는 않았다. 나는 아주머니의 눈과 귀를 막았던 비천한 운명을 동정했다.

하지만 그날 밤 사하라에서, 모래와 별들 사이에 맨몸으로 있던 나는 아주머니가 옳았다고 판단했다.

내게서 무슨 일이 일어나고 있는지 모르겠다. 무수한 별들이 자기장을 발산하면 이 무게감이 나를 지면으로 이어준다. 또 다른 무게감이 나를 나 자신에게 데려간다. 나는 나를 그토록 많은 것들에게로 끌어당기는 무게감을 느낀다. 내 공상들은 이 모래 언덕들보다, 이 달보다, 여기 있는 이 모든 것들보다 더 현실적이다. 공상의 집 속에서 가장 경이로운 점은 이 집이 당신을 안으로 들인다거나 당신을 따뜻하게 만들어주는 것이 아니다. 집의 벽을 소유하고 있다는 점 또한 아니다. 이 공상의 집에서 가장 경이로운 점은 이 집이 우리에게 감미로움의 양식을 안겨준다는 것, 마음 깊은 곳에서 이 집이 이 막

대한 어둠을, 샘에서 물이 솟아오르듯 무수한 망상들이 쏟아
져 나오는 이 막대한 어둠을 만들어낸다는 것이다.

　나의 사하라여, 나의 사하라여, 너는 온통 양털로 실을 잣는
직녀의 마법에 걸려 있구나!

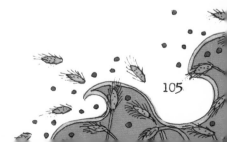

5. 오아시스

앞서 사막에 대해 많은 이야기를 하였지만, 이에 대한 이야기를 좀 더 풀어놓기 전에 오아시스 하나에 대한 설명을 좀 해야겠다. 내가 떠올린 이 오아시스는 사하라 한가운데에 외떨어진 오아시스의 이미지가 아니다. 비행기가 일으키는 또 하나의 기적은 사람을 신비로움의 세계 한가운데로 빠뜨린다는 것이다. 비행기 창문 너머로 보이는 풍경을 바라보면서, 그대는 개미집이 되어버린 인간세상을 연구하는 생물학자가 된다. 그대는 평야 위에, 별을 향해 열려 있는 길 한복판에 자리잡은 도시들을 무미건조하게 바라볼 것이다. 밭에서 나온 젖줄로 도시를 먹여 살리고 있는 인간세상의 동맥줄도 그런 눈으로 보겠지. 하지만 압력계 위에서는 바늘이 파르르 떨리고, 그곳, 낮은 곳에서 이 녹색의 풀숲은 하나의 우주가 되었다.

그대는 잠든 공원의 잔디에 갇힌 신세이다.

　물리적인 길이는 거리를 측정하는 절대적 단위가 아니다.
내가 사는 집의 담벼락은 중국의 만리장성보다 더 많은 비밀
을 담고 있을 수 있으며, 소녀의 영혼은 사막의 두터운 모래로
보호되는 오아시스보다 더욱 탄탄하게 침묵에 의해 보호받을
수 있다.

　이제 나는 이 세상 어딘가에서 내가 잠시 불시착했던 경험
을 이야기하려 한다. 아르헨티나 콩코르디아 부근에서의 일이
었던 걸로 기억한다. 하지만 꼭 그곳이 아닐 수도 있다. 신비
함이란 어느 한 곳에만 국한된 성질의 것이 아니기 때문이다.

● ● ●

　나는 어느 들판에 착륙하였다. 그리고 내가 그토록 동화 속
이야기 같은 일을 겪게 될 줄 미처 몰랐었다. 내가 타고 갔던
낡은 포드 자동차도, "오늘밤은 저희 집에서 묵어가시지요."
라고 말하며 나를 맞이해주었던 평화롭기 그지없던 이 부부
도, 얼핏 보아선 특별한 구석이라고는 찾아볼 수가 없었다. 하

지만 길모퉁이를 돌아서자, 달빛 아래에서 무수한 나무가 즐비하게 늘어서 있는 것이 보였고, 그 나무들 뒤로 이들의 집이 있었다. 그 집에서 뿜어져 나오는 신비함이란 이루 말할 수가 없었다. 작고 단단해 보이는 그 집은 거의 하나의 성채와도 같은 느낌이었다. 한 발짝 다가가기만 해도 수도원처럼 평화롭고, 마음이 놓이며 나를 잘 보호해줄 것만 같은 은신처가 되는 그런 전설 속의 성 말이다.

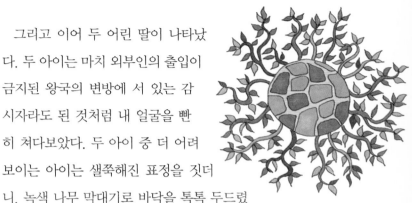

그리고 이어 두 어린 딸이 나타났다. 두 아이는 마치 외부인의 출입이 금지된 왕국의 변방에 서 있는 감시자라도 된 것처럼 내 얼굴을 빤히 쳐다보았다. 두 아이 중 더 어려 보이는 아이는 샐쭉해진 표정을 짓더니, 녹색 나무 막대기로 바닥을 톡톡 두드렸다. 그러고는 소개가 끝나자 신기한 먹잇감이라도 본 듯한 표정으로 아무 말 없이 내 손을 잡더니 곧 모습을 감추었다.

나는 재밌기도 했고, 그런 두 아이가 꽤나 깜찍하게 느껴지기도 했다. 모든 것은 소박했고, 차분했으며, 마치 비밀 얘기라도 하려는 듯 은밀하게 보였다.

아이들의 아버지는 그저 "아이들이 아직 뭘 잘 몰라서요." 하고 말할 뿐이었다.

그리고 우리는 집 안으로 들어갔다.

파라과이에서 나는, 어울리지 않게 도심지 포장도로 사이로 고개를 비집고 올라오는 풀이 좋았다. 눈에 보이지는 않지만 어디엔가 분명 존재할 원시림의 명령으로, 인간이 아직 도시

에서 잘살고 있는지, 도로를 덮고 있는 돌들이 움직여줄 때가
아직 안 됐는지 알아보기 위해 나온 그 풀들을 말이다. 나는
이런 식의 흐트러짐이 좋았다. 지극히 커다란 풍요로움을 표
현하는 그런 흐트러짐……. 그런데 여기는 내게 경이로움 그
자체였다. 그곳에서는 모든 것이 내가 좋아하는 방식으로 흐
트러져 있었기 때문이다.

세월에 의해 틈새가 벌어져 이끼가 낀 오래된 나무처럼, 수
세대를 이어 연인들이 앉았을 나무 벤치처럼, 그렇게 사랑스
럽게 시간의 때가 묻어 있었다. 낡은 가구, 닳아빠진 문짝, 삐
걱거리는 의자……. 하지만 여기 사람들은 무엇 하나 고쳐 쓰
는 법이 없었다. 다만 열심히 닦을 뿐이었다. 모든 것이 깨끗
했다. 모든 것이 번들거렸고, 윤이 났다.

꽉 차 보이는 거실의 모습 또한 기이했다. 마치 주름으로 가
득 찬 노파의 얼굴 같은 느낌이었다. 벽에는 금이 가 있었고,
천장은 갈라져 있었다. 나는 모든 것이 너무도 좋았다. 마루판
은 이쪽에서는 내려앉았는가 하면 저쪽에서는 삐걱거리고는
하는 게, 꼭 비행기 트랩 같았다. 하지만 언제나 모든 것이 윤
이 났고, 광이 나며 반짝거렸다. 신기한 집이었다. 그 무엇에

도 관심을 두지 않을 수가 없었고, 무엇 하나 그냥 지나칠 수 있는 것이 없었다. 놀라운 경외감을 불러일으키는 집이었다. 그러한 이 집의 매력에, 비좁은 이 집의 얼굴에, 다정한 이 집의 분위기에 매년 새로운 것이 하나 둘 더해질 것이었다. 거실에서 식당으로 가는 모험에서 감수해야 하는 위험도 더해지겠지…….

"조심해요!"

구멍이었다. 구멍에 발이 빠진 것이다. 하지만 그 구멍에 나는 편안하게 발을 담그고 있음을 깨닫게 되었다. 그 구멍은 누구의 잘못도 아니었다. 그건 시간이 만들어낸 작품이었다. 시간이란 녀석은 고귀한 귀족의 형상을 하고 있으나, 그 어떤 사정도 봐주지 않고 멸시로 일관한다. 그 집 사람들은 내게 "구멍을 다 막을 수도 있었는데, 우리가 가난한 것이 아니라서 그럴 수도 있었습니다만……."이라고 말하지 않는다. 또 비록 사실이긴 하지만 "삼십 년간 이 집을 시에 세 놨었는데, 시가 수리를 해야 하는 건데, 각자 서로 고집을 피우고 있지요……."라고도 말하지 않는다. 그 어떤 설명도 하려 하지 않는다. 그게 난 더 편했고, 그게 난 더 좋았다. 심지어 내게 그저 "집이 좀 낡아서요."라고 말할 뿐이다. 그게 전부였다.

그런데 너무도 가벼운 어조로 말을 하여 나는 이 친구들이 이 일을 전혀 대수롭지 않게 여기고 있음을 알 수 있었다. 그 대의 눈에는 석공, 목수, 가구 세공인, 미장이로 이루어진 작 업팀이 과거가 살아 있는 그곳에 저들의 신성한 연장을 펼쳐 놓는 모습이 보이는가? 그리고 그대가 결코 알 수 없을 그런 집을, 언젠가 손님으로 방문할지도 모르는 그런 집을, 일주일 만에 완전히 뜯어고치는 모습이 보이는가? 수수께끼가 없는 집, 숨겨진 비밀공간이 없는 집, 발아래 언제 발이 빠져버릴지 모르는 함정이 없는 집, 지하창고 하나 없는 시청 응접실과 같 은 분위기의 그런 집이 그려지는가?

곳곳에 요술이 감춰진 이런 집에서 은근슬쩍 소녀들이 사라 진 것도 무리는 아니다. 다락방의 풍요로움을 이미 거실에서 만끽할 수 있는데, 굳이 다락방을 찾을 필요가 있겠는가? 빗 장 문이 조금만 비스듬히 열려도 노랑 편지 묶음이, 증조할아 버지의 영수증 더미가, 집 안에 있는 자물쇠의 수보다도 더 많 은 열쇠가, 그래서 어떤 자물쇠에도 맞지 않는 열쇠가, 놀라우 리만치 이성을 마비시키고 땅속 은둔의 장소를, 그 안에 묻힌

금궤 상자를, 그 안에 담긴 금화를 꿈꾸게 만드는 그런 쓸데없
는 열쇠들이 우수수 쏟아져 나옴을 이미 알고 있는데, 굳이 다
락방이 있을 필요가 있겠는가?

"식탁으로 갈까요?"

우리는 식탁으로 자리를 옮겼다. 나는 향냄새처럼 퍼져 있
는 이 오래된 도서관 냄새를 곳곳에서 맡아보았다. 이 세상 그
어떤 향수와도 맞바꿀 수 없는 냄새였다. 그리고 나는 램프가
이리저리 이동하는 것을 유독 좋아했다. 어릴 적, 기억조차 아
득한 그때처럼, 육중한 진짜 램프가 이 방 저 방을 옮겨 다니
면서 벽에 환상적인 그림자를 드리우는 것이 너무도 좋았다.
그림자들 사이에서 우리는 빛 한 다발과 검은 야자수를 들어
올렸다. 그 후, 램프가 한번 자리를 잘 잡고 나니, 선명한 해변
도, 삐걱거리는 나무와 더불어 밤을 담아놓은 이 넓은 공간도
미동조차 하지 않았다.

두 소녀는 사라질 때만큼이나 신기하게, 그리고 말없이 다
시 모습을 드러냈다. 둘은 자못 심각한 표정으로 식탁 자리에
앉았다. 필시 강아지와 새들에게 먹이를 주고 환한 달빛 아래
창문을 연 뒤, 저녁 밤바람 사이로 풀 냄새를 맡았으리라. 두

소녀는 무릎 위에 냅킨을 펼쳐 놓은 뒤, 곁눈으로 내 동태를 살폈다. 나를 자신들이 사육하는 동물의 수에 포함시킬 것인가 말 것인가를 고민하며 신중하게 관찰하는 것이다. 그도 그럴 것이, 이들은 이미 이구아나와 몽구스, 여우, 원숭이, 벌을 보유하고 있었다. 모두들 서로 뒤섞인 채 기가 막히게 한데 어우러지며 또 하나의 지상낙원을 이루고 있었다. 두 소녀는 고사리 같은 그 손으로 이들을 어루만져주고, 먹이와 물을 주면서, 조물주가 만들어놓은 모든 동물들 위에 군림하고 있었다. 둘이 이야기를 해주면 몽구스에서 벌에 이르기까지 모두들 그 이야기에 귀를 기울였다.

나는 그토록 생기발랄한 이 두 아가씨가 낯선 남자 하나를 면전에 두고, 온갖 비판 정신과 세심함을 동원하여 신속하고 은밀히 최종 판결을 내리기를 고대하고 있었다. 어린 시절, 내 누이들도 이렇게 식사자리에 처음으로 초대를 받은 손님들에게 점수를 매기고는 했다. 얘깃거리가 떨어지면 느닷없이 침묵을 깨고 20점 만점에 "11점!" 하는 소리가 들려왔고, 누이들과 나를 제외하고는 그 누구도 그 놀이의 참맛을 느끼지 못했었다.

어린 시절의 그 '낯선 손님 점수매기기 놀이'에 생각이 이르자 나는 약간 떨렸다. 내 앞의 모든 것에 정통한 재판관들이 불편하게 느껴졌던 것이다. 나의 재판관들은 순진한 동물과 꾀부리는 동물들을 구별할 줄 알았다. 나의 재판관들은 여우의 발치에서 그 기분이 좋은 상태인지 나쁜 상태인지 읽어내는 재주도 지녔고, 마음속 내면의 움직임에 대해서도 잡아낼 수 있는 깊이 있는 식견의 소유자였다.

나는 날카롭기 그지없던 그 눈과 이 올곧은 두 어린 영혼이 좋았으나, 두 사람이 차라리 다른 놀이를 했으면 하고 바랐다. 하지만 나는 비굴하게도 11점이라는 점수에 대한 두려움에 떨었던 나머지, 둘에게 소금도 건네주고, 와인도 따라주었다. 그러나 두 눈을 들어보니, 이런 것들로는 매수할 수 없는 재판관 같은 부드럽고도 의젓한 모습으로 그들이 앉아 있는 것이 보였다.

아부라도 해서 이들의 환심을 사고 싶었건만, 아무 소용없었다. 둘은 가식적인 것하고는 거리가 멀었다. 가식만을 멀리했을 뿐, 아름다운 자존감은 든든히 지키고 있었다. 두 소녀는 내가 뭐라 아첨의 말을 할 필요조차 없을 정도로 스스로에 대해 좋은 생각을 갖고 있었다. 심지어 내 직업에서의 장점을 끌어내어 위신을 세워볼 생각조차 하지 못했다. 단지 어린 새가 날갯짓을 잘하는지 못하는지 살펴보겠다는 이유로, 단지 친구에게 안부 인사나 전하겠다는 이유로 플라타너스 가지의 제일 끝까지 기어오르는 일은 무모한 짓이기 때문이었다.

말없는 두 천사 아가씨는 여전히 내가 밥 먹는 모습을 감시하고 있었고, 종종 슬그머니 쳐다보는 이들의 눈빛과 마주칠 때면 할 말을 잃고 말았다. 이후 침묵이 감돌았고, 그동안 무언가 가볍게 마룻바닥 위로 스치는 소리가 들렸으며, 식탁 밑에서 살랑대는 소리가 들리더니 이내 곧 잠잠해졌다. 나는 놀란 눈을 들어 보았다. 그 후 자신의 테스트에 만족한 듯 보였으나, 마지막 테스트 도구를 사용하기 위해, 거친 이빨로 빵을 베어 물으며, 막내가 내게 간단히 설명을 해주었다. 내가 만약 미개인이라면 그 미개인을 놀래어줄 심산으로 순진무구하게 말했다.

"독사예요."

이에 만족한 소녀는 아주 바보만 아니라면 그 정도 설명으로 충분하다는 듯 더 이상 아무 말도 하지 않았다. 소녀의 언니는 번쩍이는 눈빛으로 나를 훑어보았다. 그 후 내 첫 반응이 어떨지 알아보기 위함이었다. 그 뒤 둘은 세상에서 가장 부드럽고 가장 천진난만한 얼굴을 접시 쪽으로 기울였다.

"독사예요……."

당연히 이 말은 내 귀에 들어오지 않았다. 내 다리를 미끄러져 나가고, 내 장딴지를 살짝 건드리고 간 것, 그게 독사라…….

다행히도 나는 웃음을 지었다. 즐거웠기에 웃음을 지었고, 결정적으로 이 집, 시시각각 나를 더욱더 기쁘게 만드는 이 집 때문에 웃음을 지었으며, 이 독사에 대해 더 알고 싶은 욕심을 느꼈기에 웃음을 지었다. 둘 가운데 더 나이가 많은 소녀가 나를 도와주었다.

"독사는 식탁 밑, 구멍 속에 보금자리를 갖고 있어요."

"저녁 10시쯤 돌아와요, 낮에는 먹잇감을 사냥하러 나가고요."

나는 몰래 두 소녀를 바라보았다. 이들의 가녀리고 섬세함, 평온한 얼굴 뒤로 비치는 조용한 웃음. 나는 이 소녀들에게서 발산되는 절대적 힘에 감탄했다.

오늘, 나는 꿈을 꾼다. 모든 것이 그저 아득하기만 하다. 이

두 천사는 어떻게 되었을까? 아마 결혼을 하였겠지. 그럼 이들도 변하였을까? 소녀에서 여자가 되는 것은 그리 만만한 일이 아니다. 새로운 집에서 이들은 무얼 할까? 미친 듯이 춤춰대던 풀과 뱀과의 관계는 어떻게 되었을까? 소녀들에게는 무언가 보편적인 면이 섞여 있었으나, 언젠가는 그 안에서 여자가 깨어날 것이다. 드디어 19점을, 마음속 깊은 곳에서 무겁게 짓누르고 있는 19점을 주기를 꿈꾼다. 그러면 어느 바보가 자신을 소개한다. 처음으로 그토록 날카로운 눈빛이 실수를 하여 그 바보를 아름다운 빛깔로 빛낸다. 그 바보가 운을 띄우면 사람들은 그를 시인으로 믿는다. 사람들은 그가 구멍 난 마루판을 이해한다고 믿으며, 사람들은 그가 몽구스를 좋아한다고 믿는다. 식탁 밑, 다리 사이로 독사 한 마리가 꿈틀대고 있다는 믿음이 그를 기쁘게 할 것이라고 믿는다. 다듬어지지 않은 정원과도 같은 마음을 그에게, 다듬어진 공원만을 좋아하는 그에게 내어준다. 바보는 공주를 사로잡고 만다.

6. 사막 한가운데서

1

사하라의 정기선 조종사인 우리들이 몇 주, 몇 달, 혹은 몇 년간 모래의 포로로 잡혀 있을 때, 그와 같은 달콤함이란, 돌아오지도 못하고 작은 요새 이곳저곳을 돌아다니는 우리가 맛볼 수 있는 성질의 것이 아니었다. 이 사막에 오아시스 같은 것은 없다. 정원이니 소녀들이니 하는 것은 얼마나 꿈같은 이야기인가. 물론 저 멀리, 임무를 완수한 후 우리가 다시 생(生)을 얻게 되는 그곳에서야 수많은 여자들이 우리를 기다리고 있기는 했지만, 물론 그곳에서야 여자들이 몽구스와 책들 틈바구니에서 인내심을 가지고 자신의 영혼을 아름답게 꾸미고 있기는 했지만, 물론 그곳에서야 여자들이 한껏 멋을 부리고 있기는 했지만……

하지만 나는 외로웠다. 사막에서 지낸 3년이라는 시간은 내게 그 같은 외로움을 맛보게 해주었다. 그곳에서는 삭막한 풍경 속에서 점점 늙어가는 젊음을 두려워하는 것이 아니다. 사람들의 눈에는 자기 자신이 아닌 이 세상 전체가 나이가 들어가는 것으로 보였다. 나무들은 열매를 맺었고, 대지는 밀을 밖으로 내보냈으며, 여자들은 이미 아름다움을 뽐냈다. 계절은 지나가고, 서둘러 돌아가야 했다. 그러나 계절은 지나가고, 우리는 멀리 갇혀 있는 유배자의 신세다. 대지가 거느린 재산은 사막의 고운 모래처럼 손가락 사이로 빠져나간다.

평소에는 사람들이 시간의 흐름을 느끼지 못한다. 일시적인 평화 상태에서 살아가는 것이다. 하지만 여기에서 우리는, 기항지에 불시착한 뒤, 끊임없이 계속되는 무역풍이 머리 위로 불어올 때, 시간의 흐름을 느꼈다. 우리는 밤을 가르며 달리는 차축의 요란한 소음에 귀가 먹먹한 특급열차를 탄 여행자 같았다. 차창 너머로 흩날리는 듯한 한 줌의 빛줄기에도 흐르듯 지나가는 전원의 풍경을, 마법에 걸린 듯한 전원의 평야를 알아보는, 그럼에도 여행을 하는 중이기에 아무것도 오래도록 붙잡아둘 수 없는 여행자 같았다. 미약한 열기에 고무된 우리역시, 기항지의 고요함에도 불구하고 도로에서 휙휙 거리는 바람 소리를 느꼈다. 우리는 바람이 가는 대로, 우리의 심장이 뛰는 대로, 알 수 없는 미래로 실려 가는 우리 자신을 발견하였다.

사막에서 또한 빼놓을 수 없는 것이 불귀순 세력 주둔지이다. 쥐비 곶의 밤은 괘종시계소리 같은 걸로 15분씩 나뉘어졌다. 보초를 서는 사람들은 규칙적이되 점점 더 큰 외침으로 서로에게 주의를 주었다. 불귀순 세력 주둔지에 따로 떨어져 있는 쥐비 곶 스페인 요새는 이렇게 모습을 드러내지 않는 위협에 대비하여 스스로를 지켜나가고 있었다. 앞이 보이지 않는 함대의 승객이었던 우리는 차츰 커져가며 우리 위로 바닷새의 둥근 궤적을 그려내는 호령 소리를 들었다.

하지만 우리는 이 사막을 좋아했다.

• • •

사막이 그저 텅 비고 적막만이 가득한 곳이라면, 이는 잠시 잠깐 자신을 좋아하는 사람들에게는 사막이 스스로를 내보이지 않기 때문이다. 그건 주변의 다른 소박한 마을의 경우라도

121

마찬가지이다. 사막을 위해 세상의 다른 곳을 포기하지 않는다면, 사막의 전통이나 관습, 경쟁 관계 속으로 빠져들지 않는다면, 혹자가 사막에 대해 느끼고 있는 조국애의 마음을 조금도 이해할 수 없을 것이다. 우리에게서 두 발치쯤 떨어져 있는 자신의 수도원 안에서 성장한 사람은, 우리는 알지 못하는 규칙에 따라 살아간 사람은 티베트 고원의 외로움 속에서, 그 어떤 비행기도 우리를 데려가 주지 못하는 먼 곳에서, 그 참모습을 드러낼 것이다. 그곳을 방문하려 하는가! 그곳은 비어 있다. 인간의 제국은 내면에 있다. 마찬가지로 사막은 모래로 이루어진 곳도, 투아레그족으로 이루어진 곳도, 총으로 무장한 무어인으로 이루어진 곳도 아니다…….

그런데 오늘, 우리는 갈증을 느꼈다. 그리고 오늘에서야 비로소 우리가 알고 있던 우물이 넓게 퍼져 있다는 것을 깨달았다. 보이지 않는 여성이 이처럼 집안 전체를 즐겁게 해줄 수 있는 법이다. 우물도 사랑처럼 멀리 뻗칠 수가 있다.

처음에는 모래 위에 아무것도 없지만, 그러다가 언젠가는 아랍 무장 습격대가 다가올까 염려하며 우리가 그곳에 긴 망토 자락을 갖다 댈 날이, 그 모래가 우리의 그 망토 자락을 감

싸 안을 그날이 오기 마련이다. 이 아랍 무장 습격대 역시 모
래의 모양을 바꾸는 데에 일조한다.

• • •

우리는 게임의 법칙을 받아들였고, 게임은 우리를 자신에게
맞추었다. 사하라는 우리 안에서 그 자신을 드러낸다. 사막에
접어든다는 것은 오아시스를 찾아가는 것이 아니라 샘을 우
리의 종교로 만드는 것이다.

2

첫 비행부터 나는 사막의 맛을 보았다. 리겔과 기
요메, 그리고 나는 누악쇼트의 작은 요새 부근에 불시착했다.
모리타니아의 이 작은 기지는 바다의 외딴 섬처럼 모든 생활
로부터 고립되어 있었다. 노년의 어느 중사가 그곳에서 15명
의 세네갈 사람과 함께 갇혀 살고 있었다. 그는 우리를 하늘의
전령이라도 되는 것처럼 맞아들였다.

"여러분과 이야기를 나누는 것은 정말 감동이에요……. 정말 감동이라고요!"

그에겐 정말 감동이었나 보다. 그는 눈물을 흘렸다.

"6개월 만에 처음들 오신 거라고요. 6개월에 한 번씩 사람들이 물자를 가져다주거든요. 중위님이 올 때도 있고, 대위님이 올 때도 있지요."

우리는 아직 어안이 벙벙했다. 두 시간만 더 가면 다카르가 나오는데, 점심식사가 우리를 기다리고 있는 다카르가 나오는데, 연결봉이 파열되어 운명이 바뀌는 바람에, 우리가 지금 눈물을 흘리고 있는 이 늙은 중사 앞에 모습을 드러내는 역을 일임하게 된 것이다.

"자, 마셔요. 이렇게 포도주를 드리게 되다니, 어찌나 감격스러운지 몰라요. 지난번, 대위님이 다녀갔을 때는 대접할 포도주도 없었다고요."

나는 예전에 집필했던 어느 책에서 이에 대한 이야기를 한 적이 있다. 그 책은 소설은 아니었다. 중사는 우리에게 말했다.

"심지어 지난번에는 건배도 못 했다니까요. 그래, 너무 창피해서 제 대신 다른 사람으로 이 자리를 채우라고 청하기도 했었지요."

건배라! 땀을 흘리며 질주용 단봉낙타 '메하리'에서 아래로 펄쩍 뛰어내려 오는 사람과 크게 한잔 부딪치는 건배라! 지난 6개월간 사람들은 오늘의 이 순간을 위해 살아왔다. 이미 한 달 전부터 무기에 광을 내고 화물 적재소에서 다락에 이르기까지 구석구석을 반짝반짝하게 닦아 놓았다. 이미 며칠 전부터 이런 날이 올 것을 예상하고 초소 옥상에서 지칠 줄도 모르고 지평선을 지켜봤던 것이다. 아타르의 이동 부대가 모래 바람을 가르며 나타나게 될 모습을 보기 위해서 말이다.

하지만 포도주가 모자랐다. 포도주가 모자라니 축제를 만끽할 수가 없는 것이다. 건배도 못 하고 체면은 구겨지는 것이다.

"이 사람, 빨리 왔으면 좋겠는데. 기다려지는걸⋯⋯."

"중사님, 대위님은 어디 있죠?"

중사는 모래를 가리키며 말했다.

"모르지요. 대위는 아무 데서나 나타나니까요."

초소 옥상에서 별에 대한 이야기를 나누며 보낸 밤 또한 지극히 현실적이었다. 그렇게 하염없이 별을 쳐다보는 것 말고는 할 일이 없었다. 별들은 비행기에서 보일 때처럼 그렇게 그

곳에 다 모여 있었으나, 안정적인 모습이었다.

비행기에서, 밤이 너무 아름다우면 더 이상 비행기 조종을 하지 못하고 이를 그저 넋 놓고 바라보게 된다. 그러면 비행기는 조금씩 왼쪽으로 기울어진다. 조종사는 아직도 비행기가 수평을 이루고 있다고 믿고 있는데, 오른쪽 날개 아래로 마을 불빛이 보인다. 하지만 여긴 사막이다. 그렇게 불 밝히는 마을이 있을 리 만무하다. 그렇다면 바다에서 고기잡이배들이 불을 밝히고 있는 건가? 하지만 사하라 사막 그 어디에도 고기잡이배들이란 찾아볼 수가 없다. 그렇다면 뭔가? 조종사는 그제야 자신이 잠시 넋을 잃고 있었음을 깨닫고는 웃음을 짓는다. 천천히, 조종사는 비행기를 제자리에 돌려놓는다. 그리고 마을은 자기 자리를 되찾는다. 혼을 빼놓으며 반짝이던 별들을 제자리에 걸어놓는 것이다. 마을? 그렇다. 별들의 마을이다. 하지만 초소 꼭대기에서 보이는 것이라고는 오직 얼어붙은 사막과 움직이지 않는 모래의 물결뿐이다. 별들은 하늘 자기 자리에 꼼짝없이 붙어 있다. 중사는 우리에게 이 별자리에 대해 이야기를 해준다.

"저는 지금 제가 어디 있는지 잘 압니다. 이 별에 기수를 두면 그대로 곧장 튀니스가 나오지요!"

"튀니스 출신이신가요?"

"아뇨, 제 사촌 여동생이 튀니스 출신입니다."

그리고 아무 말이 없었다. 하지만 중사는 감히 우리 앞에서 감출 생각을 안 한다.

"언젠가 저는 튀니스에 갈 겁니다."

물론 저 별 위로 똑바로 걸어가는 것과는 다른 길로 갈 것이다. 적어도 튀니스에 가게 되는 날, 마른 우물이 정신 착란의 시상으로 그를 인도하지만 않는다면 말이다. 그럼 별과 사촌 여동생, 그리고 튀니스가 모두 서로 뒤섞일 테니까. 그럼 보통 사람들이 고통스럽다 여기는 이 영감(靈感)의 행진이 시작될 테니까.

"한번은 대위님에게 튀니스로 가는 휴가 허가증을 내달라고 청을 했었어요. 그가 대답하길……."

"그가 뭐라고 대답해요?"

"그가 대답하길, '세상 구석구석 사촌 여동생이 없는 데가 없군.' 이라더군요. 그리고 조금이나마 덜 먼 다카르로 저를 보냈지요."

127

"사촌 여동생이 예뻤나요?"

"튀니스의 여동생이오? 예뻤지요. 금발머리였어요."

"아뇨, 다카르의 사촌 여동생 말예요."

중사, 조금 분하기도 하고 암울하기도 한 그 대답에 우리는 그대를 껴안을 뻔하였지.

"흑인이었어요……."

중사, 그대에게 사하라는 무엇인가? 그대를 향해 항상 걸어 가고 있는 신이 아니던가? 5,000km의 모래 뒤로 금발머리 사 촌 여동생의 따뜻함이 묻어나는 곳이 아니던가?

우리에게 있어서 사막이란, 우리 안에서 생겨나는 것이었 다. 우리 자신에 대해 배우는 곳이다. 그날 밤, 우리도 역시 사 촌 여동생 하나를, 그리고 대위 한 사람을 사랑하게 되었다.

3

불귀순 세력 주둔지역 변경에 위치한 포르에티엔은 하나의 도시가 아니다. 그곳에는 초소와 격납고, 우리 측 승무 원을 위한 가건물이 있다. 우리 주위에는 사막이 너무도 굳건히 버티고 서 있어서 군사 시설이 부족함에도 불구하고 포르에티엔은 거의 난공불락의 요새나 다름없었다. 포르에티엔에 대한 공격을 감행하려면 허리띠처럼 이를 둘러싸고 있는 모래와 불 바람을 뛰어넘어야 하고, 아랍계 무장 습격대가 여기에 이르려고 해도 온갖 무기를 다 동원한 뒤 급수줄조차 끊긴 이후에야 도달할 수 있었다. 하지만 전해오는 이야기에 따르면, 북쪽 어딘가에서 포르에티엔으로 진군해오는 무장 습격대가 항상 있었다는 것이다.

군의 통치관인 대위가 우리 쪽으로 매번 차 한잔을 마시러 올 때마다 그는 우리에게 마치 아름다운 공주님이 나오는 전설 이야기라도 해주듯 지도 위에 습격대의 진군 경로를 보여주고는 했다. 하지만 강물에 가로막히듯 모래에 가로막힌 습격대는 한 번도 포르에티엔에 도달한 적이 없었다는 것이다. 그리고 우리는 이 습격대를 유령 습격대라 불렀다. 저녁마다 정부가 우리에게 나누어주는 수류탄과 탄약통은 우리의 침대 발밑 상자 안에 고이 잠들어 있었다. 무엇보다도 궁핍함에 시달리던 우리는 침묵이라는 적 이외의 적과는 싸워본 일이 없었다. 공항의 우두머리인 뤼카는 밤낮으로 축음기를 돌렸고,

축음기는 삶과는 무관하게 반쯤 정신 나간 목소리로 우리에게 말을 걸어왔으며, 신기하게도 갈증과도 비슷한 느낌의 정처 없는 울적함을 불러일으켰다.

이날 저녁, 우리는 초소에서 저녁을 먹었으며, 대위는 우리에게 자신의 정원을 자랑하였다. 사실 그는 프랑스로부터 4,000km를 넘어 날아온 진짜 흙으로 가득 찬 상자 세 개를 받았다. 대위는 그곳에 초록 이파리 세 개를 싹틔웠으며, 우리는 보석이라도 만지듯 이를 손으로 만져보았다. 이에 대해 대위는 항상 "내 정원이라오."라고 말하였다. 모든 것을 말려버리는 모래 바람이 불 때면, 대위의 정원은 지하창고로 내려 보내졌다.

우리는 요새로부터 1km 떨어진 곳에 살고 있었으며, 저녁식사를 마친 후에는 달빛 아래를 거닐며 숙소로 돌아갔다. 달빛 아래에서 모래는 붉은 장밋빛을 띤다. 우리가 비록 궁핍함을 느끼긴 했지만, 모래는 장밋빛이었다. 하지만 보초의 외침 소리가 그곳 세상에 다시 비장한 분위기를 만들어낸다. 사하라 전체가 우리의 그림자를 두려워하며, 우리에게 물어본다. 무장 습격대 하나가 진군하는 중이기 때문이다.

보초의 외침 속에서 사막 전체가 떠들썩거린다. 이제 사막은 더 이상 빈 집이 아니다. 그 밤, 무어인의 대상행렬이 밤을 자기화(磁氣化)시킨다.

우리는 스스로가 안전하다고 생각할 수도 있다. 하지만 병과 사고, 습격대 등 수많은 위협이 우리를 기다리고 있지 않은가! 땅 위에서 인간은 은밀히 숨어 있는 사격수의 목표물이 된다. 하지만 세네갈의 보초는 예언자처럼 우리에게 이를 알린다.

• • •

우리는 "프랑스인!"이라고 대답한다. 그리고 검은 천사 앞을 지나간다. 숨쉬기가 한결 낫다. 그토록 멀리서, 약간의 긴박함으로, 그리고 수많은 모래에 의해 많이도 물러진 모습으로, 이 위협적인 환경이 우리에게 얼마나 고귀함을 일깨워 주었는지……. 하지만 세상은 더 이상 같은 모습이 아니었다. 사막은 다시금 호화로운 곳으로 거듭났다. 어딘가에서 진군하고 있을 무장 습격대는, 결코 이곳에 다다를 수 없을 무장 습격대는 사막을 한층 신성하게 만들어준다.

· · ·

저녁 11시이다. 뤼카가 무선 기지에서 돌아온다. 자정이 되면 나는 다카르 항공기의 조종대를 잡게 될 것이다. 기내에는 아무 이상이 없고, 자정이 지나고 10분쯤 흐른 뒤 사람들은 우편화물을 내 비행기 안으로 옮겨 실을 것이다. 그리고 나는 북쪽으로 이륙할 것이다. 금이 간 거울 앞에서 나는 침착하게 면도를 한다. 목에 수건을 두르고 문가로 가서 맨 모래알을 바라본다. 날은 화창하지만, 바람은 가라앉았다. 나는 다시 거울로 돌아온다. 그리고 생각한다. 몇 달간 계속 일던 바람이 가라앉으면, 때로 하늘 전체를 엉망으로 만들어놓는다. 나는 나갈 채비를 한다. 비상등을 허리 벨트에 차고, 고도계와 연필을 챙긴다. 오늘 밤 나의 기내 무선사가 될 네리가 있는 곳까지 간다. 그 역시 면도를 하고 있다. 나는 네리에게 괜찮으냐고 묻는다. 현재로서는 괜찮단다. 이 사전 준비 과정이 비행에서 가장 수월한 부분이다. 그런데 무언가 후드득거리는 소리가 들리더니 잠자리 한 마리가 내 등을 향해 달려든다. 이유는 알 수 없지만, 잠자리가 내 가슴을 파고든다.

나는 또 밖으로 나가 주변을 바라본다. 모든 것이 순수하다. 활주로 가장자리를 따라 뻗어 있는 절벽은 대낮처럼 환하게 하늘과 뚜렷이 구분되어 드러나고, 질서 잡힌 집의 거대한 침묵이 사막 위를 지배한다. 그런데 여기, 새파란 나비 한 마리와 잠자리 두 마리가 내 등에 몸을 부딪치고 있는 것이다. 나는 다시금 어렴풋한 감정을 느낀다. 기쁨의 감정 같기도 하고, 두려움의 감정 같기도 하나, 어쨌든 내 마음속 깊은 곳에서 새어나온 감정임엔 틀림없다. 아직은 희미하지만 그런 감정이 이제 가까스로 생겨난 것이다. 아주 먼 곳에서 누군가가 내게 말을 건다. 본능일까? 나는 또 밖으로 나간다. 바람이 완전히 가라앉았다. 여전히 서늘하다. 하지만 나는 경고 하나를 받았다. 내가 기대하던 것이 무엇인지 맞춘다. 맞춘 것이라고 생각한다. 내가 옳은 것일까? 하늘도, 모래도 내게 그 어떤 신호도 보내지 않는다. 하지만 두 마리의 잠자리가, 그리고 한 마리의 파란 나비가 내게 말을 걸었다.

나는 모래 언덕 위로 올라가서 동쪽을 바라보며 자리를 잡고 앉는다. 만약 내가 옳다면, 그 실체가 드러나기까지는 그리 오래 걸리지 않을 것이다. 사막 내부의 오아시스로부터 수백

킬로미터나 떨어진 이곳에서, 이 잠자리들은 무엇을 찾고 있던 것일까?

해변에 실려 온 잔해들은 바다에서 사이클론이 맹위를 떨치고 있음을 증명해준다. 마찬가지로 이 곤충들도 내게 모래 바람이 현재진행형임을 알려주는 것이다. 동쪽에서 불어오는 폭풍은 멀리 파란 나비들의 종려나무 숲을 엉망진창으로 만들어놓았다. 이미 거품과 같은 느낌의 모래 바람이 나를 스쳐갔다. 하나의 증거이기에 엄숙한, 하나의 굉장한 위협이기에 엄숙한, 그리고 하나의 폭풍을 이루고 있기에 엄숙한 동풍이 인다. 그 가벼운 숨결이 가까스로 내게 다다른다. 나는 그곳으로부터 가장 멀리 떨어진 곳에, 파도가 집어삼킬 듯 널름거리는 경계선에 서 있는 셈이다. 내 뒤로 20m가량은 천 쪼가리 하나도 흔들림이 없을 만큼 잠잠했다. 그 뜨거운 열기가 그저 단 한 번, 쥐죽은 듯 잠잠한 부드러움으로 나를 감싸 안았을 뿐이다. 하지만 나는 잘 안다. 앞으로 몇 초간, 사하라는 자신의 숨을 고른 뒤, 그 두 번째 숨을 내쉴 것이다. 그리고 3분이 지나면 격납고의 풍향 지시 깃발이 흔들릴 것이고, 또 10분이 지나면 모래가 허공을 채울 것이다. 그러면 그 열기 속에서,

그 사막의 불꽃 속에서, 잠시 후면 우리는 이륙을 하는 것이다.

하지만 내게 감정의 동요를 일으키는 것은 이게 아니다. 나를 야생의 즐거움으로 가득 채우는 것은 다 말하지 않고도 은밀히 전해오는 그 언어를 이해할 수 있다는 것이며, 미약한 웅성거림으로 모든 미래를 예견하는 원시인처럼 냄새로 그 흔적의 기원을 추적해냈다는 것이며, 잠자리 한 마리의 날갯짓에서 이 바람의 노기를 읽어냈다는 것이다.

4

그곳에서 우리는 아직 복속되지 않은 무어인들과 접촉을 가졌다. 이들은 우리가 비행 중에 그 상공을 날아간 적이 있었던 금지구역 깊숙한 곳에서 모습을 드러냈다. 무어인들은 쥐비 곶과 시스네로스의 초소 쪽에 위험을 무릅쓰고 원추형 설탕 덩어리와 차를 사러 갔던 것이다. 그러고는 다시 그들만의 세계로 몸을 숨겼다. 이들이 지나갈 때, 우리는 이들이 필요로 하는 것 가운데 일부를 보급해 주려 했다.

영향력 있는 족장들의 경우, 노선에 대한 합의를 한 후 기내에 태웠다. 이들에게 세상을 보여주기 위해서였다. 이는 그들의 거만함을 잠재우는 일이었다. 무어인들이 포로를 죽이는 것은 증오심이 아닌 멸시 때문이다. 초소 부근에서 우리와 마주치면, 이들은 우리에게 대놓고 모욕하지 않았다. 그저 뒤돌아서 침을 뱉을 뿐이었다. 그러한 이들의 거만함은 자신들이 가진 힘에 대한 환상에서 비롯된 것이었다. 300자루의 총을 보유한 군대로 전투태세를 갖춘 이들 가운데 그 얼마나 많은 사람이 내게 "프랑스까지는 걸어서 100일 이상은 가야 하니, 당신은 운이 좋은 줄 아쇼."라고 말했던가.

따라서 우리는 이들을 태우고 공중산책을 시켜주었고, 그들 가운데 세 명은 이렇게 해서 미지의 땅 프랑스를 밟아보게 되었다. 이들은 나와 함께 세네갈에 간 뒤, 나무들을 발견하고는 눈물을 흘린 사람들에 속했다.

그들의 막사 아래에서 내가 이들을 발견했을 때, 이들은 꽃들 사이에서 여인들이 벌거벗은 채로 춤을 추는 뮤직홀에서 파티를 열고 있었다. 나무도, 샘도, 장미꽃도 한 번도 본 적 없는 사람들이었고, 오직 코란을 통해서만 그들이 천국이라 명명한 시냇물이 흐르는 정원의 존재를 알고 있는 사람들이었다. 이 천국에 가서 천국의 아름다운 포로가 되는 것은 삼십 년간의 지긋지긋한 가난을 겪고 난 후, 배신자가 쏜 총알 한 방을 맞고 모래 위에서 씁쓸한 죽음을 맛본 후에나 가능한 것이었다. 신은 이들을 기만했다. 목마름이라는 죗값도, 죽음이라는 대가도 치르지 않은 채, 오직 이러한 보물 같은 것들을 프랑스 사람들에게만 선사하였으니 말이다. 그래서 나이 많은 무어인 족장들이 꿈을 꾸는 것이다. 그래서 나이 많은 무어인 족장들이 막사 주변으로 퍼져가는 사하라 사막을 바라보면서, 죽을 때까지 이들에게 극히 미미한 즐거움만을 선사하

137

는 그 사하라 사막을 바라보면서 자연스레 속내 이야기를 털어놓는 것이다.

"그거 알아…… 프랑스인들의 신은 말이야…… 무어인의 신보다 더 관대하단 말이야!"

몇 주 전에 우리는 이들을 사보이 지방으로 데려갔다. 가이드는 일종의 꽈배기 기둥과도 같은 장대한 폭포로 데려가서는 이렇게 말했다.

"한번 맛보세요."

그건 민물이었다. 먹을 수 있는 물이었다! 가장 가까운 우물을 찾으려 해도, 여러 날을 걸어가야 하는 그들이 아니었던가. 그리고 설령 그 우물을 찾았다 해도 물을 길어내기 위해서는 우물을 막고 있는 모래를, 낙타 오줌이 섞인 진흙에 이르기까지 몇 시간이고 퍼내야 했던 그들이 아니었던가. 그건 틀림없는 물이었다. 쥐비 곶과 시스네로스, 포르에티엔에서 무어인 꼬마들은 돈을 구걸하지 않았다. 이들은 손에 통조림통을 들고선 물을 찾아다녔다.

"물 좀 주세요, 물 좀……."

"얌전히 굴면 주마."

금쪽같은 물이었고, 아주 경미한 양으로도 모래에서 풀잎의
녹색 반짝임을 끄집어낼 수 있는 물이었다. 사하라 어디에선
가 비라도 내릴라치면, 모든 사람이 그리로 몰려가느라 사하
라 전체가 분주하게 움직인다. 부족들은 3,000km나 더 먼 곳
에서 돋아나는 풀을 찾아간다. 포르에티엔에서는 단 한 방울
도 구경할 수 없었던 그토록 인색한 이 물은 10년 전부터 그
곳에서 요란하게 울려대며 세상에 자리를 넓혀가고 있었다.
가이드가 말했다.

"다른 데로 가보죠."

그러나 이들은 꼼짝할 생각을 하지 않았다.

"조금만 더 있게 해주시오."

이들은 말이 없었고, 심각한 표정으로 묵묵히 이 알 수 없는
폭포수의 흐름을, 장엄하기까지 한 그 폭포수의 흐름을 지켜
보았다. 그곳, 산허리 밖으로 흐르는 물은 그 자체로 삶이자
인간의 피였다. 초당 흐르는 물의 빠르기는 갈증에 취해 소금
호수와 신기루의 무한세계 속으로 언제까지고 파묻혀 있던
대상행렬 전체를 다시 일으켰다. 여기서 신은 스스로의 모습
을 드러내고 있었다. 사람들은 차마 그에게 등을 돌릴 수가 없

었다. 신은 자신의 수문을 열고 그 능력을 보여주었다. 세 명의 무어인은 미동도 하지 않은 채 서 있었다.

"더 보고 싶으신 게 뭐지요? 이리로 오세요······."

"기다려 봐요."

"뭘 기다리죠?"

"끝이오."

이들은 신이 스스로의 광기에 지치게 될 때를 기다리고 싶었던 것이다.

"이 물은 천 년 전부터 흐르던 거예요!"

그날 저녁, 이들은 단지 폭포에만 집착을 보인 것이 아니었다. 어떤 기적에 대해서는 말을 하지 않는 것이 차라리 나을 때가 있다. 심지어 그것에 대해 지나칠 정도로 생각을 하지 않는 것이 차라리 나을 때가 있다. 그렇지 않으면 우리는 아무것도 이해하지 못한다. 그렇지 않으면 우리는 신의 존재를 의심하게 된다.

"이게······ 프랑스인들의 신이오······."

하지만 나는 아직 문명의 눈을 뜨지 못한 나의 친구들을 잘 알고 있었다. 이들은 그곳에, 자신들의 믿음에 혼란스러워하

며 어리둥절한 모습을 하고 있었
고, 거의 항복하기 일보 직전이
었다. 이들은 프랑스 총무국
으로부터 보리를 공급받기
를 꿈꾸고 있었고, 사하
라 주둔 프랑스군
으로부터 치안
확보를 받고 싶
어하였다. 사실
한 번 항복을 하고
나면 이들은 물
질적 재화를
손에 쥐게 될
것이었다.

하지만 세 사람
모두 트라르자
의 에미라, 엘
맘문의 피를

이어받은 자들이었다. (이 이름들은 내가 잘못 알고 있는 것일 수도 있다.)

내가 엘 맘문을 알게 된 것은 그가 우리의 부하로 있을 때였다. 공적을 인정받아 고위직에 공식 부임하게 된 그는 사령관 덕에 재산도 많이 모으고 부족들로부터도 존경을 받던 인물로, 물질적으로는 뭐 하나 부족할 것이 없는 사람으로 보였다. 하지만 어느 날 밤, 그는 사막에서 함께 하던 장교들을 살해한 후 낙타와 소총을 훔쳐 달아나서는 불귀순 세력에 합류했다. 누구도 예상치 못한 일이었다.

이렇게 갑작스럽고 영웅적인 동시에 실망스럽기 그지없는 이런 반란과 도주를 우리는 반역이라 규정하였다. 이제 그는 사막에서 추방될 신세였으며, 그 짧은 영광의 불꽃은 곧 아타르 이동 사격대의 총탄 위에서 그 불씨가 사그라지게 될 것이었다. 그리고 이 광기 어린 사격에 사람들은 놀라게 된다.

하지만 엘 맘문에 관한 이야기는 다른 무수한 아랍인에 관한 이야기 중 하나에 불과하다. 그는 나이를 먹을 만큼 먹었었다. 사람이 나이가 들면, 깊은 생각에 빠지기 마련이다. 그 역시 어느 날 저녁, 자신이 이슬람의 신을 배반하였음을 깨닫게 되었고, 모든 것을 잃으며 기독교의 손 안으로 들어감으로써 자신의 손을 더럽히게 되었음을 알게 되었다.

하지만 그에게 있어 보리나 평화 같은 것이 중요한 것이었던가? 실패하여 목자가 된 전사는 그 자신이 사하라의 한 거주민임을 기억하게 되었다. 모래 주름 하나하나마다 그가 위험요소들을 숨겨놓았던 그 사하라, 밤이 되면 진군하는 막사가 감시병 초소를 따로 떼어놓던 사하라, 적의 이동을 전해오던 소식들이 심야의 불빛에 모여든 심장들을 두근두근하게 만들던 사하라, 그곳에서 살던 자신을 떠올렸다. 한번 맛보면 결코 잊히지 않는 광활한 바다의 맛을 기억해낸 것이다.

그리하여 오늘날, 그는 모든 위엄을 벗어던진 채 명예도 없이 드넓은 사막 위를 정처 없이 떠돌아다니고 있다. 이제야 사하라는 하나의 사막이 되었다.

· · ·

그는 아마 자신이 죽인 장교들을 존경하였을 것이다. 하지만 알라의 사랑은 모든 것에 우선한다.

143

"편히 잠드시게나, 엘 맘문."

"그대에게 신의 가호가 있기를!"

장교들은 모포로 둘둘 말고, 뗏목 위에서처럼 별을 마주 보고 모래 위에 눕는다. 모든 별들은 천천히 하늘에서 돌아가고 있고, 하늘 전체가 시간을 표시해준다. 달은 모래 쪽으로 기울어져 있고, 지혜의 여신에게 이끌려 무로 돌아간다. 그리스도 교인들은 곧 영면하게 될 것이다. 아직 몇 분이 남았다. 별들만이 반짝인다. 몰락한 부족이 과거의 영광 속에서 재건하기 위해서는, 모래 위를 주름잡을 수 있는 유일한 이들 부족이 계속해서 그 명맥을 이어갈 수 있기 위해서는, 깊은 잠 속으로 빠져 들어간 이 그리스도 교인들의 미약한 외침만 있으면 충분하다. 아직 몇 초가 남았다. 돌이킬 수 없는 행동으로부터 세상은 탄생한다.

그리고 사람들은 잠이 든, 아름다운 중위들을 말살시킨다.

5

오늘 쥐비에서 케말과 무얀 형제가 나를 초대하여, 이들

의 막사 아래에서 나는 차를 마시고 있다. 무얀
은 말없이 나를 바라보며, 파란색 베일을 입술
까지 잡아당겨 두르고는 경계를 늦추지 않는다. 오
직 케말만이 내게 말을 걸어 나를 대접해주고 있는 실정이다.

"내 막사와 낙타, 여자, 노예는 자네 것이나 마찬가지야."

여전히 내게서 눈을 떼지 않는 무얀이 자기 동생에게로 몸
을 숙이며 몇 마디를 하더니 다시 침묵을 지킨다.

"그가 뭐라는 거요?"

"보나푸라는 자가 르게이바트 일가에게서 낙타를 천 마리
나 훔쳐 달아났다는군."

보나푸 대위는 아타르 소대의 장교로, 나와는 안면이 없는
사람이었다. 하지만 무어인들을 통해 그의 전설 같은 이야기들
은 접해본 적이 있다. 무어인들은 분노에 치를 떨며 그에 대한
이야기를 하였으나, 그를 마치 신과도 같은 존재로 여겼다. 보
나푸가 있음으로 해서, 사막은 더욱 그 빛을 발하였다. 오늘도
역시 그가 신출귀몰하게도, 남쪽을 향해 행군하는 무장습격대
뒤로 불쑥 그 모습을 드러내어 수백 마리의 낙타를 탈취하여
달아나는 바람에, 무어인들은 그동안 안전하다고 믿었던 자신

145

들의 보물을 구하기 위해서는 그와 다시 맞서 싸울 수밖에 없었다. 천사장의 모습으로 아타르를 구하고 자신의 진영을 저 높고 평평한 석회암 위에 올려놓은 후, 그는 그곳에서 몸을 곧추세우고는 한번 잡아보라는 듯 서 있었고, 그의 명성이 너무도 드높아 부족들은 그의 칼을 향해 진군할 수밖에 없었다.

무안은 더욱 뚫어져라 나를 쳐다보고는 계속해서 케말에게 말을 한다.

"뭐라 하오?"

"보나푸에게 맞서기 위해 내일 무장대를 꾸려 떠날 것이라는군요. 사수가 300명이라고 하는군."

무언가 감이 왔다. 분명 사람들은 낙타들에게 물을 먹이기 위해 3일 전부터 그 동물들을 우물로 데려갔을 것이고, 부족회의가 열렸을 것이며 모두들 분주히 움직이고 있었을 것이다. 그들은 보이지 않는 범선의 돛대를 달고 있는 것 같았다. 그리고 이미 그 배를 밀고 갈 거대한 바람이 불고 있었다. 보나푸 때문에 남쪽으로 향하는 발걸음 하나하나가 영광으로 가득 찬 걸음이 되고 있다. 그 같은 출정이 증오를 담고 있는지, 혹은 애정을 담고 있는지 나는 더 이상 판가름할 수가 없었다.

세상에 암살해버려야 할 그같이 훌륭한 적이 있다는 것은 얼마나 영광스러운 일인가. 보나푸가 출현하는 그곳에서, 인근의 부족들은 그와 직접 대면할까 두려워하며 자신들의 막사를 접고 낙타들을 끌어 모아 달아나고 있었다. 하지만 그곳에서 가장 멀리 있는 곳의 부족들은 사랑을 할 때와 같은 아찔함에 사로잡혔다. 사람들은 막사의 평화로움, 여성의 품 안, 그리고 달콤한 잠에서 빠져나와, 두 달을 그렇게 타는 듯한 목마름 속에서 모래 바람 아래 웅크리며 힘겨운 행군을 하고 나면, 이 세상에 그 어느 것도 새벽에 아타르의 이동 소대 위로 기습하여 보나푸 대위를 암살하는 것보다 가치 있는 것이 없었다.

케말은 내게 보나푸가 강하다는 사실을 인정하였다.

이제 나는 그들의 비밀을 알고 있다. 한 여자를 갈구하는 뭇 남자들처럼, 무심코 여자가 산책이라도 나와 주기를 꿈꾸는 그들의 마음처럼, 그리고 이들의 꿈속으로 이어지지만 냉담한 여자의 산책에 상심하고 속을 태우며, 밤새도록 이리저리 뒤척이듯이 저 멀리 이어지는 보나푸의 발걸음은 그렇게 이

147

들의 마음을 휘저어놓고 있었다.

무어인 차림의 이 기독교인은 자신에게 대항하여 원정에 나선 이 무장 습격대를 피해, 200명의 무어인 비적대 머리 꼭대기에 서서, 그를 노리는 자 가운데 프랑스의 압박을 뛰어넘은 최후의 일인이, 그의 속박에서 풀려나 제단 위에 그를 놓고 자신의 신에게 제물로 바칠 가능성이 있는 그곳에, 오직 그의 위엄만이 이들을 사로잡을 수 있는 그곳에, 그의 약점마저 이들을 두려움에 떨게 만드는 그곳에, 몰래 잠입해 들어갔다. 그리고 그날 밤, 거친 숨을 내쉬며 잠을 자는 이들 사이로, 그는 무심하게 지나가고, 또 지나가며, 그의 발소리는 사막의 심장에까지 울려 퍼진다.

무얀은 여전히 막사 구석에서 부동의 자세로 명상을 하고 있었고, 그 모습이, 마치 푸른 화강암으로 된 부조와도 같았다. 오직 그의 두 눈과, 장난감이 아닌 실제 은빛 단도만이 반짝이고 있었다. 무장 습격대에 가담한 뒤 그는 얼마나 변했던가! 그는 그 어느 때보다도 자신의 존엄함을 느끼고 있고, 나를 경멸감으로 짓누르고 있다. 보나푸를 향해 올라갈 것이기 때문이었고, 새벽녘에는 애정에 찬 증오심에 밀려 진군할 것이기 때문이었다.

그는 다시 그의 동생에게로 몸을 숙이더니, 낮은 목소리로 말을 하고는 나를 바라본다.

"뭐라는 거요?"

"요새 멀리서 자네를 만나면, 자네에게 총을 쏠 거라는군."

"왜요?"

"자네에게는 비행기와 무선 전신 라디오, 심지어 보나푸도 갖고 있지만, 진리는 갖고 있지 않기 때문이라고 하는군."

조각처럼 주름 잡힌 푸른 베일 속에서 움직임이 없던 무얀이 나를 심판한다.

'당신은 염소같이 풀을 뜯어 먹고, 돼지같이 돼지고기를 먹어. 당신네 여자들은 부끄러운 줄도 모르고 얼굴을 드러내놓고 다니지.'

'당신은 한 번도 기도를 하지 않아.'

'당신에게 진리가 없다면, 비행기며 무선 전신 라디오며 보나푸 같은 것이 다 무슨 소용이지?'

무얀은 이렇게 말하며 나에 대한 판결을 내린다.

• • •

    사막에서는 언제나 자유롭기 때문에 자유를 지키려 들지 않
는 이 무어인을 나는 존경한다. 사막은 맨몸이나 다름없기 때
문에 눈에 보이는 보물을 지키려 들지 않는 이 무어인, 비밀의
왕국을 지키기 위해 싸우는 이 무어인을 나는 존경한다. 모래
파도의 고요함 속에서, 보나푸는 노장처럼 자신의 부대를 끌
고 갔고, 그의 덕택으로 이 쥐비 곶의 진영은 더 이상 한가로
운 목자의 집이 아니었다. 옆에서는 보나푸 바람이 거세게 몰
아쳐서 사람들은 밤마다 막사들을 단단히 졸라매야 했고, 남
쪽에서는 침묵이 가슴을 후벼 팠다. 그건 보나푸의 침묵이었
다. 그리고 노장의 사냥꾼인 무얀은 바람 속에서 그가 걸어가
는 소리를 듣는다.

    보나푸가 프랑스로 돌아간다면, 그 적들은 이를 기뻐하기
보다는 애도할 것이다. 마치 그가 자신들의 사막에서 중심 하
나를 앗아가기라도 한 것처럼, 자신들에게서 매력의 일부를
떼어가기라도 한 것처럼 이를 슬퍼할 것이다. 그리고 내게 이
렇게 말하겠지.

"당신네의 보나푸, 그는 왜 가버린 것이오?"

"모르겠소……."

보나푸는 저들의 삶과 맞서며 자신의 삶을 즐겼다. 그것도 수년간을 말이다. 저들의 법칙으로 자신의 법칙을 만들었고, 저들의 바위에 머리를 기대어 잠이 들었다. 끊임없이 추적을 당하는 동안에 그는 저들처럼 바람과 별로 만들어진 성경의 밤을 알았다. 그리고 이제 그는 떠나가면서 그가 참된 게임을 하지 않았음을 보여주었다. 보나푸는 무례하게 테이블을 떠난다. 그리고 그가 혼자서만 놀게 내버려두고 떠나온 무어인들은 치열하게 사는 삶에 대한 믿음을 잃어버렸다. 그래도 이들은 그를 믿고 싶어한다.

"당신네의 보나푸, 그는 돌아올 거요."

"모르겠소."

무어인들은 그가 돌아올 것이라고 믿는다. 유럽에서의 게임은 그를 만족시킬 수 없을 것이며, 주둔부대에서의 카드놀이도, 여자들도 그를 만족시킬 수 없을 것이다. 잃어버린 위엄에 사로잡힌 그는 사랑의 발자국처럼 발걸음 하나하나가 심장을 두근거리게 하던 그곳으로 돌아올 것이다. 이곳에서는 오직

151

모험을 거듭하며 살아갈 수밖에 없음을 알게 될 것이며, 그것에서 진정으로 중요한 것을 찾아낼 것이다. 하지만 그는 쓸쓸하게도 이곳 사막에서, 그 자신이 모래와 밤, 고요함, 바람과 별이라는 진정한 재산을 이곳 사막에서 가졌음을 알게 될 것이다. 그리고 만약 어느 날, 보나푸가 돌아온다면, 그 첫날밤부터 불귀순 세력 주둔지에는 그의 소식이 퍼져 나갈 것이다. 사하라 군데군데, 그에게 맞설 200명의 비적 떼가 가득한 가운데, 무어인들은 그가 잠이 들어 있음을 알게 될 것이다. 그러면 사람들은 말없이 우물가로 질주용 단봉낙타 메하리들을 데려가고, 군량물자인 보리를 준비하며, 총대를 살필 것이다. 증오, 혹은 애정의 힘에 이끌려서 말이다.

6

"마라케시로 가는 비행기에 나를 좀 숨겨주오."

무어인들의 이 노예는 매일 밤 내게 이와 같은 간청을 하였다. 이렇게 살아남기 위한 짧은 몸부림을 친 후, 그는 양반 다리로 앉아 내게 차를 내올 준비를 했다. 그러고 나면 그는 그

후로 하루는 평온해 보였다. 그는 자신을 치료해줄 유일한 의
사라도 만난 것인 양 생각했고, 자신을 구해줄 유일한 신에게
부탁이라도 한 것인 양 여겼다. 그러고 나서 그는 주전자 위로
몸을 숙이며 삶의 단상을, 마라케시의 검은 대지를, 장밋빛 그
의 집을, 빼앗긴 자신의 물건들을 반추해보았다. 그는 내가 아
무 말이 없는 것도 원치 않았고, 내가 그에게 삶을 주는 것에
대하여 지체하는 것도 원치 않았다. 나는 그와 비슷한 부류의
사람이 아니라 그를 움직여줄 힘이었으며, 언젠가 그의 운명
위로 불어올 순풍과도 같은 그 무엇이었다.

하지만 그저 한 사람의 평범한 파일럿으로서, 가진 것이라
고는 스페인 요새에 신세를 지고 있는 가건물 하나밖에 없는,
그것도 세면대 하나, 염수통 하나, 너무도 짧은 침대 하나밖에
가진 것이라곤 없는, 몇 달 동안 쥐비 곶의 공항장(空港長)일 뿐
이었던 나는 내가 가진 힘에 대한 환상이 그보다는 덜하였다.

"나이 많은 바르크 양반, 두고 봐야 알지요."

모든 노예들은 '바르크'라 불렸다. 따라서 그도 역시 바르
크라 불렸다. 4년을 노예로 붙잡혀 있었으면서도, 그는 아직
포기하지 않았다. 여전히 자신이 왕으로 살았던 시절을 기억

하고 있었다.

"마라케시에서는 뭘 하셨소?"

그의 아내와 세 아이들이 지금까지도 살고 있을 것이 분명한 마라케시에서 그는 굉장한 직업을 가진 사람이었다.

"나는 소나 양 떼를 몰던 사람이었소. 그리고 내 이름은 모하메드였소."

그곳에서 지방관인 '카이드'들은 모하메드를 불러다가 "모하메드, 고기를 팔아야 하니, 산에 가서 몰고 와줘야겠네."라고 하거나 혹은 "초원에 내 양 천 마리가 있으니 이들을 좀 더 높은 방목장으로 몰고 가게."라고 말하였다.

그리고 올리브 나무 지휘봉을 든 그는 자신의 무리 위에 군림하여 가축들의 이탈을 막았다. 양 떼를 움직이는 유일한 책임자로서, 태어날 어린 양을 위해서는 가장 민첩한 녀석들의 속도를 늦추기도 하고, 게으름 피우는 녀석들에게는 혼을 내기도 하면서 그는 모두의 복종과 믿음 속에서 행보를 계속하였다. 양 떼를 움직이는 유일한 책임자로서, 양들은 모르는 묵직한 과학적 지식을 통해 어떤 길로 올라가야 약속된 땅이 나오는지 알며, 양들은 모르는, 별을 보고 길을 찾는 것도 자기

만이 알며, 그는 자신이 가진 지혜에 따라 혼자서 휴식시간을
정하고 물 마실 시간을 정하였다. 밤이면 잠이 든 양들 가운데
우뚝 서서 나약하기 짝이 없는 동물들을 위해 한없는 다정함

을 베풀었고, 양털은 무릎까지 차올랐다. 의사이자 예언자이며 왕이었던 그 바르크는 자신의 백성들을(¥) 위하여 기도하였다.

그러던 어느 날, 아랍인들이 그에게 다가왔다.

"우리랑 남쪽으로 짐승들 좀 찾으러 갑시다."

사람들은 그를 어디론가 멀리 데려가더니, 3일 후 불귀순 지역 경계의 어느 산 속 움푹한 길에 이르렀을 때, 그의 어깨 위에 손을 올려놓고는, 그에게 '바르크'란 이름을 주고 그를 팔아넘겼다.

. . .

나는 다른 노예들도 알고 있었다. 나는 매일 막사 안으로 차를 마시러 가고는 했다. 유목민들의 사치품인 털이 긴 양탄자 위에, 몇 시간 동안 자리를 잡고 맨발로 누워서, 나는 한낮 여행의 맛을 음미했다. 사막에서, 사람들은 시간의 흐름을 느낀다. 태양의 이글거림 아래에서, 사람들은 밤을 향해 걸어가며, 사람들 사이를 파고들어 땀을 씻어줄 시원한 바람을 향해 걸어간다. 태양의 이글거림 아래에서 사람 짐승 할 것 없이 모두 죽음을 향해 걸어가듯 이 거대한 물웅덩이를 향해 나아간다. 이처럼 무위도식이란 전혀 쓸데없는 것이 아니다. 낮 동안의 모든 것이 바다로 이어지는 이 길처럼 아름답게 보인다.

이 노예들, 나는 이들을 알고 있었다. 우두머리가 보물 상자에서 버너, 주전자, 유리컵 등등을 꺼낼 때면 이들은 막사로 들어온다. 이상하기 짝이 없는 물건들로 하나 가득인 상자에서 나오는 것들이란 열쇠 없는 자물쇠, 서푼짜리 거울, 낡은 병기 등으로, 사막 한가운데 이렇게 밀려 와 있는 모습이 난파선의 잔해를 떠올리게 하였다.

그러면 말이 없는 노예는 향로에 마른 장작을 채워 불을 지핀 후 주전자에 물을 부었고, 팔을 살짝 움직여 나무의 뿌리를 뽑았다. 그는 말이 없이 조용했고, 찻잎을 띄우고, 낙타를 돌보고, 밥을 먹느라 여념이 없었다. 대낮의 이글거림 아래에서는 밤을 향해 걸어가고, 별의 한기 아래에서는 대낮의 이글거림을 바란다. 계절의 구분이 뚜렷한 북반구의 사람들은 행복할 것이다. 여름이면 겨울의 눈을 꿈꾸고, 겨울이면 여름의 태양을 꿈꾸기 때문이다. 찜통 속에서 변하는 것이 거의 없는 열대지방 사람들은 서글프다. 하지만 사하라의 사람들도 행복하다. 밤이 오면 낮을 기다리고, 낮이 오면 밤을 기다리며 그렇게 기대감을 저울질하기 때문이다.

이따금 흑인 노예가 문 앞에 쭈그리고 앉아 밤바람을 맛볼 때가 있다. 포로 생활로 지친 그에게서 옛 시절의 기억이란 더 이상 떠오르지 않는다. 납치되어 오던 때의 기억만이 간신히 떠오를 뿐이다. 그에게 가해지던 주먹질, 그날의 울부짖음, 오늘의 밤이 있게 만든 사람의 팔……. 그날 이후, 그는 이상한 잠에 빠져들었다. 세네갈의 느릿느릿한 강물도, 쉬드-마로켕의 하얀 마을도 못 보는 장님 신세가 되었고, 친근한 목소리도 듣지 못하는 귀머거리 신세가 되었다. 이 흑인은 불행한 것이 아니라, 불구의 신세가 된 것이다. 어느 날 유목민의 삶 속으로 떨어져 이들의 이주생활 리듬에 따라 살게 되었고, 삶을 위해, 사막에 그들이 그려놓은 궤적에 의지하게 되었으며, 앞으로는 그들처럼 그 자신도 이러한 삶의 양식을 간직하게 될 터였다. 과거와 더불어, 하나의 가정과 더불어, 그에게 있어 죽은 것이나 다름없는 하나뿐인 아내와 아이들과 더불어, 이 삶의 방식도 함께 간직하게 될 터였다.

오랜 기간 넘치는 사랑의 삶을 살다가 이를 빼앗겨버린 사람은 때로 화려했지만 고독했던 그들의 삶에 싫증을 내고 겸허히 삶에 다가가며, 보잘것없는 사랑에서도 행복을 만들어 간다. 체념하고 노예로서 사는 삶의 달콤한 맛에 빠져들며, 사물의 평화 속으로 들어가는 것이 마음 편함을 느끼게 된다. 노예는 주인의 다 타들어간 숯불에서도 자존감을 만들어낼 수 있는 존재다. 때로 주인은 노예에게 "자, 마셔라."라고 말한다. 모든 피로와 타는 듯한 더위가 가시고 청량함을 맞게 된 탓에 주인이 노예에게 좋게 대하는 때인 것이다. 그리고 주인은 노예에게 차 한잔을 건넨다. 주인의 이 같은 환대에 어쩔 줄 몰라 하는 노예는 이 차 한잔의 배려에 대한 감사로 주인의 발등에 입이라도 맞출 기세다. 노예는 결코 사슬로 매여 있지 않다. 그에겐 사슬이 별로 필요치 않다. 그는 놀라울 만큼 충직하며, 잃어버린 왕좌에 대한 애착 같은 것은 현명하게도 갖고 있지 않다. 그저 한 사람의 행복한 노예일 뿐이다.

하지만 언젠가 그는 노예의 신분에서 벗어날 것이다. 밥값이나 옷값을 하기에도 벅찰 만큼 나이가 들게 되면 사람들은

그에게 어마어마한 자유를 선사한다. 사흘 동안을 이 막사 저 막사로 하릴없이 기웃기웃하다가는 나날이 수척해지고, 그러다 3일이 지나면 언제나 그렇듯이 너무나 현명하게도 사막 위에 몸을 뉘일 것이다. 나 역시, 쥐비에서 그러다 헐벗은 채로 죽어가는 자를 본 적이 있다. 무어인들은 이들의 기나긴 임종의 순간을 바로 곁에서 지켜보지만, 잔혹한 행위 따위는 하지 않는다. 그리고 무어인의 아이들은 죽어가는 그의 옆에서 뛰어놀며 매일 아침 일찍 그자의 숨이 아직 붙어 있는지 재미삼아 보러 달려오지만, 늙은 노예를 비웃는 행위 따위는 하지 않는다. 사람들은 마치 죽어가는 그에게 "그동안 수고했네. 잠들 권리가 있으니, 자러 가게나."라고 말하는 것 같다. 여전히 몸을 뉘인 상태인 그는 배고픔에 현기증을 느끼지만, 부당함으로 고통받지는 않는다. 그는 서서히 대지에 섞여 들어간다. 태양빛은 그를 말라 죽이고, 대지가 그의 육신을 받아들인다. 30년을 일했으니, 이제 잠들 권리는 생긴 것이다. 이제 대지에 묻힐 권리가 있는 것이다.

  내가 만났던 첫 번째 노예에게서 나는 그가 앓는 소리 내는 것을 들어본 일이 없다. 하지만 그는 다른 이가 끙끙거리는 것에 반대는 하지 않았다. 나는 그에게서 일종의 암묵적 동의 같은 것을 느꼈다. 그는 마치 힘을 다 써버린 끝에 길을 잃고 헤매는, 눈 속에 드러누워 눈과 공상으로 둘러싸여 있는 그런 산악인의 모습과도 같았다. 내가 안쓰러운 것은 고통받는 그의 모습이 아니다. 한 인간의 죽음 속에서, 미지의 세계 하나가 꺼져가는 것, 나는 그게 안타까웠던 것이다. 죽어가는 그의 안에서 빛을 잃고 꺼져가는 영상들은 어떤 것인지, 세네갈의 어떤 대농원이, 쉬드−마로켕의 그 어떤 백색 마을이 서서히 망각의 강 저편으로 사라져가는 것인지 궁금했다. 이 짙은 어둠속에서, 차를 준비한다든가, 동물들을 물가로 데려간다든가 하는 그의 초라한 고민들이 단순히 사라져버리는 것인지 나는 알 수 없었다. 노예의 영혼이 잠이 드는 것인지, 아니면 옛 기억이 새록새록 떠올라 그 어마어마한 추억들의 품속에서 그가 죽어가는 것인지 알 수 없었다. 우리 머리의 딱딱한 두개

골이 내게는 낡은 보물 상자와도 같이 느껴졌다. 어떤 색의 비단 천이, 어떤 축제의 모습이, 어떤 빛바랜 추억이, 여기 사막에서는 너무도 쓸데없는 그 어떤 빛바랜 추억이 난파에

서 면하게 되었는지 알 길이 없었다. 그 상자는 거기에, 굳게 잠겨 있었고 무거웠다. 마지막 순간의 기나긴 잠을 자는 동안 그에게서는 세상의 그 어떤 부분이 해체되어가고 있는 것인지, 서서히 다시 밤이 되고 다시 뿌리가 되어가는 이 의식 속에서는, 또 이 육신 안에서는 세상의 그 어떤 부분이 해체되어가고 있는 것인지 나는 알지 못했다.

"나는 소나 양 떼를 몰던 사람이었소. 그리고 내 이름은 모하메드였소."

흑인 노예 바르크, 그는 내가 알고 있던 노예 중 처음으로 저항했던 자였다. 무어인들이 그에게서 자유를 빼앗고, 발가벗긴 채 대지 위로 단번에 내팽개치는 것은 일도 아니었다. 신이 폭풍우를 일으켜 단 한 시간 만에 인간의 수확물들을 쓸어버리는 것과 같았다. 하지만 그가 가진 재산을 몰수하는 것보다 더 가혹한 일은 무어인들이 그의 인격을 모독하였다는 점이다. 다른 수많은 노예가, 일 년 내내 밥을 벌어 먹고살기 위해 일만 하다가 가련한 몰이꾼 하나가 그들 사이에서 죽어가는 모습을 방관하고 있었음에도 불구하고 바르크는 포기하지 않았다.

바르크는 흔히들 기다림에 지쳐 보잘것없는 행복에 안주하듯이 노예생활에 적응한 것이 아니었다. 그는 그저 주인이 베풀어주는 아량으로 노예의 기쁨을 만들고 싶어하지 않았다. 가슴속에 과거의 모하메드가 살았던, 하지만 이제는 모하메드가 살지 않는 그 집을 품고 살았다. 그의 자리가 비어서 슬픈, 그러나 다른 누구도 살지 않을 그 집을 품고 살았던 것이다. 바르크는 적막의 지루함과 오솔길의 풀잎들 속에서 오로지 충성만을 바치다가 죽어간 백발의 문지기와 같았다.

그는 "나는 모하메드 벤 라우셍이오."라고 하지 않고 "내 이름은 모하메드였소."라고 말했다. 잊혀져 있던 이 인물이 언젠가 되살아나기를 꿈꾸며, 모하메드라는 인물의 부활로 그의 노예근성을 쓸어버리려는 것이었다. 이따금씩 아무런 소리도 나지 않는 밤이 되면 그에게서는 과거의 모든 기억들이 가득 퍼지는 어린 시절의 노랫소리와 함께 되살아났다.

"한밤중에, 무어인 통역관이 우리에게 이야기를 들려주었소. 마라케시에 대한 이야기를 하고는 울더군."

고독 속에 있으면 과거에 대한 회상이나 집착에서 그 누구도 예외일 수 없다. 혹자는 느닷없이 잠에서 깨어나 동료들 틈

163

바구니에서 기지개를 켜고는 여자를 찾는다. 그 어떤 여자도 결코 범접하지 아니하는 이 사막 한가운데에서 말이다. 바르크는 단 한 번도 냇물이 흐른 적이 없는 그곳에서 냇물이 노래하는 소리를 들었다. 그리고 바르크는 눈을 감은 채, 자신이 매일 밤 같은 별 아래에 자리 잡고 있는 하얀 집에 살고 있다고 생각했다. 대충 천으로 아무렇게나 만들어놓고 사람들이 바람을 쫓는 그곳에서 말이다. 바르크는 신기할 정도로 활력이 넘치는 오랜 애정으로 무장하고서, 마치 그 끝이 지척에 있기라도 한 듯이 내게로 다가왔다. 그는 내게 자신은 준비가 되었다고, 그의 모든 애정들도 준비가 되었다고, 이 애정들을 나누어줄 길은 이제 그의 집으로 돌아가는 것 이외에는 없다고 말을 하고 싶어했다. 그리고 내 신호 하나면 충분할 것이었다. 바르크는 웃으며 내게 무언가 신호를 보냈다. 나는 그게 무슨 뜻인지 영문을 알 수 없었다.

"비행기가 내일 뜨지요…… 당신은 아가디르로 가는 비행기에 나를 숨겨주는 겁니다."

• • •

"딱한 바르크 영감!"

우리는 불귀순 세력 주둔지역에 살고 있었는데, 어떻게 그의 탈출을 돕는단 말인가? 다음 날이면 어떤 참상이 일어나게 될는지 신만이 알겠지만 무어인들은 절도와 모욕행위에 대한 보복을 할 것이다. 기항지 정비사 로베르그, 마르샬, 아브그랄의 도움으로 그를 사려는 시도를 해보았지만, 무어인들은 매일 노예 하나를 사겠다고 덤벼드는 유럽인들을 만나주지 않았다. 오히려 이들은 그 점을 이용했다.

"이만 프랑이오."

"지금 우리를 갖고 노는 거요?"

"이자의 튼튼한 팔을 좀 보시오."

그런 식으로 몇 달이 흘렀다.

• • •

마침내 무어인들은 몸값을 내렸다. 그리고 나는 프랑스 친구들에게 편지를 써서 이들의 도움으로 이 노예 바르크 영감을 살 만한 돈을 모을 수 있게 되었다.

쉽지 않은 협상이었다. 15명의 무어인과 나는 탁상에 둘러앉아 일주일간 협상을 하였다. 주인의 친구이자 내 친구이기도 한 사기꾼 진 울드 라타리는 그럴듯하게 말을 꾸며내어 은밀히 나를 도왔다. 그는 내가 시킨 대로 말을 했다.

 "까짓 것 팔아버려. 언젠가는 잃게 될 거야. 그는 병이 들었다고. 겉으로 쉽게 드러나는 병은 아니지만, 분명 병이 들긴 들었어. 그러다 갑자기 속이 곪아 터져 죽는 날이 오면 어쩌려고 그래. 프랑스인들에게 얼른 팔아버려."

 나는 또 다른 한 사기꾼인 라지한테도 만약 내가 이 노예를 살 수 있도록 도와준다면 돈을 주겠다고 약속했고, 그는 주인에게 이렇게 말했다.

 "돈이 있으면 그걸로 낙타도 사고 총이랑 총알도 살 수 있잖아. 습격대를 꾸려 프랑스 사람들과 전쟁을 할 수도 있다고. 그뿐이겠어? 아타르에서 멀쩡한 놈들로 서넛을 데려올 수 있다고. 그놈을 팔아버려."

 그리하여 이들은 내게 바르크를 팔았다. 나는 우리 막사에 그를 가두고 열쇠를 채웠다. 비행기가 오기 전에 밖으로 나돌아 다니게 되면 무어인들이 그를 다시 붙잡아 더 먼 곳으로 팔아넘길 것이기 때문이었다.

하지만 나는 그를 노예 상태에서는 벗어나게 해주었다. 노예해방의식 역시 아름다웠다. 이슬람교 원로가 왔고, 그의 전 주인과 쥐비의 지방관 이브라임도 왔다. 요새 담벼락에서 20m 떨어진 곳에서라면 셋은 얼마든지 재미삼아 내게 보여주려 사람의 머리도 칠 수 있는 사람들이었다. 그런 이들이 바르크에게 뜨거운 포옹을 해준 뒤 공식 증서에 서명했다.

"이제, 그대는 우리의 자녀이다."

법에 따르면 나의 자녀이기도 했다. 그리고 바르크도 자신의 세 아버지를 껴안았다.

그는 우리 막사에서 떠나는 날까지 달콤한 죄수 생활을 만끽했다. 그는 자신의 순탄할 여행에 대해 하루에도 수십 번씩 설명을 하게 하였다. 비행기를 타고 아가디르에 내리면 아가디르 기항지에서는 그에게 마라케시로 가는 차표 한 장을 내어줄 것이다. 바르크는 어린아이가 탐험가 놀이를 하듯 자유인 놀이를 하였다. 삶을 향해 한 걸음 한 걸음 나아가고 있고, 차도 타며 곧 있으면 사람들과 고향을 보러 가게 될 것이었으니 말이다.

167

로베르그는 마르샬과 아브그랄을 대신하여 나를 보러 왔다. 바르크가 정착하는 과정에서 굶어 죽으면 안 되었기 때문이다. 이들은 내게 그를 위해 천 프랑을 주었다. 그러면 바르크는 그 돈으로 일을 찾을 수 있을 것이었다.

나는 돈 20프랑을 주며 '동냥'을 한 뒤, 이를 인정해달라고 생색내는 자선단체의 나이 지긋한 아주머니들을 생각했다. 비행기 정비사인 로베르그와 마르샬, 아브그랄은 비록 천 프랑의 돈은 주었으되, 동냥을 한 것도 아니었고, 인정해달라고 생색을 낸 것도 아니었다. 적선을 하고 행복을 꿈꾸는 그 아주머니들처럼 동정한 것도 아니었다. 단지 한 사람에게 인간으로서의 존엄성을 되찾아주는 일에 기여를 하고 싶었을 뿐이다. 귀환의 즐거움에 도취된 상태가 지나면 바르크의 앞에 제일 먼저 끈덕지게 달라붙는 것이 바로 다름 아닌 가난이라는 것을 이들이나 나 너무도 잘 알고 있었다. 그는 석 달도 채 되지 않아 철로 위에서 침목을 뽑느라 애를 쓰고 있을 것이었다. 그렇게 되면 그는 우리 곁으로 와서 사막에서보다 더 불행한 삶을 살게 되는 것이다. 하지만 그에게도 친구들 곁에서 스스로의 삶을 살 권리는 있는 것 아니겠는가.

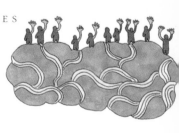

"바르크 영감, 이제 가서 사람답게 삽시다."

비행기는 부르르 기체를 떨며 떠날 채비를 하였다. 바르크는 마지막으로 쥐비 곶의 거대한 환송의 물결에 대해 고개를 숙였다. 비행기 앞에는 200명의 무어인이 무리를 지어 있었다. 삶의 문턱 앞에서 노예 하나가 어떤 표정을 지을 것인지 보기 위함이었다. 근처에서 고장이라도 나면 이들은 그를 다시 데려갈 참이었다.

그리고 우리는 50세의 이 '갓난아이'에게 작별 인사를 고하였다. 그는 자신에게 세상에 대한 모험의 길을 열어 준 것에 조금 당황한 것같이 보였다.

"바르크, 잘 가시오!"

"아니오."

"뭐가 아니라는 말이오?"

"아니오. 나는 모하메드 벤 라우셍이오."

· · ·

우리가 마지막으로 그의 소식을 전해들은 것은 아랍인 압달라에 의해서였다. 그는 우리의 부탁으로 아가디르에서 바르크를 맞이한 사람이었다.

차는 저녁에만 출발을 하였으므로, 바르크는 그곳에서 낮시간을 보내야 했다. 바르크는 어느 작은 마을에서 말없이 한참을 서성였고, 이에 압달라는 무언가 염려하는 그의 모습에 측은한 마음이 일었다.

"무슨 일 있습니까?"

"아닙니다."

갑작스런 여행길에 너무도 넓은 곳에 있게 된 그는 아직 모하메드의 회생을 실감하지 못하고 있었다. 물론 잘 들리지는 않지만 어디에선가 행복이 속삭이는 소리가 들려오기는 했다. 하지만 그걸 제외하면, 어제의 바르크와 오늘의 바르크 사이에 별반 큰 차이는 없었다. 하지만 이제 그는 다른 사람들과 똑같이 이 태양빛을 나눠 갖게 되었으며 여기, 아랍의 노천카페에 앉을 권리도 누리게 되었다. 그는 그곳에 앉았다. 그리고 압달라와 자신이 마실 차를 주문했다. 자유인으로서 그가 내디딘 첫 행보였다. 그가 가진 자유인으로서의 힘이 다른 이에게도 전달이 되어야 했건만, 서빙을 보던 아이는 평소와 다름없이 별 대수롭지 않게 그의 잔에 차를 따랐다. 그 사람은 자신이 그렇게 차를 따르면서 한 사람의 자유인을 뿌듯하게 만든다는 사실을 알지 못했다. 바르크가 말했다.

"이제 갑시다."

둘은 아가디르를 굽어보고 있는 카스바를 향해 올라갔다.

베르베르의 젊은 무희들이 이들에게 다가왔다. 무희들이 너무도 친근하게 다가왔기 때문에 바르크는 자신이 다시 살아난 것 같은 기분을 느꼈다. 아무것도 모른 채, 바로 이 무희들이 그를 삶 속으로 맞아들여 준 것이었다. 이들은 손으로 바르크를 잡고는 친절하게 그에게 차를 대접했다. 하지만 다른 이에게도 이들은 똑같이 대했으므로, 바르크는 자신은 죽었다

171

다시 살아난 사람이라는 말을 하고 싶어했다. 무희들은 부드 럽게 웃었다. 이들은 그에게 만족했다. 그가 만족했으니 말이 다. 바르크는 이들을 놀래 줄 심산으로 이렇게 말했다.

"나는 모하메드 벤 라우셍이오."

하지만 여기에 놀라는 사람은 아무도 없었다. 모든 사람들 에게는 저마다 하나씩 자기 이름이 있게 마련이고, 먼 곳에 있 다 되돌아오는 사람들은 얼마든지 많이 있다.

그러고 나서 바르크는 압달라를 도시로 끌고 갔다. 유대인 노점상 앞에서 서성이기도 하다가 바다도 바라보다가 그는 이제 자신이 어디든 원하는 방향으로 마음껏 걸어갈 수 있다 는 사실을 떠올렸다. 그는 이제 자유의 몸이 된 것이었다. 하 지만 그에게서 느껴지는 자유의 맛은 씁쓸했다. 그가 맛본 자 유는 그로 하여금 자신이 얼마나 세상 사람들과의 연결고리 가 끊겨 있었던가를 깨닫게 해주었다.

어린아이가 지나가자 바르크는 부드럽게 그의 볼을 어루만 졌다. 아이는 웃었다. 사람들이 아부를 해대는 주인님의 아이 가 아니었다. 바르크가 어루만진 것은, 그에게 웃어준 것은 그 저 한 사람의 연약한 어린아이일 뿐이었다. 이 아이는 바르크

가 눈을 뜨게 해주었다. 그에게 웃음을 지어 보여야 했던 이
어린아이 때문에, 바르크는 스스로가 세상에서 좀 더 비중이
큰 사람이라고 생각했다. 그는 무언가를 골똘히 생각하더니,
이제는 성큼성큼 걸어가는 것이었다. 그에게 압달라가 물었다.

"뭘 찾으세요?"

"아무것도 아닙니다."

하지만 길모퉁이를 돌아 놀고 있던 어린아이들을 찾은 바르
크는 걸음을 멈추었다. 그곳이었다. 그는 말없이 아이들을 바
라보았다. 그러고는 유대인 노점상 쪽으로 멀어지더니, 이어
두 손 가득 선물을 안고 왔다. 압달라는 화를 냈다.

"바보같이, 뭐 하는 거예요! 돈을 그렇게 다 쓰면 안 되죠!"

하지만 바르크에게는 아무 말도 들리지 않았다. 그는 아이
들 하나하나에게 진지한 표정으로 오라는 눈짓을 보냈고, 아
이들은 장난감과 팔찌, 금으로 수를 놓은 가죽신으로 달려들

었다. 자기 보물을 챙긴 아이들은 자리를 떠나 허둥지둥 도망 쳤다.

이 소식을 들은 다른 아이들이 그에게로 달려왔다. 바르크 는 금장 가죽신을 신겨주었다. 아가디르 부근에서 저마다 이 소식을 접한 아이들은 벌 떼같이 달려와 소리를 지르며 이 검 은 피부의 신에게 달려들었다. 아이들은 그의 낡은 노예 복장 위로 매달렸고, 자기 선물을 달라고 아우성이었다. 바르크는 파산했다.

압달라는 바르크가 '너무 좋아서 미친 것'이라고 생각했다. 하지만 나는 그게 아니라고 생각한다. 바르크는 지나칠 정도 로 넘치는 기쁨을 그저 나눠주고 싶었던 것이다.

자유로운 몸이었기에, 그는 필요한 물건을 소유하고 있었던 것이고, 이제 그는 사랑할 권리도, 북쪽이든 남쪽이든 아무 데 로나 걸어갈 권리도, 자신의 일로써 돈을 벌 권리도 있었다. 그 돈이 다 무슨 소용이란 말인가. 그동안 그는 너무나도 굶주 렸기 때문에, 사람들 사이에 섞여 들어가 한 사람의 인간이 될 필요성을 느꼈다. 아가디르의 무희들은 나이 든 바르크에게 부드럽게 대했으나, 그는 올 때와 마찬가지로 이들과 가볍게 헤어질 수가 있었다. 그곳을 찾은 것은 그였기에, 무희들은 그가 필요치 않았다. 아랍 노점상 점원과 거리를 지나는 사람들 모두 그를 자유인으로 존중해주었고, 그와 함께 동등하게 햇볕을 나눠받고 있었다. 하지만 그 어느 사람도 바르크에게 그 이상으로 자기에게 그가 필요하다고 말하는 사람은 없었다. 그는 자유로웠다. 하지만 그는 너무나도, 땅 위에서 스스로의 존재감을 느끼지 못할 정도로 한없이 자유로웠다. 그에게는 이 인간관계의 무게감이 느껴지지 않았다. 그에게는 그의 발길을 저지하고, 그의 눈물을 막고, 그의 작별인사를 막아내며, 그의 기쁨과 비난을 방해할 사람들이 없었다. 그가 무언가 행동을 할 때마다 아끼거나 헐뜯는 사람이 없었으며, 그와 관계로 엮인 사람들도 없었고, 그에게 부담을 주는 사람들도 없었다. 하지만 이미 바르크에게는 수천 가지의 소원이 있었다.

자유인 바르크의 통치는 아가디르 위로 내려앉은 이 영광의 노을 속에서, 그 청량함 속에서 그토록 오랜 기간 그에게 있어서의 유일한 기다림이었던, 그의 유일한 외양간이었던 그 노을과 청량함 안에서 시작되었다. 그리고 떠날 시간이 다가오자 바르크는 그 옛날, 양들에게 둘러싸여 있듯 아이들에게 둘

러싸여 있던 틈바구니에서 처음으로 세상에 자신의 종적을 남기며 앞으로 나아갔다. 내일이 되면 그는 다시 가난의 세계로 돌아갈 것이고, 자신의 노쇠한 두 팔로 먹여 살릴 길이 없는 사람들을 책임져야 할 것이다. 하지만 그는 여기서 진정 자신의 존재감을 느꼈다. 사람으로서의 삶을 살기에는 너무도 가벼운, 그러나 벨트에 몰래 납덩이라도 꿰어놓았을 천사장처럼, 바르크는 금장 가죽신이 너무도 필요한 수천 명의 어린 아이들에 의해 땅으로 끌려가 힘겨운 걸음을 내디딜 것이다.

7

그런 것이 사막이다. 유일한 게임의 법칙인 코란은 사막의 모래를 제국으로 바꾸어 놓았다. 텅 비어 있을, 사막 저 깊숙한 곳에서는 사람들의 열정을 자극하는 연극 한 편이 은밀히 상연되고 있다. 사막의 진정한 삶은 가축에게 먹일 풀을 찾아 떠나는 부족들에게서 비롯되는 것이 아니라, 지금도 계속되고 있는 게임으로 말미암은 것이다. 순종하는 모래와 그렇지 않은 모래에 무슨 차이가 있겠는가. 그러나 사람의 경우는

다르다. 변모한 사막 앞에서, 나는 어릴 적 우리가 신들을 모셔놓은 어둡고 금빛 반짝이던 공원, 우리가 그 안에 담아놓은 탓에 한 번도 알려진 적이 없고, 한 번도 그 전체가 발굴된 적이 없는 무한왕국 등 어린 시절에 놀던 놀이들이 떠오른다. 우리는 외부와 단절된 문명을 만들었다. 그곳에서는 발자국에도 맛이 있었고, 사물들도 의미를 가지고 있었다. 다른 문명에서는 허용되지 않은 것들이었다. 하지만 이제, 성인이 된 우리는 다른 법칙 속에서 살아가고 있다. 어린 시절의 그늘이 가득 드리워져 있고, 얼어붙기도 했다가 타오르기도 했다가 마법과도 같았던 그 시절 그때의 공원으로 다시 돌아가 보면, 우리가 이토록 좁은 성벽 안에 무한대로 만들어놓은 시골마을이 너무도 굳게 닫혀 있음에 놀라고, 공원 안으로 다시 발을 들여놓을 수 없는 것이 아니라, 그 시절 그 놀이에 다시 빠져들 수 없기 때문에 그 무한의 공간 속으로 이제 다시는 들어갈 수 없음을 깨달으면서, 우리는 일종의 절망감을 안고는 회색 돌담길 바깥쪽을 따라 걸어간다.

이제, 불귀순 세력 주둔지는 없어졌다. 쥐비 곶, 시스네로스, 푸에르토 칸사도, 라 사게-엘-암라, 도라, 스마라, 이제

177

더 이상 신비란 존재하지 않는다. 우리가 달려갔던 지평선들은 한 번 포근한 손의 함정에 잡히면 빛깔을 잃어가는 곤충들처럼 하나하나 저물어갔다. 하지만 이들을 쫓던 자는 환상에 놀아난 것이 아니었다. 우리가 이 같은 발견을 하려고 뛰어다녔을 때, 우리는 틀리지 않았었다. 미묘한, 그의 손이 닿기가 무섭게 포로로 잡힌 여성들이 자신들의 금빛 날개 빛을 잃고 새벽녘 그의 품 안에서 차례로 꺼져갔던 만큼, 너무도 미묘한 것을 추구했던 천일야화의 왕 역시 틀리지 않았다.

우리는 모래의 마법을 먹고살지만, 다른 사람들은 그곳에 유정(油井)을 파서 그것으로 재물을 늘릴 것이다. 하지만 이들은 너무 늦게 왔다. 금지된 종려나무 숲, 혹은 순수한 조개 가루가 우리에게 자신들의 가장 소중한 부분을 내어주었기 때문이다. 종려나무 숲과 조개 가루는 단지 한순간의 열정만을 주었으며, 이를 겪은 것은 우리뿐이었다.

• • •

사막? 나는 마음으로만 사막에 이른 것이 아니었다. 1935년,

인도차이나로 향하는 공습 중에, 나는 리비아 국경에 인접한 이집트에서 모래에 사로잡힌 적이 있었다. 모래는 끈끈이처럼 끈덕지게 달라붙어 나를 옴짝달싹 못 하게 했고, 나는 그렇게 죽는 줄만 알았다. 다음은 그에 대한 이야기이다.

7. 사막의 중심에서

1

지중해를 건너면서 나는 낮게 깔린 구름을 만났다. 20m 상공으로 내려갔더니, 비행기 창문으로 소나기가 부딪치며 갈라졌고, 바다에서는 안개가 피어오른다. 나는 시야를 분간하여 선박의 돛대와 부딪치는 일을 피하려고 안간힘을 쓴다.

정비사인 앙드레 프레보가 내게 담뱃불을 붙여준다.

"커피 한잔만……."

앙드레는 비행기 뒤쪽으로 사라졌다가 보온병을 들고 다시 들어온다. 나는 커피를 마신다. r.p.m 2,100을 유지하기 위해 나는 이따금씩 가스 스틱을 톡톡 두드린다. 계기판들을 슬쩍 보니 나의 신하들이 말을 잘 듣고 있음을 알게 된다. 모든 바늘이 다 자기 자리를 지키고 있다. 바다를 힐끗 보니, 뜨거운 온탕처럼 모락모락 김을 피워내고 있다. 만약 수상비행을 하고 있었다면, 바다에 그토록 높은 파도가 치며 '움푹움푹 파이는 것'이 유감이었을 것이다. 하지만 나는 일반 비행을 하고 있다. 파도가 높건 그렇지 않건 내 비행기로는 바다 위에 착륙할 수가 없다. 그리고 높게 파도가 이는 바다는 내게 왠지 모를 불안감을 안겨준다. 바다는 내게 속한 세상이 아니다. 이곳에서의 고장은 나와는 무관하며, 위협의 요소조차 되지 않는다. 나는 수상비행을 위한 장비를 갖추지 않았다.

한 시간 반을 비행하고 나자 빗줄기가 약해진다. 구름은 여전히 매우 낮게 깔렸으나, 빛이 함박웃음을 짓듯이 그 사이를 가로지른다. 나는 날씨가 이렇게 서서히 맑아지는 준비를 하는 것이 신기하기만 하다. 흰색 솜과 같은 이 구름의 두께는 얇아 보인다. 나는 돌풍을 피하고자 비스듬히 돌아간다. 굳이 그 중심을 파고들 필요도 없거니와, 구름이 처음으로 갈라진 틈을 보이기도 했기 때문이다.

나는 보지도 않고 이를 알아맞히었다. 내 앞에, 바다 위에서는 길게 늘어진 초원의 빛깔이 눈에 들어왔기 때문이었다. 그건 깊고도 반짝반짝 빛이 나는 녹색의 오아시스 같았다. 세네

181

갈에서 3,000km의 모래를 지나 모로코 남부에서 가슴을 파고 드는 보리밭과도 닮아 있었다. 여기에서도 역시 나는 살 만한 시골마을 하나를 만나게 된 듯한 느낌이 들었고, 가벼운 즐거움을 맛보았다. 나는 프레보를 돌아본다.

"끝났군. 이제 순항이야."

"그러네요."

• • •

튀니스다. 휘발유를 가득 채우는 동안, 나는 서류에 서명한다. 그러나 사무실을 떠나려는 순간, '풍덩' 하고 물에 빠지는 소리가 들려온다. 메아리 없이, 무언가 분명하지 않게 들려오는 소리이다. 그리고 보니 요전에도 이와 비슷한 소리를 들은 적이 있다. 격납고에서의 폭발 사고였다. 그 요란한 기침 소리로 두 명이 목숨을 잃었다. 나는 활주로를 따라 나 있는 길로 몸을 돌린다. 약간의 먼지가 일었고, 빠르게 달리는 두 대의 자동차가 갑자기 빙판길에서처럼 제어가 안 되며 서로 부딪친 것이었다. 사람들이 몰려갔고, 일부는 우리 쪽으로 달려왔다.

"의사요! 어서 의사에게 전화해요! 머리가!"

나는 가슴이 미어짐을 느낀다. 잔잔한 저녁노을 속에서, 운명이 제대로 한 방 날린 것이다. 아름다운 사람 하나가, 유능한 인재 하나가, 풍요로운 인생 하나가 끝이 났다. 비적 떼들은 이렇게 사막에서 진군했다. 그 누구도 이들이 사막 위에서 슬그머니 움직이는 발걸음 소리를 듣지 못했다. 막사에서는 떼강도들이 약탈한 것이라는 소문이 돈다. 금빛 적막 속에서 모든 것이 사그라졌다. 한없이 평온했고, 한없이 고요했다. 내 곁에 있던 누군가는 두개골 손상에 대한 이야기를 한다. 나는 꼼짝 못 하며 피 흘리고 있는 두개골에 대한 이야기는 조금도 듣고 싶지 않다. 나는 발길을 돌려 내 비행기로 돌아온다. 하지만 마음 한구석에는 걱정이 자리 잡는다. 그리고 잠시 후에 나는 그 소리를 또 듣게 될 것이다. 시속 270km로 검은 대륙 상공 위를 훑을 때, 나는 똑같은 요란한 기침 소리를 듣게 될 것이다. '쾅' 하는 운명의 소리, 그 소리가 우리를 기다리고 있었다.

벵가지를 향해 출발한다.

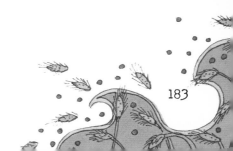

183

2

출발이다. 아직 두 시간의 낮 시간이 남았다. 트리폴리타니아에 접어들었을 때, 나는 이미 선글라스에 대한 미련은 버렸다. 모래는 금빛으로 물들고 있다. 이 지구에 생명체는 아무것도 없는 듯 보인다. 꽃이며, 그늘이며, 사람들의 집이라는 것이 내게는 다행스럽게도 우연들이 합쳐진 결과처럼 느껴진다.

하지만 내게는 모든 것이 낯설었고, 나는 비행을 하며 지상위 세계를 살고 있다. 절간에 틀어박혀 있듯 사람들이 문을 꽁꽁 닫아버리는 밤이 오고 있음을 느낀다. 비밀리에 저마다 꼭 필요한 의식을 통하여 사람들이 대책 없이 명상에 꽁꽁 잠겨버리는 밤이 오고 있음을 느낀다. 세속적인 이 세상 전체가 이미 서서히 그 모습을 지워가고 있고, 곧 있으면 사라져버리게 될 것이다. 아직 풍경은 금빛을 머금고 있다. 하지만 이미 무언가가 날아가 버린 느낌이다. 아무것도 알 수는 없지만, 나는 말한다. '세상에 지금 이 시간만큼 가치 있는 것이 또 있을까.' 비행에 대한 형언할 수 없는 애정을 품고 있는 이들만이 나의 이 말을 이해할 것이다.

따라서 나는 조금씩 태양에 대한 미련을 버린다. 고장이 나면 나를 받아줄 금빛 거대한 평야에 대한 미련도 버리고, 내게 길을 알려주는 좌표들에 대한 미련도 버린다. 구름 위로 올라와 내가 충돌하는 일을 피하게 해주는 산등성이에 대한 미련도 버린다. 이제 밤이다. 나는 밤의 세계로 들어간다. 나는 밤을 항해한다.

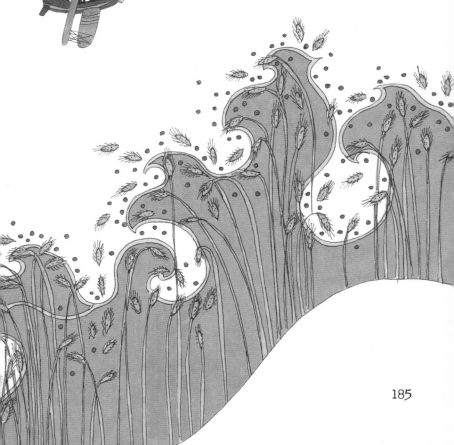

이제 내게는 별밖에 없다.

세상은 이렇듯 천천히 유명을 달리한다. 서서히 빛이 사라져간다. 대지가 올라와서는 연기처럼 사라지는 것과 같다. 처음 밤하늘을 수놓은 별들은 푸른 물속에서 떨리듯 파리하니 떨고 있다. 이들이 단단한 금강석으로 변하려면 아직 한참을 더 기다려야 한다. 별똥별들이 소리 없이 펼치는 불꽃놀이를 구경하려면 아직 한참을 더 기다려야 한다.

어떤 밤에는 불꽃이 너무도 많아 별들 사이로 굉장한 바람이 부는 것처럼 보이기도 했다.

프레보는 조명등과 비상등을 켜려 하였고, 우리는 붉은색 종이로 전구를 감쌌다.

"한 장 더 감게."

프레보는 종이 한 장을 더 대었고, 스위치를 켰다. 빛이 아직 너무 밝았다. 빛은 사진사들에게서처럼 바깥세상의 창백한 이미지를 흐릿하게 만들 것이다. 빛은 이 연약한 펄프를 부수고, 이따금씩 사물들에 달라붙는다. 밤이 되었다. 하지만 아직 진정한 밤은 아니다. 초승달이 남아 있다. 프레보는 뒤로 쑥 들어가더니 샌드위치 하나를 가지고 돌아온다. 나는 포도

한 송이를 집어먹는다. 배는 고프지 않다. 배도 고프지 않고, 목도 마르지 않다. 피로도 전혀 느껴지지 않는다. 그렇게 십 년은 조종대를 잡을 것만 같다.

달이 졌다.

• • •

캄캄한 밤, 벵가지에 도착한다. 벵가지는 어둠 한구석에서 휴식을 취하고 있다. 그 어둠이 너무도 깊어 그 어떤 불빛으로도 꾸며지지 않는다. 도시에 이르러서야 그 윤곽을 알아볼 수 있었다. 비행장을 찾아보았으나, 이쪽에서 붉은 표지판의 불이 들어온다. 불빛은 어둠을 가르고 네모진 까만 비행장의 윤곽을 뚜렷하게 드러낸다. 나는 비행장 위를 선회한다. 라이트 하나의 불빛이 하늘을 향해 소방분수처럼 곧게 올라가서는 주변을 맴돌고 비행장 위에 금빛 길을 수놓는다. 나는 장애물이 있는지 잘 보기 위해 계속 비행장 위를 돌아본다. 이 기항지의 야간 설비는 감탄할 만하다. 나는 속력을 줄이고 검은 물속에 빠져들 듯이 검은 어둠 속으로의 침수를 시작한다.

187

현지 시각으로 오후 11시, 나는 착륙한다. 비행기를 관제등 쪽으로 굴린다. 세상에서 가장 예의 바른 장교와 군인들이 비행기 라이트 불빛에 따라 어둠 속에서 그 모습을 드러내며 보였다 안 보였다 한다. 나의 신분확인을 한 후 연료를 가득 채우기 시작한다. 이곳 기항지에서의 통과 절차는 20분 만에 끝날 것이다.

"방향을 돌려 우리 위를 지나가주십시오. 그렇지 않으면 이륙이 성공적으로 잘 끝났는지 알 수 없을 겁니다."

출발이다.

황금빛 길 위에서 나는 장애물 하나 없는 통로를 향해 굴러간다. 나의 '시문(Simoun)' 기는 날개 힘이 다하기 전 육중한 몸을 끌어올려 이륙한다. 조명이 나를 따라오는 탓에 방향 선회가 불편했다. 결국 조명은 나를 놓아준다. 그 조명 때문에 내 눈이 부시다는 걸 사람들이 안 것이다. 수직으로 유턴했을 때, 조명이 재차 내 얼굴을 때린다. 하지만 빛이 얼굴에 닿자마자 다른 곳으로 돌려 버린다. 나에 대한 굉장한 배려가 느껴진다. 그리고 이제 나는 다시 사막으로 기수를 돌린다.

파리, 튀니스, 벵가지의 기상청이 시속 30~40km의 순풍이 불어옴을 내게 알려왔다. 나는 시속 300km의 순항속도를 예상한다. 나는 우측 카이로에서 알렉산드리아와 만나는 곳 중앙 위로 기수를 잡는다. 그렇게 해서 연안 금지 구역을 피해갈 것이다. 그리고 내가 겪게 될 미지의 변수에도 불구하고, 나는 내 좌측이든 우측이든 마을 이곳저곳의 불빛에 사로잡힐 것이고, 좀 더 넓게 보면 나일 강 계곡의 불빛에도 사로잡힐 것이다. 만약 바람의 변화가 없으면 비행시간은 3시간 20분이 될 것이고, 바람이 약해지면 3시간 45분이 될 것이다. 그리고 나는 1,050km의 사막을 빨아들이기 시작한다.

이제 달빛은 없다. 칠흑 같은 어둠이 별까지 집어삼켰다. 불빛 하나 눈에 보이지 않고, 좌표지점도 보이지 않는데다 무선사까지 없어 나일 강 전까지는 신호 하나 받지 못하게 될 것이다. 나는 내 나침반과 스페리 이외에 다른 것은 아예 볼 생각도 안 한다. 어두운 화면 위 가느다란 라듐 줄이 느릿느릿 주기적으로 숨쉬는 것을 제외하고는 그 어디에도 관심을 두지 않는다. 프레보가 자리 이동을 했을 때, 나는 부드럽게 중심의 변동을 바로잡는다. 나는 사람들이 알려준 대로 순풍이 부는 고도 2,000m 지대로 올라간다. 한참 후, 야광(夜光) 장치가 없는 엔진 계기판들을 보기 위해 나는 램프에 불을 켠다. 하지만 상당 시간 동안 나는 암흑 속에, 나의 희미한 반짝거림 가운데 갇혀 있다. 별과 같은 무기체의 반짝임이며, 닳지도 않고 비밀스러운 빛깔에 별과 같은 언어로 말을 하는 그 희미한 반짝거림 속에 갇혀 있는 것이다. 천문학자처럼 나 또한 천체공학 서적을 읽은 바 있다. 나 역시 학구적이고 순수하다고 느낀다. 바깥 세계에서 모든 불빛이 죄다 꺼졌다. 프레보는 몇 번 잠을 쫓아보려 노력하다 결국 잠이 들어버렸고, 나는 외로움을 맛본다. 엔진이 부드럽게 그렁대는 소리가 들리고 있고, 내 앞 계기판 위에는 잔잔한 별들이 있다.

하지만 나는 명상에 잠긴다. 우리는 달빛의 광영도 누리지 못하고 있고, 무선 연락도 취하지 못하고 있는 상태다. 나일 강의 빛줄기와 마주칠 때까지 우리는 그 어떤 것과도 연결이 끊겨 있는 상태이다. 우리는 그 모든 것의 외곽에 놓여 있는 신세이며, 오직 우리의 엔진만이 우리를 잡아주어 이 어둠 속에서 우리를 지탱해주고 있다. 우리는 옛날 얘기 속에나 나올 법한 커다란 검은 계곡을 건너고 있다. 공주를 구하기 위해 꼭 지나쳐야 하는 관문과도 같은 그 계곡 말이다. 하지만 여기서

는 구출 받을 사람도, 구출해줄 사람도 없고, 실수에 대해 용
서해주는 관용 따위는 기대할 수도 없다. 우리는 신의 처분만
을 기다리고 있는 처지이다.

빛줄기 하나가 전기부품 틈새로 흘러나왔다. 나는 프레보를
깨워 그 빛을 없애보라고 하였다. 프레보는 어둠 속에서 곰처
럼 움직이더니 몸을 부르르 떨며 앞으로 나아간다. 어떻게 하
였는지는 잘 모르겠지만 손수건과 검은 종이로 어떻게 해서
처치를 해주었고, 빛줄기는 사라졌다. 그 빛줄기는 이 세계에
금을 만들었다. 그건 창백하고 아득한 라듐 빛줄기와는 그 성
질이 달랐다. 무도회장의 빛이었지, 별빛이 아니었다. 하지만
특히 그 빛줄기는 내 눈을 부시게 하였고, 다른 빛을 지워버
렸다.

비행 세 시간째. 빛 하나가 생생하게 느껴지더니, 내 우측으
로 돌연 터져 나온다. 나는 이를 바라본다. 빛이 길게 지나간
흔적 하나가 날개 끝 라이트에 걸린다. 그때까지 내 눈에는 보
이지 않던 것으로, 강렬하기도 했다가 사라져버리기도 했다
가 하는 간헐적인 빛이었다. 이제 나는 구름 속으로 들어가는
것이다. 내 라이트를 반사한 것은 구름이었다. 나는 좌표 부근

에서는 맑은 하늘을 더 좋아했다. 빛이 달무리처럼 비치는 그 아래에서 날개가 반짝인다. 빛이 자리를 잡는다. 그리고 고정이 된 채로 반짝이고, 그곳에서 장미 꽃다발을 이룬다. 심한 난류가 나를 움직인다. 나는 그 두께를 알 수 없는 적운의 바람 속에서 어디론가 항해한다. 고도 2,500m까지 상승하니, 더 이상 구름에 잠기지 않는다. 다시 1,000m로 하강한다. 여전히 구름 다발이 있다. 꼼짝하지 않고, 점점 더 밝게 빛이 난다. 좋다. 할 수 없지. 나는 다르게 생각해본다. 언제쯤 나가게 될지는 두고 보면 알겠지. 하지만 싸구려 여인숙 불빛 같은 이런 빛을 나는 좋아하지 않는다.

나는 생각을 해보았다.

'지금 여기서 내 비행기가 춤을 추고 있지만, 이건 당연한 것이다. 하늘이 맑은데도 이 고도에서 비행 내내 난류를 겪었었다. 바람이 잦아들지도 않고, 시속 300km 이상으로 속력을 올려야겠다.'

무엇보다도, 나는 아는 것이 아무것도 없다. 이 구름을 빠져나가면 어떻게든 내 정확한 위치 확인을 해봐야겠다.

이윽고 구름에서 빠져나온다. 구름 다발이 갑자기 사라졌다. 구름 다발의 사라짐은 내게 사고를 예고한다. 나는 앞을 분간하기가 어려움에도 불구하고, 앞을 바라보고는 좁은 구름계곡과 다음 차례의 적운 벽을 알아본다. 구름 다발이 다시 살아나고 있었다.

나는 이 끈끈하게 달라붙는 거머리 같은 구름 더미에서 아주 짧은 시간 안에 빠져나가야 한다. 세 시간 반을 그렇게 비행하고 나니, 그 거머리가 걱정되기 시작한다. 내 생각대로 나갔다면 지금쯤 나일 강에 다다랐을 것이기 때문이다. 아마 나는 강을 알아볼 수 있을 것이다. 운만 조금 더해진다면, 협곡을 통해 이를 볼 수 있을 것이나, 협곡은 그리 많지 않았다. 나는 감히 내려갈 생각을 못 한다. 혹 내 생각보다 속도가 빠르지 않다면, 나는 아직도 고지대 위를 날아가고 있는 것이 된다.

여전히 나는 그 어떤 걱정도 하지 않고 있다. 다만 시간이 아까울 뿐이다. 하지만 참을성에도 한계가 있다. 나는 그 한계를 4시간 15분 비행으로 잡아놓았다. 그 시간이 지나면, 아무렇지 않은 바람도, 물론 아무렇지 않은 바람은 없지만, 여하간 나는 나일 강 계곡을 지나친 셈이 된다.

내가 구름 경계에 이르렀을 때, 불빛들이 점점 더 빠르게 나

193

타났다 사라지기를 반복하더니, 단번에 완전히 꺼져버린다. 나는 밤의 마왕과 이런 식으로 알쏭달쏭한 대화를 하는 걸 그다지 좋아하지 않는다.

내 앞으로 녹색 별 하나가 떠오른다. 별은 등대처럼 빛나고 있다. 나는 이런 초자연적인 불빛도, 신비감을 내뿜는 별의 기운도, 이 같은 위험으로의 초대장도 좋아하지 않는다.

프레보는 잠에서 깨어나 엔진 계기판을 밝게 비춘다. 나는 프레보와 그의 램프를 밀어젖힌다. 방금 전 두 구름 사이의 벌어진 틈새로 빛이 새어나왔기 때문에, 나는 이를 이용해 아래를 바라보고 있다. 프레보는 다시 잠이 든다.

사실 쳐다볼 것이 아무것도 없다.

4시간 5분 비행. 프레보가 내 곁으로 와서 앉는다.

"카이로에 도착을 했어야 하는데."

"내 말이."

"이건 별이에요, 등대예요?"

나는 속도를 조금 줄였다. 그게 프레보의 잠을 깨웠나 보다. 프레보는 비행 중에 들려오는 모든 소리의 변화에 민감하다. 나는 서서히 하강을 시작한다. 구름 덩어리 아래로 미끄러져 가기 위해서다.

조금 전에 지도를 보았다. 어쨌거나 나는 표고 제로에 다다랐고, 아무것도 위험할 것이 없다. 나는 계속해서 하강하고 정북향으로 선회한다. 그렇게 해서 나는 창문으로 도시의 불빛을 받아들일 것이다. 아마 나는 그 도시들을 지나쳤을 것이 분명하고, 도시들은 내 좌측으로 모습을 드러낼 것이다. 이제 나는 적운 아래로 비행한다. 하지만 나는 내 좌측으로 더 낮게 내려오는 또 다른 구름 하나를 따라간다. 그 그물에 걸려들지 않기 위해 나는 방향을 선회하고 북북동 쪽으로 향한다.

구름이 확실히 더 낮게 내려와 내 앞 모든 지평선을 가린다. 나는 고도를 낮출 엄두도 내지 못한다.

고도계 400, 표고 400에 도달했으나, 이곳의 압력을 알지 못한다. 프레보가 몸을 숙이고, 나는 그에게 외친다.

"바다까지 가야겠어. 충돌하지 않으려면 바다로 하강을 해야지."

하지만 내가 이미 항로를 벗어나 바다 쪽으로 방향을 바꾸지 않았다는 그 어떤 증거도 없었다. 구름 아래 암흑 속에서는 그 어떤 것도 보이지가 않는다. 나는 창문에 바짝 달라붙어 내아래가 어떤지를 보려고 애를 쓴다. 그 어떤 불빛이 보이는지, 그 어떤 신호가 들어오는지 찾아보려 애쓴다. 나는 불씨를 발굴해내려 재를 뒤적이는 한 사람이자, 아궁이 깊숙한 곳에서 생명의 불씨를 찾아내려는 한 사람이었다.

"바다 등대다!"

우리는 동시에 이 반짝이는 함정을 보았다. 우린 얼마나 미쳐 있던 것인가! 대체 이 유령 같은 등대가, 이 밤의 발명품이 어디에 있었단 말인가? 그 순간 나와 프레보는 이걸 찾아보려 날개 아래로 300m를 하강했고, 그 순간…….

"으악!"

나는 이 말 이외엔 그 어떤 말도 할 수가 없었다. 이 세상을 뒤흔들어놓은 이 굉장한 충돌 이외에는 그 어떤 것도 느낄 수

197

가 없었다. 우리는 시속 270km로 땅과 부딪친 것이다.

그 후 아주 잠깐 동안, 나는 우리 두 사람이 함께 뒤엉켜 '꽝' 하고 폭발하며 거대한 섬광이 비칠 것밖에는 기대하지를 않았다. 프레보도 나도 일말의 감정조차 느끼지 않았던 것이다. 내가 기다리고 있던 것이라고는 오직 1초 만에 우리를 가루로 날려버릴 번쩍임, 그것뿐이었다. 하지만 그 번쩍임은 나타나지 않았다. 창문을 날려버리고 100m 밖으로 기체를 날려버리며 우리의 조종실을 망가뜨린 대지의 떨림, 우리의 가슴 깊은 곳에까지 울리게 만드는 그 대지의 떨림 같은 것이 있을 뿐이었다. 비행기는 멀리서부터 날아와 딱딱한 나무에 꽂힌 단도처럼 떨고 있었다. 우리는 그 노기에 뒤엉켜 있었고, 1초, 2초, 시간이 흘러도 비행기는 계속해서 떨림만을 보였으며, 나는 안절부절못하며 이 비행기가 남아 있는 연료에 의해 수류탄처럼 폭발해버릴 것을 기다리고 있었다. 그런데 지반의 떨림은 계속되는데도, 결정적으로 비행기의 폭발은 일어나지 않고 있었다. 도대체 보이지 않는 곳에서 그 어떤 일이 일어나고 있는 것인지 알 수가 없었다. 이 떨림도, 이 노기도, 이 지체 상황도 알 수가 없었다. 5초, 6초, 시간은 자꾸만 흘러가고

우리는 갑자기 무언가 팽그르르 도는 것을 느끼고 오른쪽 날
개를 부서뜨리며 창문으로 우리의 담배를 튀어나가게 만드는
어떤 충격을 느꼈다. 그러고는 아무것도 없었다. 얼어붙은 듯
아무 움직임이 없었다. 그때 나는 프레보에게 소리쳤다.

"얼른 나가!"

프레보도 소리쳤다.

"불이에요!"

. . .

우리는 부서진 창문으로 뛰어내렸고, 20m 떨어진 곳에 서
있었다. 나는 프레보에게 말했다.

"다친 데 없나?"

프레보가 대답했다.

"다친 데 없어요!"

하지만 프레보는 무릎을 비비고 있었다.

나는 프레보에게 말했다.

"잘 보게, 어디 다친 데 없나? 괜찮아?"

프레보가 내게 말했다.

"아무것도 아닙니다. 소화기네요."

나는 그가 배에 머리를 박으며 갑자기 털썩 주저앉을 것으로 생각했다. 하지만 그는 단호한 눈빛으로 내게 다시 말했다.

"소화기라고요!"

나는 그가 미쳤다고 생각했다. 춤이라도 덩실덩실 출 것이라고 생각했다. 하지만 불타지 않은 비행기에서 시선을 돌리며 나를 되돌아보고는 다시 말했다.

"아무것도 아니에요. 내 무릎을 긁은 게 소화기라고요!"

3

우리가 살아 있음에 대해 뭐라 설명할 길이 없다. 나는 손에 플래시를 들고 땅 위에 남은 비행기의 자취를 따라 올라갔다. 비행기가 멈춘 지점으로부터 250m 떨어진 곳에서 우리는 이미 틀어진 고철들과 철판들을 찾았다. 지나간 자리 자리마다 고철과 기체 철판들로 모래가 패여 있었다. 날이 밝으

면 황량한 고원의 정상에서 완만한 경사면을 거의 닿을 듯 말
듯 부딪치며 지나갔음을 알게 될 것이다. 접촉 지점에서 모래
에 패인 구멍은 쟁기로 파놓은 구멍과도 같았다. 비행기는 전
복되지 않고 사막의 배 위에 노여움을 섞어 뱀이 꼬리를 치며
기어간 것처럼 자신이 지나간 길을 만들어놓았다. 그것도 시

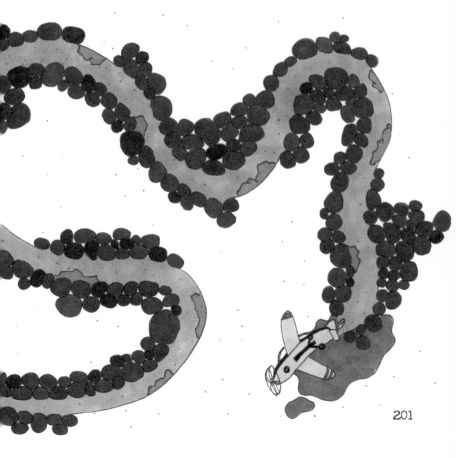

속 270km로 기어간 것이었다. 검고 동글동글한 돌들이 당구대 위 당구공이 되어 모래 위에서 자유롭게 돌아다닌 덕에, 우리는 분명 목숨을 건질 수 있었던 것이리라.

프레보는 쇼트사고로 인한 후발화재를 피하고자 축전지의 전원을 차단한다. 나는 엔진에 기대어 곰곰이 생각을 해본다.

'4시간 15분 동안 고도에서 시속 50km의 바람과 싸우다, 결국 곤두박질을 친 것이다. 기상예보가 있은 후 바람에 변화가 있었다고는 해도 나는 바람의 방향조차 알지 못했다. 그리고 지금, 이렇게 400km 허허벌판 위에 놓여 있는 것이다.'

프레보가 내 옆으로 와 앉으며 말한다.

"살아 있다는 게 신기하군요……."

나는 대꾸도 안 한다. 그 어떤 기쁨도 느껴지지가 않는다. 머릿속에 무언가 생각 하나가 스쳐 지나갔고, 이미 나에게 가볍게 고통을 안겨주고 있다.

나는 프레보에게 위치 발견을 위해 불을 켜달라고 부탁한다. 그리고 손에 플래시를 들고는 내 앞으로 곧장 나아간다. 나는 주의 깊게 땅을 바라본다. 서서히 앞으로 나아가고, 크게 반원을 그러고는 몇 차례 방향을 바꾼다. 나는 마치 잃어버린

반지라도 찾는 듯이 땅을 후벼 파고 있었다. 그렇게 해서 조금 전에 잉걸불을 찾았다. 어둠 속에서 나는 계속해서 앞으로 나아갔고, 내가 산책하고 있는 이 하얀 원반 위로 몸을 숙이면서 갔다. 좋다…… 좋구나…… 나는 천천히 다시 비행기 쪽으로 돌아온다. 조종석 옆에 자리를 잡고 앉아 생각에 잠긴다. 무언가 기대할 만한 것이라도 하나 있는지 찾아보려 하였으나, 찾지 못했다. 삶이 보내오는 무언가의 신호라도 찾아보려 하였으나, 삶은 내게 아무런 신호도 보내오지 않았다.

"프레보, 풀 한 포기 보이질 않아……."

프레보는 말이 없다. 그가 내 말을 알아들었는지조차 모르겠다. 날이 밝고 어둠의 장막이 걷히면 다시 말을 해봐야지. 나는 극심한 피로감에 잠긴다. 생각해보니 대략 400km쯤 떨어진 사막에 있는 것인데……. 순간 나는 벌떡 일어섰다.

"물!"

연료창고와 유류창고가 박살이 났다. 물탱크 역시 마찬가지 신세였다. 우리의 물과 기름을 모래가 전부 마셔버렸다. 보온병에 500ml가량의 커피가 있고 또 다른 병 하나에 250ml의 백포도주가 있음을 생각해낸다. 이 커피와 포도주를 걸러서

섞었다. 오렌지 한 개와 약간의 포도도 찾아낸다. 하지만 계산해보니, 사막에서, 태양 볕이 내리쬐는 아래 5시간만 걸어도 동이 나버릴 음료들이었다.

우리는 조종석에 자리 잡고 앉아 날이 밝기를 기다린다. 몸을 뉘이고 잠을 청한다. 잠이 들면서 나는 상황을 정리해본다.

'여기가 어디쯤인지 전혀 모르는 상황. 남은 음료는 1리터도 안 됨. 만약 지금 있는 곳이 노선 내 어디쯤이라면, 일주일 만에 우리를 찾아낼 것이나, 이를 기대할 수는 없는 상황. 그리 되면 너무 늦음. 우리가 완전히 노선을 벗어난 것이라면 우리를 찾기까지 6개월은 소요될 것. 3,000m 상공에서 우리를 찾으려 할 것이니, 비행기를 기대할 수는 없음.'

그때 프레보가 내게 말한다.

"아쉽네요······."

"뭐가?"

"한 방에 끝날 수도 있었는데 말예요."

하지만 그렇게 빨리 포기해서는 안 된다. 미약하나마 공중에서 우리를 발견하는 기적과 같은 구조의 기회를 놓쳐서도 안 되고, 그 자리에서만 머물다가 근처에 있을지도 모를 오아시스를 놓쳐서도 안 된다. 오늘은 둘이서 온종일 걸을 것이다. 그리고 우리는 다시 비행기가 있는 곳으로 돌아오겠지. 떠나기 전 우리는 모래 위에 대문자로 우리의 계획을 적을 것이다.

나는 몸을 둥글게 웅크리고 새벽까지 잠을 잘 것이다. 잠들 수 있어서 정말 다행이다. 피로가 겹겹이 내 몸을 감싸 안는다. 사막에서 나는 혼자가 아니다. 사람들의 목소리와 예전의 기억들, 내면의 이야기들이 토막토막 떠올라서 깊은 잠을 이루지 못하고 선잠을 잔다. 아직은 목이 마르지 않다. 기분도 좋고 모험으로 인도되듯 나는 잠에 빠져든다. 꿈 앞에서 현실은 설 자리를 잃어버린다.

날이 밝자 상황은 달라졌다.

4

나는 사하라를 몹시 좋아했었다. 수많은 밤을 불귀순 세력 주둔지역에서 보내기도 하였다. 바람이 바다에서처럼 입김을 표시해놓는 금빛 모래 가득한 이 드넓은 사막에서 나는 잠에서 깨어났었다. 날개 아래에서 잠이 들며 나는 구조의 손

길을 기다렸었으나, 지금은 그때와는 비교도 되지 않는 상황이다.

우리는 굽어 있는 언덕 경사진 곳을 걸어가고 있다. 모래로 이루어진 땅은 반짝이는 검은 조약돌로 완전히 뒤덮여 있다. 이를 금속 비늘처럼 보는 사람도 있을 것이다. 우리를 감싸고 있는 모든 둥근 언덕들은 갑옷처럼 빛이 난다. 우리는 광물계로 떨어졌다. 철투성이 풍경 속에 갇힌 신세가 되었다.

• • •

첫 번째 산등성이를 넘고 나니, 조금 더 먼 곳에 그와 유사한 또 하나의 다른 산등성이가 검게 빛나는 그 모습을 나타낸다. 발로 질질 끌며 걸어간다. 이따 돌아올 때를 위해 갔던 길을 표시하기 위해서이다. 우리는 태양을 마주 보고 앞으로 나아간다. 엉뚱하게도 나는 정동 쪽으로 방향을 잡는다. 기상조건이나 비행시간으로 보건대, 나일 강을 넘었다는 생각이 강하게 들었기 때문이다. 하지만 서쪽으로 잠깐 가보았으나, 알 수 없는 불안감을 느끼게 되었다. 따라서 서쪽으로는 내일 가볼 생각이다. 바다로 이어질 북쪽으로 가보는 것도 잠시 미뤄 두었다. 3일 후, 반쯤 미친 상태에서 비행기를 완전히 포기하고 죽을 때까지 앞으로 쭉 걷기로 결정을 하게 될 때에도 우리는 동쪽을 향해 떠나게 될 것이다. 조금 더 정확히 말하면 동 - 북 - 동쪽이다. 이 역시 이성에 반하는 선택이자 모든 희망에도 반하는 선택이다. 구출이 되면 우리는 그 어떤 방향도 우리로 하여금 되돌아올 수 없게 만들었다는 사실을 깨닫게 될 것이다. 북쪽으로 간다 한들, 지칠 대로 지친 우리는 바다에 닿지도 못했을 테니까. 바보 같긴 하지만, 지금 생각해보면 내가 이 방향을 택한 건, 내가 그토록 내 친구 기요메를 찾아 헤매던 안데스 산맥에서 기요메가 택한 방향이 동쪽이었기 때문인 것 같기도 하다. 내게 있어 이 동쪽이라는 방향은 어렴풋이 삶에 이르는 방향이 되었다.

　다섯 시간을 걷자, 풍경이 변한다. 모래로 이루어진 강은 계곡에서 흐르는 것 같고, 우리는 이 계곡 깊숙한 곳으로 접어든다. 우리는 보폭을 크게 하여 걸어간다. 최대한 멀리 가서 만일 아무것도 발견하지 못한다면 밤이 되기 전에 돌아와야 하기 때문이다. 나는 갑자기 멈춰 선다.

"프레보."

"네?"

"발자국⋯⋯."

대체 언제쯤부터 우리 뒤로 우리가 걸어온 길을 남기는 것을 잊어버렸던 것인가? 그걸 찾아내지 못하면, 그건 곧 죽음을 뜻한다.

우리는 유턴을 하였다. 하지만 오른쪽으로 비스듬히 돌아간다. 어느 정도 멀리 갔을 때, 우리의 첫 번째 방향으로 수직으로 돌면 우리가 남겨두었던 발자국과 만나게 될 것이다.

그 발자국과 연결을 짓고 나서 우리는 다시 출발한다. 열기가 더해지고, 이와 더불어 신기루가 생겨난다. 하지만 이는 아직 초보적인 단계의 신기루에 불과하다. 더 커다란 호수가 만들어지고, 우리가 다가가면 연기처럼 사라진다. 우리는 모래 계곡을 넘어서기로 결심하고, 지평선을 보기 위해 가장 높은 언덕을 타고 올라가기로 결심한다. 벌써 여섯 시간째 걷고 있다. 성큼성큼 걸어왔으니, 35km는 족히 걸어왔음이 틀림없다. 우리는 검은 언덕배기의 꼭대기에 다다랐고, 그곳에 말없이 앉아 있다. 우리의 모래 계곡은 우리 발밑에서 돌덩이 하나 없는 모래사막으로 이어진다. 허허벌판이 끝없이 펼쳐져 있다. 하지만 지평선에서는 빛의 장난으로, 이미 충분히 혼란스러운 신기루가 형성되고 있다. 요새와 첨탑, 수직으로 뻗은 기하학적 더미들……. 나는 커다란 검은 얼룩 같은 것도 보았는데, 그 모습은 마치 숲이 우거진 곳 같았다. 하지만 이는 낮의 기운 속에서 흩어지고 밤에 소생하는 마지막 구름 떼에 의해 불쑥 앞으로 튀어나온 것으로, 뭉게구름의 그림자였다.

앞으로 더 나아가는 것은 쓸데없는 짓이다. 우리는 아무런 수확도 얻지 못했다. 다시 우리의 비행기가 있는 곳으로 돌아가야 한다. 희고 붉은 항공 표지가 될 우리의 비행기, 동료들이 아마 이 표지를 찾아낼지도 모를 일이다. 살길을 찾아 헤매는 것에 대해 조금도 기대를 걸고 있지는 않지만, 그 길만이 우리의 유일한 살길이란 생각이 드는 것은 어쩔 수 없는 일이다. 하지만 무엇보다도 비행기에 우리의 마지막 몇 방울의 물이 있지를 않던가. 벌써 우리에겐 이 물이 절대적으로 필요한 지경이 되었다. 살기 위해선 돌아가야 한다. 우리에겐 어쩔 도리가 없는 강적이 있다. 우리의 갈증이 버텨낼 수 있는 시간이 그리 길지 않았던 것이다.

하지만 이 길 저편에서는 삶이 우리를 기다리고 있을지도 모르는데 발길을 돌리기란 쉽지 않은 일이었다. 저 신기루 너머로, 진짜 도시와, 물줄기와 초원이 가득 차 있을지도 모른다. 발길을 돌려야 옳은 것임을 알고는 있으나, 방향을 바꾸면 왠지 더 암울한 세상이 나를 기다릴 것만 같다.

• • •

우리는 비행기 근처에서 잠을 잤다. 우리는 60km도 더 되는 길을 헤매고 다녔다. 물도 다 떨어졌다. 동쪽으로 가서도 아무런 소득이 없었고, 우리 머리 위로 지나가는 동료들은 아무도 없었다. 우리가 얼마만큼의 시간 동안 버틸 수 있을 것인가? 이미 이토록 목이 마른데…….

우리는 부서진 날개에 몇몇 부스러기를 가져다가 커다란 장작더미를 쌓았다. 휘발유와 마그네슘 판도 준비했다. 우리는 우리가 피우게 될 불이 빛을 발할 수 있도록 밤이 충분히 어둡기를 기다렸다. 하지만…… 사람들은 대체 어디 있단 말인가?

이제 불꽃이 하늘로 올라간다. 우리는 사막에서 우리의 등

불이 타오르는 모습을 엄숙히 지켜본다. 우리는 어두운 밤, 소리 없이 밝게 빛나는 우리의 이 신호가 반짝이는 모습을 지켜본다. 우리가 보내는 이 신호는 이미 충분히 비장했다. 우리의 간절한 바람 역시 담고 올라가는 것이었다. 우리는 마실 것도 필요했지만, 이와 더불어 소통하고도 싶었다. 저 밤하늘에서 무언가 또 다른 빛이 우리에게 신호를 보내주기를, 인간만이 갖고 있는 저 불로, 사람들이 우리에게 답을 보내주기를 간절히 바랐다.

아내의 두 눈이 보인다. 그 눈 이외에 다른 것은 보이지 않을 것 같다. 아내의 두 눈은 묻는다. 나를 아는 사람들의 눈이 보인다. 그리고 이 눈들이 묻는다. 이 모든 시선들이 내게 왜 말이 없느냐며 나를 탓한다. 나는 대답한다! 대답을 하고 또 대답을 해봐도, 나의 온 힘을 쏟아 부으며 대답을 해봐도, 이 밤, 이보다 더 밝은 불꽃을 내보낼 수가 없다.

난 내가 할 수 있는 것을 했다. 우리는 우리가 할 수 있는 것을 하였다. 마실 것도 없이 60km를 걸어갔다 왔다. 이제 마실 것도 없다. 더 오래 기다릴 수 없는 것이 우리의 잘못인가? 우리는 그저 우리에게 남은 수통 밑바닥 한 방울까지 긁어먹는

211

수밖에는 도리가 없었으며, 그게 지극히 현명한 길이었다. 주석 잔 밑바닥을 빨아들이는 그 순간에, 시계 하나가 움직이기 시작했다. 마지막 한 방울을 빨아들이는 그 순간에, 나는 내리막길을 내려가기 시작했다. 비록 시간이 강물처럼 나를 데려간다 해도, 그에 맞서 내가 무엇을 할 수 있겠는가? 프레보는 울음을 터뜨린다. 나는 그의 어깨를 톡톡 친다. 위로하기 위해 그에게 말을 건넨다.

"끝이라고 생각하면, 정말 끝이네."

프레보가 대답한다.

"제가 저 때문에 눈물을 흘리는 거라고 생각하신다면……."

• • •

물론이다. 나는 이 명백한 사실을 이미 알고 있었다. 견디기 힘든 것은 아무것도 없다. 내일, 그리고 모레, 나는 결정적으로 힘든 것은 아무것도 없다는 사실을 배우게 될 것이다. 이에 대한 성찰은 이미 한 바 있다. 언젠가 나는 조종석에 갇혀 익사하는 것을 생각했었으며, 심한 고통은 없었다. 때로 나는 얼굴이 짓이겨지는 생각을 했었으며, 이는 내게 굉장한 일로 비치지 않았다. 여기서도 역시 나는 그 어떤 두려움도 내비치지 않는다. 내일이면 나는 더욱 신기한 것을 배우게 될 것이다. 그리고 내가 불을 크게 피우긴 하였지만, 내가 사람들에게 내 소리를 들리게 하려는 몸짓을 포기할지 안 할지 신은 알 것이다.

'제가 저 때문에 눈물을 흘리는 거라고 생각하신다면……'

그렇다. 그렇다. 이게 바로 견디기 힘든 것이다. 매번 나를 기다리는 눈빛들이 보일 때마다, 나는 불에 덴 듯한 쓰라림을 느낀다. 갑자기 벌떡 일어나 곧장 앞으로 달려가고 싶은 욕구가 치민다. 살려 달라 소리 지르고 싶다. 여기 난파된 사람이 있다 외치고 싶다.

프레보의 그 말에 순간 묘하게 주객이 전도되었다. 하지만 프레보는 전에도 항상 그랬다. 그래도 안심을 하자면 프레보가 필요했다. 그래, 프레보 역시 귀에 못이 박히도록 들은 이 죽음에 대한 두려움은 내보이지 않겠지. 하지만 그도, 나도 견디지 못하는 무언가가 있는 것이다.

잠이 드는 것은, 하룻밤이건 영원이건 잠이 드는 것은 받아

213

들일 수 있다. 잠이 들면 차이를 느끼지 못할 것이고, 그 얼마나 평화로운 세상이 될 것인가! 하지만 저기에서 내뿜는 울부짖음, 저 절망의 거대한 불꽃들……. 나는 그 모습을 견딜 수가 없다. 이렇게 난파된 나의 상황 앞에서 그저 손놓고 있을 수가 없다. 침묵이 일 초, 일 초 흐를 때마다 내가 사랑하는 것들이 조금씩 죽어간다. 엄청난 분노가 내 몸을 타고 올라온다. 어찌하여 이 운명의 사슬은 우리가 제시간에 도착하는 것을 막고, 어둠 속에서 허우적대는 사람들을 구하러 오는 자들의 발길을 가로막는 것이란 말인가? 우리가 피운 이 불은 어찌하여 세상 저 반대편으로 우리의 외침을 실어다 주지 못하는 것인가? 기다려라! 우리가 간다! 우리가 곧 간단 말이다! 우리는 구조원들이다!

마그네슘이 다 타들어갔고, 불이 발그레해졌다. 이제 남은 것이라고는 그 위로 몸을 숙인 우리가 몸을 데우고 있는 다 꺼져가는 불빛뿐이다. 빛으로 타오르던 우리의 메시지는 이제 그 끝을 보았는데, 세상에서는 어떤 움직임이 있단 말인가? 물론 우리의 이러한 몸부림으로 인해 세상에 무언가 움직임이 생길 것이라고는 생각하지 않았다. 이는 그저 신에게 닿지 않는 기도였을 뿐이다.

됐다. 잠이나 자자.

5

새벽녘, 헝겊으로 날개 위를 닦다가 우리는 날개 위에 내려앉은 이슬을 컵에 모아 담았다. 도료와 기름이 뒤섞여 있어 역겨웠지만, 우리는 이를 마셨다. 그나마 그거라도 있는 것이 어디인가. 적어도 입술 정도는 축여야 하지 않겠는가. 왕도 울고 갈 만큼 그렇게 뻑적지근하게 먹은 후, 프레보가 내게 말한다.

"다행히 권총은 있네요."

나는 갑자기 화가 치밀어 오르는 것을 느낀다. 그리고 살벌한 적개심으로 프레보를 돌아본다. 감상적이 되는 것만큼 내가 또 싫어하는 일도 없을 것이다. 모든 것이 지극히 단순하다고 생각할 필요성을 절실히 느낀다. 쉽게 태어나서 쉽게 자라나고, 또 쉽게 죽어간다. 갈증으로……

215

프레보가 입을 다물게 하기 위해 필요하다면 그에게 상처라
도 줄 준비가 되어 있던 나는 곁눈으로 그를 쳐다본다. 하지만
프레보는 내게 조용히 말했다. 그는 위생의 문제를 다뤘고, 내
게 말했듯 '손을 씻어야 한다.' 는 주제를 꺼냈다. 우리는 동의
한다. 나는 이미 어제 권총 케이스를 보면서 생각에 잠겼으나,
내가 했던 생각이란 이성적인 것이었지, 감상적인 것은 아니
었다. 감상적인 것은 오직 사회적인 문제밖에 없다. 우리가 책
임져야 하는 것들에 대해 책임을 지지 못하는 우리의 무능함
이지, 권총이 아니었다.

사람들은 여전히 우리를 찾지 않고 있다. 아니, 좀 더 정확
히 말하면 엉뚱한 데서 우리를 찾고 있는 것이다. 아마도 사우
디아라비아 어디쯤이겠지. 우리가 비행기를 포기할 내일이나
되어야 비행기 소리를 들을 것이다. 저 먼 곳에서 지나갈 유일
한 비행기에도 우리는 무관심할 것이다. 사막의 무수한 검은
점들 가운데 하나로 섞여서 우리가 어찌 발견될 것이라 생각
할 수 있겠는가. 내가 겪고 있는 이 고통에 대해 사람들이 왈
가왈부하는 것들은 그 어떤 것도 정확한 것이 없다. 나는 그
어떤 고통도 느끼지 않을 것이다. 구조대원들은 나와는 영 다

른 세상에서 맴돌고 있는 것처럼 느껴진다.

사막에서 비행기 한 대를 찾아내려면 보름은 족히 걸릴 것이다. 비행기가 어떻게 됐는지도 모르는 데다 3,000km나 떨어진 곳이 아니던가. 그런데 사람들은 아마 트리폴리타니아에서 페르시아에 이르기까지 우리를 찾아 헤매고 있을 것이다. 그래도 내게는 오늘도 일말의 희망이 남아 있다. 별 수가 없지 않은가. 전략을 바꾸어 나는 혼자 찾아 나서기로 결심했다. 프레보는 불을 준비하여 무언가가 지나가면 불을 피울 것이다. 하지만 무언가가 우리 곁을 지나가는 일은 없을 것이다.

그래서 나는 자리를 뜬다. 하지만 내게 다시 돌아올 기력이 남게 될지조차 알 수 없다. 내가 알고 있는 리비아 사막에 대한 지식이 뇌리를 스친다. 사하라에서 습도는 40%가 되지만, 이곳에서 습도는 18%로 떨어진다. 생명은 증기처럼 증발한다. 베두인(사막 지방의 아랍 유목민.) 사람들과 다른 여행자들, 식민지 장교들은 사람이 물을 마시지 않고 19시간을 버틸 수 있다는 정보를 준다. 20시간이 넘게 되면 눈앞이 환해지며 아무것도 안 보이고, 임종이 시작된단다. 갈증은 순식간에 일파만파로 퍼져 나가게 된단다.

우리를 속였던 이 비정상적인 북동풍은 우리의 예상과는 달리 이 평야 위로 우리에게 불어 닥쳤다. 그 바람이 아마도 우리의 삶을 연장시켜주고 있는 듯하지만, 저 세상의 빛이 우리에게로 내려앉기 시작할 때까지 우리에겐 얼마의 유예기간이 남아 있단 말인가?

그래서 나는 자리를 뜬다. 하지만 뗏목으로 대서양을 건너는 기분이다.

그런데 오로라 덕택에 침울함이 조금 가시는 것 같다. 나는 주머니에 손을 넣고 걸어간다. 껄렁껄렁한 폼이 농작물 도둑 놈 같다. 엊저녁 우리는 이상한 구멍 같은 것이 있는 곳 몇 군데에 덫을 놓았다. 내게서 밀렵꾼의 기질이 발동한다. 나는 우선 덫을 살피러 가 보았다. 아무것도 없다.

따라서 나는 피를 마실 수 없게 됐다. 사실 바라던 바도 아니었다.

나는 비록 실망은 안 했을지언정 당황은 했다. 토끼만한 작은 크기의 육식동물이자 큰 귀를 가지고 있는 사막 여우 '페넥'의 흔적이 분명한데, 이 동물들은 대체 무얼 먹고산단 말인가? 나는 내 욕구를 이겨내지 못하고, 이 여우가 남긴 흔적 가운데

하나를 따라간다. 그러자 모래로 된 좁은 물줄기 같은 흐름이
나타났다. 모래 위에는 지나간 이들의 발자국이 선명하게
찍힌다. 부채꼴처럼 펼쳐진 세 발가락이 만들어놓은
발자국 모양이 너무도 예쁘다. 이 사랑스러운 친구가

새벽에 가뿐히 종종걸음으로 가는 모습이, 바위 위 이슬을 핥아먹는 모습이 떠오른다. 발자국이 이곳에서 뜸해진다. 나의 페넥이 달려갔나 보다. 이쯤에서 동료 페넥과 조우를 하였고, 나란히 종종걸음으로 갔다. 묘한 기쁨으로 이들의 아침 산책을 구경한다. 이런 삶의 흔적이 좋다. 그리고 내가 목이 마르다는 사실도 잠시 잊어버렸다.

결국 나는 내 여우들의 식량창고에 이르게 된다. 수프 그릇 크기만 한 아주 작은 마른 나무가 작은 금빛 달팽이를 줄기에 달고 100m마다 하나씩 모래에 거의 달라붙은 듯 슬며시 솟아 올라 와 있는 것이었다. 새벽이 되면 페넥은 식량창고로 간다. 그리고 이곳에서 나는 자연의 대단한 신비와 마주치게 된다.

나의 페넥이 매번 나무 앞에서 멈춰 선 것은 아니라는 점이다. 달팽이를 챙겨든 녀석은 다른 나무는 쳐다보지도 않는다. 여우는 대단히 신중하게 나무들을 둘러보고 나무에게로 다가가지만 이를 훼손하지는 않는다. 두세 개의 달팽이 껍질을 끄집어낸 뒤 다른 나무에게로 옮겨간다.

아침 산책의 즐거움을 보다 길게 누리기 위하여 단번에 자신의 배고픔을 가시게 하지 않고 녀석은 놀고 있는 것인가?

내 생각은 그렇지 않다. 녀석의 놀이는 삶의 필수불가결한 생존전략과 비슷한 구석이 많다. 만약 페넥이 첫 번째 나무에서 배불리 달팽이를 집어먹는다면, 두세 번의 식사 안에 나무는 모두 털려버렸을 것이다. 그리고 달팽이들도 씨가 말라버렸을 것이다. 하지만 페넥은 행여 씨가 뿌려지는 것을 방해할까 조심조심한다. 한 번의 식사를 위해 백여 개의 나무를 다 둘러볼 뿐 아니라, 한 가지에서 이웃해 있는 두 개의 달팽이를 한꺼번에 취하지도 않는다. 마치 녀석은 무언가 위기의식이라도 느끼는 듯 행동한다. 개념 없이 자기 배를 한껏 채워버렸더라면, 달팽이는 단 한 마리도 남아 있지 않았을 것이다. 달팽이가 없으면 페넥도 없는 것이었다.

페넥의 발자국을 따라가다 보니 땅굴이 나온다. 아마도 녀석은 내 발소리로 말미암아 내 기척을 듣고 있을 것이다. 나는 녀석에게 말한다.

"내 귀여운 여우야, 지금 난 빌어먹을 상황에 처해 있지만, 그래도 네게는 관심을 갖지 않을 수가 없구나. 정말 신기해⋯⋯."

그곳에 머물러 나는 공상에 잠긴다. 어디에든 다 적응하게 마련인 것 같다. 아마도 삼십 년쯤 후면 녀석은 세상을 뜨겠지만,

221

그렇다고 해도 한 사람의 즐거움이 깨지지는 않는다. 삼십 년이든, 사흘이든…… 어떻게 보느냐의 문제이다.

하지만 어떤 일들은 잊어버려야 하기도 한다.

• • •

이제 나는 가던 길을 계속 간다. 그리고 이미 피로와 함께 내게서 무언가 변화가 일어나고 있다. 신기루가 없다면 나는 이를 만들어낸다.

"어이!"

나는 소리를 지르며 손을 흔들어 보았지만, 내게 몸짓을 해 보이는 이 사람은 검은 바위에 불과했다. 사막에서 이미 모든 것이 움직이고 있다. 나는 잠들어 있는 이 베두인 사람을 깨우려 하였지만, 그는 검은 나무줄기로 변해버렸다. 나무줄기? 나는 그곳에 나무줄기가 있다는 것에 놀라 몸을 숙여본다. 부러진 가지 하나를 들어 올려보고 싶다. 나뭇가지는 대리석으로 되어 있다. 나는 일어서서 주변을 둘러본다. 다른 데에도 검은 대리석이 있다. 태고적 숲이 밑동만 남은 나무들을 바닥에 잔뜩 널어놓았다. 숲은 만 년 전, 태초의 폭풍우 아래 주저 앉은 대성당처럼 주저앉아 버렸다. 수 세기가 흘렀고, 이 거대한 기둥의 밑동들은 강철 조각처럼 다듬어진 모습으로 화석화되고 유리화되어 검은색을 띠게 되었다. 나뭇가지가 매듭을 지어 꼬인 모습을 보고, 휘어진 삶의 굴곡도 느끼며, 줄기가 만들어낸 고리도 세어본다. 새들의 노랫소리로 가득 찼었던 이 숲은 마법에 걸려 소금으로 변하게 되었던 것이다. 그 모습이 내게 가혹하게 다가온다. 언덕의 철갑 옷보다 더 검은 이 엄숙한 잔재들은 나를 거부한다. 여기서, 이 썩지 않는 대리석 가운데, 살아 있는 내가 무엇을 해야 한단 말인가? 덧없는 존재인 내가, 그 몸이 산산이 부서져 흩어져버릴 내가 이곳, 영원의 장소에서 무엇을 해야 한단 말인가?

어제부터 나는 이미 80km 가까이 걸었다. 분명 갈증으로 인하여 현기증을 느껴야 한다. 아니면 뜨거운 태양빛으로든가. 태양은 기름으로 얼어붙은 듯한 이 나무 밑동 위를 비춘다. 태양은 이 우주의 등껍질 위를 비춘다. 이제 여기에는 모래도 없고, 여우도 없다. 거대한 모루도 없다. 그리고 나는 느낀다. 내 머릿속에, 태양이 들어차 있다. 아, 저기……

"어이, 어이!"

'그곳에는 아무것도 없어. 흥분하지 마. 그건 착각일 뿐이야.'

그런 식으로 나는 내 자신에게 말했다. 내 이성을 깨울 필요가 있기 때문이다. 내 눈에 보이는 것을 부정하기란 쉬운 일이 아니다. 행렬을 이어가는 이 대상 쪽으로 뛰어가지 않기란 너무도 버거운 일이다. 저기…… 보이는가!

'바보, 그건 네가 만들어놓은 것임을 잘 알잖아…….'

'세상에서 진짜인 것은 아무것도 없어…….'

• • •

그 무엇도 진짜인 것은 없다. 내가 있는 곳에서 20km 떨어진 언덕 위의 십자가만 빼고 말이다…… 십자가처럼 보이기도 하고, 등대처럼 보이기도 하는 저건 뭐지……?

하지만 그쪽은 바다가 있는 곳이 아니었다. 그렇다면 그건 십자가다. 나는 밤새 지도를 샅샅이 뒤졌다. 쓸데없는 일이었다. 나는 지금 나의 현 위치도 모르고 있지 않은가. 하지만 나는 사람의 흔적이 남아 있음을 알려주는 것은 무엇이든 뒤져 보았다. 그리고 어디선가 나는 십자가같이 올라온 작은 원을 하나 발견하였다. 표지판을 참조하니 '교회' 라는 말이 적혀 있었다. 십자가 옆에서 무언가 검은 점 하나가 보였다. 표지판 을 참조하니 '마르지 않는 우물' 이라는 말이 적혀 있었다. 나 는 너무도 놀라 다시 큰 소리로 읽어보았다.

"마르지 않는 우물……. 마르지 않는 우물……. 마르지 않 는 우물이라!"

알리바바와 그의 보물을 이 '마르지 않는 우물' 과 비교할 수 있을까? 조금 더 먼 곳에서 나는 두 개의 흰 원을 보았다. 표지판을 읽어보았다.

"임시 우물."

이런 것은 별로 흥미 없다. 그리고 주위에 아무것도 없었다. 아무것도.

자, 내게는 교회가 있다. 수도사들은 난파당한 사람들을 부 르기 위해 언덕 위에 커다란 십자가를 세워 두었다. 이제 그리 로 걸어가는 일만 남았다. 이제 이 성 도미니크회의 수도사들 을 위해 달려가는 일만 남았다.

'하지만 리비아에는 콥트파의 수도원밖에 없는데……'

'…… 이 근면 성실한 도미니크회 수도사들을 향해 달려…… 이들에겐 붉은색 타일을 바른 신선하고 예쁜 주방이 있을 거고, 정원에는 녹이 슨 펌프가 있겠지. 녹슨 펌프 아래에는, 녹슨 펌프 아래에는 도대체 뭐가 있겠는가…… 녹슨 펌프 아래에는 보나마나 마르지 않는 우물이 있을 것이다! 내가 대문의 벨을 울리면, 내가 커다란 종을 치면, 그곳에서는 축제가 열리는 것이다!'

'바보 녀석, 너는 지금 종도 없는 프로방스의 집을 그려내고 있잖아.'

'내가 커다란 종을 칠 때! 문지기 수도사는 하늘을 향해 팔을 벌리며 내게 소리를 치겠지! 〈그대는 주께서 보내주신 자로군요!〉 하고 말이야! 그리고 모든 수도사들을 부를 거야. 그러면 이들은 분주히 움직일 테지. 그리고 가난한 아이처럼 나를 반갑게 맞이할 거야. 그리고 나를 부엌으로 밀어 넣고는 내게 이렇게 말하겠지. 〈조금만, 조금만 기다려주시오, 주님의 자녀여. 우리 마르지 않는 우물까지 뛰어갑시다.〉라고 말이야.'

'그리고 나는 행복에 겨워 전율을 하겠지.'

하지만 아니다. 나는 울고 싶지는 않다. 단지 언덕 위에 십자가가 없다는 이유만으로 울고 싶지는 않다.

• • •

서쪽이 약속의 땅이라고 누가 말했던가. 이는 모두 거짓말일 뿐이다.

나는 정북향으로 방향을 틀었다. 적어도 북쪽으로 가면 바다 소리가 가득하지 않던가.

아, 이 언덕을 넘으면 지평선이 펼쳐진다. 세상에서 가장 아름다운 도시가 나오는 것이다.

'그게 다 신기루라는 거, 잘 알잖아.'

그게 다 신기루라는 것을 나는 매우 잘 알고 있다. 나는, 내 눈은 속일 수가 없다고! 하지만 나도 신기루에 빠져드는 것이 좋다면? 하지만 나도 그걸 바라게 된다면? 나도 가장자리가 아른아른 하고 태양으로 꾸며진 이 도시를 좋아하게 된다면? 나도 빠른 발걸음으로 직진하여 걸어가는 것이 좋다면? 더 이상 피곤함을 느끼지 않으므로, 내가 행복하므로, 나도 그렇게

느끼게 된다면…… 순간 떠오르는 프레보와 권총…… 나를 그저 웃게 내버려둬라! 나는 그냥 이렇게 취한 상태가 좋단 말이다. 나는 취했다. 나는 목이 말라 죽어간단 말이다!

황혼이 나를 환상에서 깨어나게 해주었다. 나는 갑자기 멈춰 섰다. 내 자신이 너무도 멀게만 느껴졌다. 황혼 속에서 신기루는 사라졌다. 지평선은 펌프와 궁전, 성직자의 옷들을 벗어 던졌다. 그저 사막의 지평선일 뿐이었다.

'많이도 나아갔군! 밤이 곧 너를 사로잡을 거야. 너는 낮을 기다려야 할 거라고. 그리고 내일이 되면 너의 흔적은 사라지고 너는 그 어디에도 없겠지.'

'그렇다면 더더욱 내 앞으로 더 걸어가야지…… 여기서 우회한들 무슨 소용이 있겠어? 바다를 향해 내가, 바다를 향해 내가 팔을 벌리게 될 때, 나는 더 이상 방향을 바꾸고 싶어하지 않을 거야……'

'바다를 어디에서 봤다고 그래? 너는 결코 바다에 닿을 수 없을 거야. 바다에 닿으려면 아마도 300km는 더 가야 할걸. 너의 비행기 시문 곁에서 프레보가 구조의 손길을 기다리고 있잖아. 아마도 프레보는 대상행렬을 만났을지도 모른다

고……'

그렇다. 나는 돌아갈 것이다. 하지만 우선 사람들을 불러야
겠다.

"어이!"

신이시여, 이 세상은, 이 지구는 그대의 피조물이 사는 곳이
아니던가요…….

"어이! 이봐요!"

목이 쉬었다. 더 이상 목소리가 나오지를 않는다. 그렇게 소
리를 지르는 것이 어리석게 느껴진다. 한 번 더 소리를 질러
본다.

"이봐요!"

소리는 잘난 체하는 메아리가 되어 돌아온다.

나는 방향을 튼다.

• • •

두 시간을 걷고 난 뒤, 나는 프레보가 하늘을 향해 쏘아대는
불꽃을 발견했다. 그는 아마도 내가 길을 잃었을 것이라고 생

각한 모양이다. 하지만 그런 것은 아무래도 좋다.

또다시 한 시간을 걸었다. 그리고 500m를 더 걸었다. 그리고 100m, 그리고 50m를 걷고 또 걸었다.

"아!"

나는 깜짝 놀라 걸음을 멈추었다. 화를 담아두고 있던 가슴에서 기쁨이 넘쳐흐른다. 화염 덩어리로 빛을 비추던 프레보가 엔진에 등을 기댄 두 아랍인과 함께 친근하게 이야기를 나누는 것이었다. 아직 잘 보이지는 않았다. 그는 너무도 그 자신의 기쁨에 겨워 있었다. 아, 내가 프레보처럼 기다리고 있었다면…… 나는 벌써 이 고통에서 해방되었을 텐데! 나는 반갑게 소리쳤다.

"어이!"

두 명의 베두인 사람이 깜짝 놀라 나를 바라본다. 프레보가 이들의 곁을 떠나 혼자 내게로 다가온다. 나는 두 팔을 활짝 벌린다. 프레보는 내 팔을 잡아끈다. 내가 뭘 잘못 짚었나? 나는 프레보에게 말을 건다.

"이제 됐네."

"뭐가요?"

"아랍인들이잖아!"

"무슨 아랍인이오?"

"저기 있는 아랍인들 말이야, 자네와 함께 있던!"

프레보는 이상한 눈으로 나를 쳐다본다. 그는 마지못해 내게 비밀을 털어놓듯 말한다.

"아랍인은 없어요."

이번에는 정말로 눈물이 날 것 같다.

6

이곳에서 사람이 물 없이 버틸 수 있는 시간은 19시간. 그리고 엊저녁 이후로 우리는 무엇을 마셨던가? 새벽에 몇 방울의 이슬을 마신 것이 전부이지 않던가! 하지만 북동풍이 계속해서 대기를 지배하고 있고, 우리의 수분 증발 속도를 어느 정도 완화시켜주고 있다. 이 바람막이는 하늘에서 높이 구름층을 쌓을 것이다. 아, 이 구름이 우리에게까지 닿는다면 비가 올 수도 있으련만! 하지만 사막에서는 결코 비가 오지 않는다.

231

"프레보, 삼각형으로 낙하산을 잘라보세. 돌로 땅에다가 이천 조각을 고정시키는 거지. 만약 바람이 방향을 바꾸지 않는다면, 새벽에 우리는 유류 저장고 중 하나에다 이슬을 모을 수 있을 게야. 천을 비틀어 짜면 되는 거지."

우리는 여섯 개의 천막을 별이 빛나는 하늘 아래 늘어놓았다. 프레보는 유류 저장고 하나를 부수었다. 우리는 날이 밝기를 기다리는 수밖에 없었다.

부서진 조각들 사이에서, 프레보는 기적과도 같이 오렌지 하나를 찾아냈다. 우리는 그 오렌지를 서로 나누어 먹는다. 나는 정신을 못 차렸지만, 물 이십 리터가 아쉬운 순간, 그 정도쯤이야 아무것도 아니다.

불가에서 몸을 뉘인 나는 반짝이는 이 과일을 쳐다보고 혼잣말을 한다.

'오렌지 하나가 얼마나 소중한지 사람들은 아마 모르겠지······.'

나는 계속해서 내게 말했다.

'우리가 지금 곤경에 처해 있는 것이 사실이긴 하지만, 그렇다고 해서 삶에 대한 내 욕구가 좌절되지는 않아. 내가 이 손

에 쥐고 있는 반개의 오렌지는 내 삶에서 가장 큰 기쁨 가운데 하나를 가져다주고 있어.'

나는 등을 대고 눕는다. 내 과일을 빨아먹고는 별똥별을 세어본다. 그렇게 나는 1초간 무한한 행복감을 느낀다. 나는 또 내게 말했다.

'우리가 살고 있는 이 세상의 질서, 그 안에 직접 갇혀보지 않으면 그 질서를 읽을 수가 없지.'

이제 나는 사형선고를 받은 이의 담배와 럼주 한 잔이 의미하는 바가 무엇인지를 알게 되었다. 나는 그가 이 끔찍한 상황을 받아들이는 걸 이해하지 못했었다. 그런데 그것에서 그 죄수는 굉장한 기쁨을 누리는 것이다. 그가 입가에 미소를 지으면 사람들은 이자가 용감하다고 생각한다. 하지만 그는 럼주를 마시는 것이 좋아 웃는 것이다. 사람들은 그가 관점을 바꾸었다는 점을 알지 못한다. 이 마지막 순간, 그가 인간으로서의 삶을 산 것이라는 점을 모르는 것이다.

• • •

우리는 어마어마한 양의 물을 모았다. 자그마치 2리터나 되는 물을 모은 것이다. 이제 갈증은 끝이다! 우리는 이제 살았다. 마실 물이 생긴 것이다!

나는 이 저장고에서 주석 잔 하나 가득 물을 담아 퍼 올린다. 그런데 이 물은 아름다운 황록색을 띠고 있다. 한 모금 마시자마자 나는 그토록 극심했던 갈증에도 불구하고, 그 맛이 정말 너무도 고약하여 다 마시기도 전에 심호흡을 한번 해야 했다. 아마 진흙이라도 먹었겠지만 그 유독한 금속성의 맛은 내 갈증보다 더 강하다.

프레보를 보니, 하염없이 바닥에 시선을 두고 계속해서 같은 자리를 맴돌고 있다. 마치 침착하게 무언가를 찾는 듯한 모습이었다. 그는 갑자기 몸을 숙이더니 구역질을 하였으나, 같은 자리를 맴돌던 것을 멈추지는 않는다. 30초 후, 내 차례가 되었다. 몸에서의 경련이 너무도 극심하여 나는 모래 속에 손을 파묻고 무릎을 꿇으며 구토를 한다. 우리는 서로 말을 하지 않았다. 그리고 15분간, 우리는 그렇게 몸을 뒤틀며 담즙만을 토해낸다.

구토가 멈추었다. 속은 이제 더 이상 구토를 유발하며 끓어 오르지 않는다. 하지만 우리는 마지막 희망을 잃어버렸다. 우리의 실패가 낙하산의 방수도료에서 기인한 것인지, 아니면 저장고에 물때가 끼게 하는 4염화탄소의 침착에서 온 것인지는 모르겠다. 어쨌거나 우리에게는 다른 용기, 혹은 다른 천들이 필요했다.

자, 서두르자. 날이 밝았다. 길을 떠나야 한다! 우리는 이 저주받은 평원을 지나 벼랑이 나올 때까지, 쓰러질 때까지 똑바로 성큼성큼 걸어갈 것이다. 나는 안데스 산맥에서의 기요메의 선례를 따르는 것이다. 어제 이후로 나는 부쩍 기요메에 대한 생각을 많이 하고 있다. 나는 난파당한 잔유물 곁에 남아 있어야 한다는 공식 지침을 어긴다. 이제, 사람들은 이곳에서 우리를 찾을 수 없을 것이다.

우린 한 번 더, 우리가 조난당한 사람이 아님을 깨닫게 될 것이다. 조난을 당한 사람이라 함은 기다리는 자를 일컫는다. 우리의 묵묵부답이 두려움으로 다가오는 자들, 이미 끔찍한 고통으로 만신창이가 되어 있는 자들, 그들이 조난당한 자들이다. 우리는 그들을 향해 달려가지 않을 수가 없다. 안데스

235

산맥에서의 귀환 때, 기요메는 내게 자신이 이 '조난당한 자들'을 향해 달려왔노라고 말했다. 그것은 보편적인 진리였다. 프레보가 내게 말했다.

"만약 이 세상에 제가 혼자라면, 저는 그만 눈을 감았을지도 모릅니다."

우리는 동−북−동쪽을 향해 곧장 앞으로 걸어간다. 만약 나일 강을 지나친 것이라면, 우리는 한 발 한 발 나아갈 때마다 더욱 깊숙이 아라비아의 사막 저 안으로 들어가는 셈이었다.

• • •

그날에 대해서 나는 더 이상의 기억이 떠오르지 않는다. 무척 서둘렀던 기억만이 남아 있다. 벼랑이든 그저 아무 데로나 무턱대고 서둘렀던 기억이다. 땅을 보며 걸었던 기억도 난다. 나는 신기루로 신물이 날 지경이었다. 이따금씩 우리는 나침반을 써서 방향을 바꾸기도 하였다. 조금씩 숨을 고르기 위해 바닥에 드러눕는 일도 있었다. 밤을 위해 간직하고 있었던 방수복도 집어던졌다. 그 밖의 일은 모르겠다. 나의 기억들은 저녁나절의 청량함이 느껴질 때에만 이어진다. 모래와도 같이 내게서도 모든 것이 사라져버렸다.

해가 질 무렵, 우리는 야영을 하기로 결심한다. 조금 더 걸어야 함을 모르지 않지만, 물도 없는 이 밤, 우리는 정신을 잃을 수도 있기 때문이다. 우리는 낙하산의 천도 함께 가져왔다. 만약 구토를 일으킨 물질이 낙하산의 방수도료가 아니라면, 내일 아침이면 우리는 물을 마실 수도 있을 것이었다. 저 별들 아래, 이슬 잡는 덫을 우리는 한 번 더 펼쳐 놓아야 한다.

하지만 오늘 밤 북쪽 하늘은 구름 한 점 없이 깨끗하다. 바람이 바뀌었다. 방향도 바꾸었다. 우리는 벌써 사막의 뜨거운 입김으로 몸서리를 치고 있다. 그건 야수의 기상이다. 녀석이 우리의 손과 얼굴을 핥듯 스쳐가는 것이 느껴진다.

하지만 조금 더 걷는다 할지라도, 나는 아마 10km도 더 못 갈 것이다. 사흘째, 물 한 방울도 마시지 못하고 걷고 있는 나는 180km도 더 걸어왔던 것이다.

그런데 잠시 멈춰 서고는 프레보가 내게 말한다.

"장담컨대, 이건 호수예요."

"미쳤어?"

237

"이 시간에, 이 황혼녘에 이게 신기루일 수 있겠어요?"

나는 대답을 하지 않았다. 이미 오래전부터 나는 내 눈에 보이는 것들을 믿지 않기로 하였다. 그건 신기루가 아니었을지 모른다. 그렇다면 그것은 우리의 광기가 만들어낸 허상이었음이 분명하다. 프레보는 어떻게 아직도 그걸 믿는 것일까?

프레보는 고집을 부린다.

"20분만 가면 돼요. 내가 한번 가서 보겠어요."

그의 고집스러움에 나는 화가 치민다.

"가서 보게, 가서 정신 좀 차리고 와. 그게 신상에 좋을 테니. 설령 자네가 봤다는 호수가 있다고 하더라도, 그게 염수라는 것을 모르지는 않겠지. 짜든 안 짜든, 녀석은 멀찌감치 떨어져 있을 거야. 여긴 아무것도 존재하지 않아."

두 눈을 부릅뜬 프레보는 이미 멀어져가고 있다. 거부할 수 없는 그 끌림이 어떤 것인지 나는 알고 있다. 그리고 나도 생각한다.

'기관차 아래로 몸을 내던지는 몽유병자들도 있는 법이지.'

나는 프레보가 돌아오지 않으리라는 걸 안다. 그 공허함의 현기증이 그를 사로잡을 것이고, 그는 더 이상 돌아올 수 없는 신세가 될 것이다. 그는 조금 더 먼 곳에서 쓰러질 것이다. 프레보는 그쪽에서 죽는 것이고, 나는 이쪽에서 죽는 것이다. 그게 뭐 그리 대수란 말인가…….

이쪽에서 죽으나, 저쪽에서 죽으나 별반 차이가 없다는 이 깨달음이 좋은 징조라고 여겨지지 않는다. 전에 물에 빠져 반쯤 죽게 되었을 때도 나는 이런 평화로움을 느꼈었다. 그리고 그 틈을 타 돌 위에 배를 붙이고 유서를 쓰기로 한다. 나의 편지는 매우 아름답다. 매우 숭고하다. 나는 거기에 현명한 지침들을 일러놓는다. 유서를 다시 읽음에, 나는 괜히 우쭐해져서는 굉장한 기쁨을 맛본다. 사람들은 나의 유서에 대해 '이 감탄스러운 유서를 보라. 그가 죽었다는 사실이 얼마나 유감인가!' 라고들 말을 하겠지.

나는 내가 어떤 처지에 있는지도 알고 싶다. 나는 침을 모아보려 애를 쓴다. 몇 시간째 침이 나오지 않고 있다. 내겐 더 이상 뱉어낼 침도 없다. 입을 꼭 다물고 있어도 무언가 끈적끈적한 물질이 내 입술을 감싼다. 그 물질은 말라붙어서는 입술 틈새를 단단히 봉한다. 그렇지만 나는 가까스로 침을 삼키는데 성공한다. 내 두 눈은 아직 빛으로 채워지지 않았다. 그 찬란

239

한 광경이 내게 제공되면 나는 이를 두 시간가량 보게 되고, 그건 내 목숨이 두 시간 남았다는 것을 의미한다.

밤이 되었다. 그 전날보다 달은 더 차올랐다. 프레보는 돌아오지 않는다. 나는 등을 대고 몸을 뉘이고는 이 분명한 사실들을 곱씹어본다. 오래된 감상을 되새김질해보고, 나는 그것이 어떤 것인지 정의해보려 애를 쓴다. …… 나는 배를 타고 있었다. 나는 남미에 가는 길이었고, 갑판 위에 이렇게 몸을 뉘었다. 돛대 끝은 별들 사이를 이리저리 매우 느린 속도로 산책하고 있었다. 여기에는 비록 돛대가 없지만, 나는 그래도 배를 타기는 탔다. 내가 아무리 노력해봤자 내 의지와 무관한 목적지를 향해 가고 있는 배를. 노예 상인들이 나를 묶은 뒤 어떤 배 위로 던져버린 것이다.

나는 돌아오지 않는 프레보를 생각한다. 나는 그가 불평하는 소리를 단 한 번도 들은 적이 없다. 그건 매우 좋다. 프레보가 우는소리를 했다면 정말 견뎌내기 어려웠을 것이다. 프레보는 남자다.

내게서 500m 떨어진 곳에서 그의 램프가 반짝인다. 자신의 발자국을 잃어버린 것이다. 내게는 프레보에게 답신을 보내

줄 램프가 없다. 나는 일어서서 소리를 쳐보지만, 그
는 내가 부르는 소리를 듣지 못한다.

프레보의 램프가 있는 곳으로부터 200m 떨어
진 곳에서 두 번째 램프가 반짝인다. 그리고 세
번째 램프가 반짝인다. 이런, 세상에, 저건 수색
대다. 사람들이 우리를 찾으러 나선 것이다! 나는 소리쳤다.

"어이!"

하지만 내가 지르는 소리를 사람들은 듣지 못한다. 세 램프
는 저들의 호출신호를 계속해서 이어간다.

이 밤, 나는 미치지 않았다. 내 감각은 제대로 살아 있으며,
나는 마음의 평정심을 잃지 않고 있는 상태다. 나는 주의 깊게
바라본다. 500m 떨어진 곳에 세 개의 램프가 보인다.

"이봐요!"

하지만 내가 지르는 소리를 사람들은 여전히 듣지 못한다.
나는 잠시 공황상태에 빠진다. 내가 유일하게 경험해보는 당
황이다. 나는 아직 뛸 수 있다. 기다려, 기다려요…… 그들은
내 쪽으로 돌아볼 것이다. 이들은 멀어져갈 것이고, 다른 곳을
찾을 것이며, 나는 쓰러질 것이다. 삶의 문턱에서 내가 쓰러질

때, 이들은 두 팔로 나를 안아줄 것이다.

"어이!"

"어이!"

이들이 내 목소리를 들었다. 나는 숨이 막히고 또 막혔지만,
계속 달린다. "어이!" 하는 목소리가 들려오는 쪽으
로 달려간다. 나는 프레보의 모습을 알아
보고 그만 주저앉는다.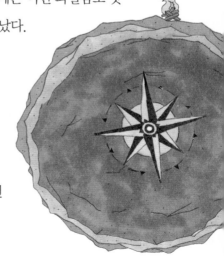

"휴, 이 램프들을 봤을 때는 정말
이지……."

"무슨 램프요?"

맞다. 그는 혼자였다. 이번에는 어떤 좌절감도 맛
보지 않았으나, 은근히 화가 났다.

"찾는다던 호수는?"

"내가 다가가자 멀어졌어
요. 30분 동안을 그 호수를
향해 걸어갔는데 말예요.
30분이 지나자, 호수는 너무
멀어졌지요. 그래서 돌아오긴

왔는데, 아직도 저는 그게 호수였다고 확신해요."

"미쳤군. 정말 단단히 미친 게야. 왜 그랬지? 대체 왜……."

그는 대체 무슨 짓을 한 건가? 대체 왜 그런 짓을 한 것인가 말이다. 나는 화가 나서 울음이라도 터뜨릴 것 같았다. 그리고 나는 대체 내가 왜 이렇게 화를 내는지 이유를 알 수가 없다. 프레보는 목 메인 목소리로 내게 설명한다.

"너무나도 마실 물을 찾고 싶었나 봐요……. 입술이 정말 얼마나 창백하신지 아세요!"

아, 나의 화는 수그러든다. 나는 꿈에서 깨어난 것처럼 이마에 손을 갖다댄다. 서글프다. 나는 천천히 말을 한다.

"자네가 봤듯이, 나도 봤네. 틀림없이 정확하게 세 개의 램프를 봤다고. 프레보, 나도 이 램프들을 보았다니까."

프레보는 우선 말이 없다. 그리고 결국 그는 수긍했다.

"맞아요, 제가 정신이 나갔었나 봐요."

• • •

수증기 없는 이 대기 아래서, 대지는 빠르게 열을 발산한다.

벌써 몹시 춥다. 나는 몸을 일으켜 걷는다. 하지만 곧 참을 수 없는 오한에 사로잡힌다. 수분을 빼앗긴 내 피는 힘겹게 순환 되고 있고, 얼음장 같은 한기가 내 몸을 파고든다. 그저 밤의 한기일 뿐인데도 말이다. 어금니는 덜덜 떨리고, 온몸이 경련 으로 부르르 떨린다. 손이 너무도 떨려 더 이상 램프를 들고 있을 수가 없다. 예전엔 그렇게 한기를 느껴본 적이 단 한 번 도 없었는데, 추위를 타지 않는 내가 추워서 정말 얼어 죽을 것만 같다. 갈증이 가져오는 또 다른 기이한 결과이다.

어딘가에 내 방수복을 버리고 왔다. 더위 속에서 쩔쩔매며 끌고 오기가 귀찮았기 때문이다. 바람이 점점 더 강해진다. 사 막에서는 정말이지 그 어디에도 몸을 피할 곳이 없음을 알게 된다. 사막은 대리석처럼 매끄럽다. 낮에는 그림자 하나 지지 가 않고, 밤에는 바람에 맨몸으로 맞서야 하는 것이 사막이다. 나무 한 그루, 울타리 하나 존재하지 않고, 내 몸을 피할 돌멩 이 하나 없는 것이 사막이다. 바람은 마치 무방비 상태에 놓인 기병에게 있는 그대로 몰아치는 것 같다. 나는 이를 피해보려 제자리에서 맴돌고 있다. 누워보기도 하고 다시 몸을 일으켜 보기도 한다. 누워 있건 서 있건 이 칼바람에 노출되어 있는

것은 매한가지이다. 뛸 수도 없고, 더 이상의 기력도 없고, 사람 죽이는 녀석들에게서 벗어날 수도 없다. 나는 무릎을 꿇고 주저앉아 손으로 머리를 감싼다. 모래 아래서 말이다.

나는 그것을 조금 뒤 깨닫는다. 나는 자리에서 일어나 앞으로 곧장 걸어간다. 몸은 여전히 떨고 있다. 내가 지금 있는 곳은 어디인가? 아! 이제 떠날 때가 되었나 보군. 프레보의 목소리가 들린다. 나를 깨운 것은 그가 부르는 소리였다…….

나는 그의 곁으로 되돌아간다. 몸은 여전히 오한으로 떨리고 있고, 온몸으로 떨림이 전해온다. 나는 생각한다.

'내 몸은 추위로 떨리는 게 아냐. 분명히 다른 거야. 죽음으로 떨리고 있는 거라고.'

나는 이미 너무 많은 수분을 빼앗겨버렸다. 어제, 그리고 그저께, 나는 혼자서 얼마나 많이 걸었던가.

나는 추위로 내 생을 마감한다는 것이 불쾌하다. 십자가며, 아랍인들이며, 램프들이며, 차라리 내가 만들어내는 신기루가 더 좋다. 다른 것은 차치하더라도 이들은 일단 내 관심을 불러일으키지 않던가……. 나는 노예처럼 혹독하게 매질을 당하는 것은 싫다.

나는 또다시 무릎을 꿇는다.

순수 에테르 100g, 90도 알코올 100g, 요오드 한 병 등 우리는 상비약을 조금 챙겨왔었다. 나는 순수 에테르를 두세 모금 마셔본다. 목구멍으로 단도를 넘기는 기분이다. 이어 90도짜리 알코올을 마셔보지만, 목구멍을 완전히 막아버린다.

나는 모래 속으로 구덩이를 하나 판다. 그곳에 들어가 몸을 뉘이고 모래로 내 몸을 뒤덮는다. 얼굴만이 위로 나와 있다. 프레보는 잔가지들을 발견했고, 불을 피워보지만, 불꽃은 금세 사그라진다. 프레보는 모래 속으로 몸을 피하는 것이 싫다고 했다. 차라리 발을 동동거리며 추위를 이겨보겠다고 했다. 하지만 잘못 생각했다.

목구멍이 계속해서 조여 온다. 좋지 않은 신호이긴 하나, 기분은 좀 낫다. 조금 진정됨을 느낀다. 그 모든 희망을 뛰어넘어 나는 조금 진정됨을 느낀다. 비록 내 상태가 이럴지라도, 나는 여행길에 오를 것이다. 별이 빛나는 하늘 아래, 노예 상인들의 배 갑판 위에 몸이 결박된 채, 그렇게 떠날 것이다. 하지만 내가 그렇게 불행한 사람은 아니었을 것이다.

근육 하나라도 움직이지 않는 한, 이제 더 이상 한기는 느껴

지지 않는다. 그래서 나는 모래 아래에서 잠이 든 내 몸을 잊어버린다. 나는 움직이지 않을 것이며, 그렇게 하면 이제 더는 괴로움을 느끼지 않을 것이다. 게다가 사실 순수하게 괴로움만 두고 보면 괴로움의 정도는 극히 미미한 것이다. 이 모든 고통 뒤에는 피로와 정식 착란의 조화가 숨어 있다. 그리고 모든 것이 그림책으로, 다소 잔인한 마녀이야기로 변한다. 조금 전, 바람은 몰아치며 나를 잡으려 하였고, 바람을 피하겠다고 나는 바보처럼 제자리를 맴돌았다. 이어 나는 숨쉬기조차 힘들어졌고, 무르팍 하나가 가슴을 후려쳤다. 무르팍 하나가. 그리고 나는 천사의 무게와 맞서 싸웠다. 사막 위에 나는 결코 혼자가 아니었다. 이제 나는 나를 둘러싸고 있는 것에 대해 생각하지 않는다. 나는 내 집에 틀어박혀 눈을 감고 눈꺼풀 하나 씰룩거리지 않는다. 모든 이미지의 급물결이 나를 잔잔한 명상으로 데려가고 있음을 느낀다. 강물은 바다의 드넓은 가슴 안에서 잔잔해진다.

내가 사랑했던 그대들이여, 이젠 안녕이다. 인간의 몸이 물없이 사흘을 견뎌낼 수 없는 것은 내 잘못이 아니다. 나도 이렇게 내가 물의 포로가 되어버릴 것이라고는 생각하지 못했다. 내가 물 없이 버틸 수 있는 시간이 이렇게 짧을 줄도 몰랐다. 사람들은 인간이 자기 앞을 곧장 갈 수 있다고 생각한다. 사람들은 인간이 자유로운 존재라고 생각한다. 사람들은 인간을 우물에 묶어두고 있는 이 줄을 보지 않는다. 인간의 배에서 대지로, 탯줄처럼 인간을 우물에 묶어두고 있는 이 줄을……. 거기서 한 걸음만 더 멀리 가면 인간은 죽는다.

그대들의 고통을 제외하면, 나는 아무것도 후회하지 않는다. 결국 돌이켜보면 나는 내 인생 최고의 부분은 가져본 셈이다. 돌아가더라도 나는 이 일을 다시 시작할 것이다. 살아가야 한다. 도시에서는 이제 더 이상 인간다운 삶은 존재하지 않는다.

이건 비행의 문제가 아니다. 비행기는 목적이 아닌 수단일 뿐이다. 우리가 삶에 목숨을 거는 것은 비행기 때문이 아니다. 농부가 힘겹게 노동을 하는 것도 자신의 쟁기를 위해서는 아니다. 하지만 비행기를 통해 우리는 도시를 떠나고, 도시의 그 계산적인 삶에서 벗어난다. 그리고 농부의 진리를 되찾는다.

우리는 사람의 일을 하는 것이고, 사람들이 하는 고민을 할 뿐이다. 우리는 바람과 별, 밤, 모래, 그리고 바다와 관계를 맺는다. 자연의 힘에 대항해 술책을 쓰고, 정원사가 봄을 기다리는 마음으로 새벽이 오기를 기다린다. 약속의 땅이라도 되는 것처럼 기항지를 기다리고, 별들 속에서 기항지가 뿜어내는 진짜 불빛을 찾아낸다.

나는 불평하지 않을 것이다. 사흘째, 나는 걸어왔고, 갈증을 느끼고 있으며, 모래 속의 종적을 쫓았고, 이슬에 희망을 걸어 보기도 했다. 그동안은 지상 어디 있는지도 몰랐던 나의 종족을 만나려고 애써 찾아 헤매기도 하였다. 살아 있기에 하는 걱정들이다. 나는 저녁에 싸구려 음악카페를 고르는 것보다 이게 더 중요한 것이라고 판단하지 않을 수가 없다.

• • •

나는 교외 기차에 몸을 싣고 가는 이 사람들을, 스스로 인간이라고 믿으나 결국엔 자신도 느끼지 못하는 압력에 밀려 각자 정해진 용도에 맞게 개미처럼 살아가는 이 사람들을, 더 이상 이해할 수가 없다. 여유시간이 생겼을 때, 이들은 시답잖은 짧은 일요일을 무엇으로 채우는가?

한번은 러시아 어느 공장에서 모차르트 연주를 하는 걸 들은 적이 있다. 나는 이에 대한 글을 썼다. 나는 200통의 항의 서한을 받았다. 싸구려 음악카페를 좋아하는 사람들을 탓하지는 않는다. 이들은 다른 음악을 모를 뿐이다. 내가 탓하는 것은 그 싸구려 음악카페의 지배인이다. 나는 인간을 상하게 하는 걸 좋아하지 않는다.

나는 내 직업에 만족한다. 내가 기항지의 농부 같다. 교외 기차 안에서, 나는 이곳과는 정말 다른 고통을 느낀다. 이곳은 결국, 얼마나 사치스러운 공간인가!

나는 아무것도 후회하지 않는다. 나는 게임을 했고, 승부에서 진 것이다. 이것도 모두 내 직업의 일환이다. 하지만 그래도 나는 바닷바람은 마시지 않았는가.

한 번이라도 바닷바람을 맛본 일이 있는 사람들은 그 맛을 잊지 못한다. 그렇지 않은가, 친구들? 우리가 하는 이 일은 위험하게 사는 것이 아니다. 이 문장 자체가 과장된 것이다. 나는 한 번도 투우사들이 불평을 늘어놓는 걸 들어본 적이 없다. 내가 좋아하는 것은 위험함이 아니다. 나는 내가 뭘 좋아하는지 알고 있다. 그건 삶이다.

251

• • •

　하늘이 희붐해지는 것 같다. 모래 밖으로 팔을 하나 내밀어 본다. 손이 닿는 거리에 낙하산 천이 있어 이를 더듬어보지만, 물기라고는 전혀 없다. 기다리자. 이슬은 새벽에 내린다. 하지만 새벽은 우리의 천을 적시지 않고 밝아온다. 그래서 생각이 조금 뒤죽박죽 엉켜버리고, "여기, 메마른 가슴이 있소. 메마른 가슴이…… 눈물을 만들어낼 줄 모르는 메마른 가슴이……." 하고 말하는 소리가 들려온다.

　"프레보, 가세나! 우리 목구멍이 아직 닫히지 않았어. 걸어야 하네."

7

19시간 만에 사람의 수분을 죄다 **빼앗아버리는** 서풍이 불어온다. 내 식도는 아직 막히지 않았으나, **뻣뻣하고** 아프다. 무언가가 식도를 긁어대고 있으며, 사람들이 내게 말했던, 그리고 내가 기다리는 이 기침이 곧 시작될 것이다. 하지만 가장 심각한 것은 내가 이미 반짝이는 점들을 알아보았다는 것이다. 이 점들이 불꽃으로 변하면 나는 잠이 들 것이다.

우리는 빨리 걷고 있다. 오전의 서늘함을 이용하는 것이다. 해가 한창일 때, 해가 중천일 그때에는 사람들이 말했듯, 더 이상 우리가 걸을 수 없음을 우리는 잘 알고 있다.

우리에게는 땀을 흘릴 권리가 없다. 기다릴 권리도 없다. 이 상쾌함이란 그저 습도 18퍼센트의 상쾌함일 뿐이다. 불어오는 이 바람은 사막에서 오는 것이다. 그리고 이 거짓말 같고도 부드러운 다정함 아래에서, 우리의 피는 증발되어 가고 있다.

첫째 날, 우리는 약간의 포도를 먹었다. 그리고 사흘째, 먹은 것이라고는 마들렌 반쪽과 오렌지 반쪽이 전부이다. 우리에겐 이 음식들을 씹어 먹을 만한 침조차 없었지만, 그 어떤 배고픔도 느껴지진 않는다. 오로지 갈증만이 느껴진다. 그리고 이제는 갈증을 넘어서서, 갈증의 후유증을 느끼고 있다. 목넘김이 힘들다. 석고가 되어버린 혀, 마른기침과 입 안에서 나는 고약한 냄새. 이런 느낌은 나로서는 모두 처음이다. 이런 증상을 해결해 줄 것은 분명 물일 테지만, 이런 상태에서 물이라는 특효약을 써본 적이 있다는 얘기는 들어본 기억이 없다.

갈증은 차츰 병이 되어가고, 의욕은 차츰 희미해져 간다.

샘물이나 과일에 대한 이미지는 이제 그렇게 가혹하지 않다. 오렌지에서 나는 빛 같은 것은 잊어버린 지 오래다. 내가 뭘 좋아했는지에 대한 느낌도 다 잃어버렸기 때문인 것 같다. 아마 나는 전부를 잃어버린 것 같다.

우리는 앉아 있었지만, 다시 떠나야 한다. 길게 가는 것은 포기하고 있다. 500m를 걷고 난 후, 우리는 피로에 지쳐 주저앉아 있다. 그리고 몸을 쭉 뻗어버림에, 굉장한 기쁨을 맛본다. 하지만 다시 떠나야 한다.

풍경이 바뀐다. 돌들이 자리를 잡고 있다. 이제 우리는 모래 위를 걷고 있다. 우리 앞으로 2km 되는 곳에는 모래 언덕들이 있다. 이 모래 언덕 위로, 키 작은 식물의 흔적이 거뭇거뭇하게 보인다. 강철 갑옷보다는 모래를 나는 더 좋아한다. 이게 금빛 사막이다. 이게 사하라다. 사하라를 알게 된 것 같다…….

이제 우리는 200m에서 힘이 다 빠져버린다.

"그래도 걸어야지. 적어도 저기 조그만 나무가 있는 곳까지는 말이야."

그게 한계이다. 일주일 후, 자동차를 타고 시문 기를 찾기 위해 우리의 발자취를 더듬어 올라갈 때, 우리는 우리가 마지막으로 시도했던 걸음의 길이가 80km였음을 알게 될 것이다. 그러니, 이미 거의 200km를 걸어온 셈이었다. 그런데 어떻게 더 걸음을 지속할 수가 있겠는가?

어제, 나는 희망도 없이 걸었다. 오늘, 이러한 말들은 그 의미를 잃었다. 오늘, 우리는 걷는다. 걷기 때문에 걷는 것이다. 아마도 이렇게, 소들도 밭을 가는 것이겠지. 어제는 오렌지 나무로 가득 찬 낙원을 꿈꾸었더랬다. 하지만 오늘, 내게 낙원이란 없다. 이 세상에 오렌지라는 것이 존재하기나 했었나 싶다.

나는 내게서 완전히 메말라버린 가슴 이외에는 그 어떤 것도 발견하지 못한다. 나는 눈을 감게 되겠지만, 실망감 같은 것은 갖지 않는다. 심지어 고통조차 없다. 나는 그 점이 안타깝다. 고통도 내게는 물처럼 감미롭게만 느껴진다. 사람들은 스스로에 대한 연민을 갖고 있다. 친구처럼 자신을 동정한다. 하지만 이 세상에서 지금 나는 더 이상 친구가 없다.

두 눈이 짓무른 나를 발견하게 될 때, 사람들은 내가 숱하게 도 울부짖었고, 많이 괴로웠을 것이라고 상상할 것이다. 하지

만 흥분이며, 회한이며, 달콤한 고통이며 하는 이 모든 것들은 여전히 사치에 불과하다. 내게는 그런 사치를 부릴 여유가 없다. 상큼한 소녀들은 이들의 사랑이 결실을 이루는 첫날밤, 괴로워하고 눈물을 보인다. 고통은 삶의 작은 떨림과 연결되어 있다. 그리고 내게는 더 이상의 고통은 없다……

사막, 그건 곧 나다. 나는 더 이상의 침도 만들어내지 못하지만, 나는 내가 흐느낌을 보일 달콤한 이미지도 만들어내지 않는다. 태양은 내 눈물샘을 모두 말려 버렸다.

그런데 내가 알아본 것이 무엇이었던가? 한 줌의 희망이 내 위로 바다의 돌풍처럼 지나갔다. 조금 전 내 본능을 깨우고 내 의식의 문을 두드린 신호는 무엇이란 말인가? 변한 것은 아무것도 없었지만, 모든 것이 변했다. 드넓게 펼쳐져 있는 이 사막, 이 평평한 작은 언덕, 이 얕은 푸른 반점 등은 풍경이 아닌 배경을 만들어내고 있다. 아직 비어 있는 배경, 그러나 모든 것이 준비되어 있는 배경. 나는 프레보를 바라본다. 그도 나와 같은 놀라움에 당황하고 있지만, 자기가 느끼고 있는 것이 무엇인지 이해하지 못하고 있다.

장담컨대, 무슨 일이 일어나려는 게 틀림없다.

장담컨대, 사막이 활기를 띠었다. 장담컨대, 이 공허함, 이 고요함이 광장의 소란보다 더 심하게 동요하고 있다.

• • •

이제 우리는 살았다. 모래에 흔적이 있는 것이다!

아, 우리는 인간이라는 족속의 행로를 잃어버렸었다. 우리는 그들로부터 분리되어 있었고, 이 세상에 우리만 홀로 남겨졌었다. 이 우주가 돌아가는 세계로부터 잊혀진 존재가 되었었는데, 지금, 여기서 모래 위에 찍힌 인간의 놀라운 발자국을 발견하게 된 것이다.

"프레보, 여기, 두 사람이 서로 헤어진 흔적이야."

"여기서 낙타는 꿇어앉았고요."

"여기는……."

그런데 우리는 아직 구조된 것이 아니었다. 기다리고 있을 수는 없는 일이다. 몇 시간 후면, 사람들은 더 이상 우리를 구해낼 수조차 없는 때가 오게 된다. 한 번 기침이 시작되면 갈증은 급속도로 퍼져 나가고, 우리의 목구멍은…….

하지만 나는 사막 어딘가에서 흔들거리며 지나갈 이 대상행렬에 기대를 건다.

그래서 우리는 좀 더 걸었다. 그런데 갑자기 내 귀에 닭 울음소리가 들렸다. 기요메는 내게 이렇게 말했더랬다.

"내 삶이 마지막에 가까워질 무렵, 나는 안데스 산맥에서 닭 울음소리를 들었네. 철로 소리도 들었지."

닭 울음소리가 들린 바로 그 순간에, 나는 문득 기요메의 이야기를 떠올린다. 그리고 내게 말한다.

'날 속인 건, 우선 내 두 눈이야. 분명 갈증 때문에 생긴 것이지. 내 귀는 더 잘 견뎌냈어……'

그런데 프레보가 내 팔을 잡아끌었다.

"들었어요?"

"뭘?"

"닭 울음소리요!"

"그렇다면…… 그렇다면……."

그럼, 물론이지, 이 바보 같은 친구야……
그건 생명이 빠져나가는 소리라고…….

나는 마지막 환각을 보았다. 강아지 세 마리가 서로

뒤쫓아 가고 있는 것이었다. 나와 같은 곳을 보고 있던 프레보
는 아무것도 보지 못했다. 하지만 우리 둘은 이 베두인 사람을
향해 팔을 뻗는다. 우리 둘은 가슴에 남아 있던 모든 숨을 몰
아서 그를 향해 내뿜는다. 우리 둘은 행복에 겨워
웃음을 터뜨린다.

하지만 우리 눈은 30m까지밖에 다다르지 못한다. 그 목소리도 이미 매우 갈라져 있는 상태다. 우리는 둘 다 낮은 목소리로 말했고, 우리조차도 그 소리를 알아듣기가 어려웠다.

그런데 작은 언덕 뒤로 방금 그 베일을 벗은 이 베두인 사람과 낙타가 서서히, 서서히 멀어져가는 것이었다. 아마 이 사람은 혼자인 것 같다. 이 잔인한 악마는 우리에게 그자의 모습을 보여주고는 이내 그를 앗아가고 있다…….

그리고 우리는 지금 더 이상 달릴 수가 없다. 모래 언덕 위로 또 다른 아랍인이 모습을 드러낸다. 우리는 소리를 쳤지만, 소리가 너무 작다. 그래서 우리는 팔을 흔들어보았고, 신호를 보내려는 커다란 몸짓으로 하늘을 가득 채운 것 같다. 하지만 이 베두인 사람은 여전히 오른쪽을 보고 있다.

그러다가 그는 45도가량 천천히 몸을 틀었다. 그가 얼굴을 보이기 시작한 그때, 모든 것이 끝나는 것이다. 그가 우리를 보게 되는 그때, 그는 우리에게서 갈증과 죽음, 신기루를 지우게 되는 것이다. 그는 45도가량 몸을 돌렸을 뿐인데, 그것은 벌써 세상을 바꾼 것이다. 단지 상반신을 조금 움직이는 것만으로도, 시선을 약간 돌리는 것만으로도 그는 생명을 만들어내는 것이고, 내게서는 하나의 신처럼 느껴진다.

　이건 기적이다. 그가 우리 쪽을 향해 모래 위를 걸어오고 있
다. 신이 바다 위를 걷는 모습과도 같다…….

우선 아랍인은 우리를 바라보았다. 그리고 우리의 어깨 위로 손놀림을 빠르게 하고, 우리는 그에게 우리를 내맡겼다. 우리의 몸은 늘어져 있다. 그 순간 거기에는 인종도 없고, 언어도 없으며, 구분도 없다. 우리의 어깨 위로 천사의 손을 올려놓은 가난한 유목민이 하나 있을 뿐이다.

모래에 이마를 묻고 우리는 기다렸다. 그리고 바닥에 배를 붙이고 우리는 송아지처럼 통에 머리를 처박고 물을 마신다. 그 모습에 베두인 사람은 적잖이 놀라는 눈치였고, 번번이 우리가 쉬엄쉬엄 마시도록 제지해야 했다. 하지만 그가 우리를 놓기가 무섭게 우리는 그대로 바로 물속에 머리를 처박고 만다.

물이다!

물이여, 너는 맛도, 색깔도, 향도 가지고 있지 않아 너를 정의할 수가 없다. 우리는 너에 대해 알지도 못한 채 너를 맛본다. 네게는 삶이 필요하지 않다. 네가 곧 삶이다. 너는 의미로써는 설명할 수 없는 기쁨으로 우리의 몸을 관통하는구나. 너와 더불어 우리에게로 우리가 단념했던 그 모든 힘이 되돌아오고 있다. 네 덕분에, 우리 가슴속에 말라붙었던 모든 샘이 다시 솟는다.

너는 세상에서 가장 위대한 재산이며, 가장 오묘한 존재이
다. 땅이라는 뱃속에서, 너는 너무도 순수하구나. 사람이란 마
그네슘이 함유된 물을 먹고 죽을 수도 있지. 염분이 있는 호숫
가 두 발치에서 죽을 수도 있고, 약간의 소금기가 있는 이슬을
2리터만 먹어도 죽을 수 있는 존재야. 너는 이렇게 뒤섞이는
것을 거부하며, 변질되는 것은 참지 못하는 녀석이야. 너는 까
다로울 만큼 신성한 존재야…….

하지만 우리에게 너는 무한히 단순한 행복감을 퍼뜨리는
구나.

• • •

우리를 구해준 리비아의 베두인 사람이여, 자네의 존재는
내 기억 속에서 영원히 잊히고 말 것이네. 자네 얼굴도 기억에
서 영영 지워져 버릴 것이지만, 그대는 인간이며, 동시에 모든
인간의 얼굴로서 내게 보일 것이네. 자네는 결코 우리를 눈여
겨 바라본 적도 없으면서 이미 우리를 알아보았지. 자네는 사
랑하는 내 형제이네. 그리고 이번에는 내가 모든 사람들 속에

서 자네를 알아보겠지.

　내게 보인 자네의 모습은 지엄함과 자비심으로 둘러싸인 귀인과도 같았네. 우리에게 마실 물을 줄 힘이 있는 귀인의 모습이었지. 내 모든 친구들, 자네에게는 모두 적이 될 내 모든 친구들이 내게로 걸어왔고, 나는 더 이상 한 사람의 적도 가지지 않게 되었네.

8. 인간

1

나는 내가 이해하지 못했던 진리에 근접한 적이 또 한 번 있다. 나는 길을 잃고 헤매고 있다고 생각했고, 좌절의 밑바닥을 만져보았다고 믿었다. 그리고 일단 포기하기로 마음 먹고 나서 평화를 맛보았다. 그런 때가 아마도 사람들이 스스로를 발견하고 그 자신의 친구가 되는 때가 아닌가 한다. 우리가 모르고 있던 그 어떤 부족함이 채워져서인지는 모르겠지만, 그 어떤 것도 자기 스스로에게 만족하는 충만함의 감정에 대적할 수 없다. 바람을 가르며 달리느라 힘을 다 소진하였던 보나푸가 이 평정심을 맛보았고, 기요메 역시 눈 속에서 이를 겪었으리라 생각된다. 목까지 모래에 파묻힌 상태에서 갈증으로 서서히 숨통이 조여 옴을 느끼며 그 별들의 외투 아래서 그토록 가슴 뜨거웠던 기억을 어찌 잊을 수 있겠는가?

이러한 종류의 해방감을 어떻게 하면 보다 쉽게 느낄 수 있을 것인가? 인간에게서는 모든 것이 역설적이고, 우리도 이를 잘 알고 있다. 창조적인 행위를 할 수 있도록 배를 채워주면 인간은 잠을 잔다. 정복하려는 자는 승리를 거머쥐면 한결 누그러진 모습을 보이며, 관대하던 이도 부를 축적하고 난 뒤에는 인색해지기 마련이다.

우리가 만일 정치학이 어떤 형태의 인간을 꽃피우게 해주는 것인지 모른다면, 인간을 꽃피우게 한다는 그 잘난 정치학설이 우리에게 뭐가 그리 중요하겠는가. 어떤 사람이 태어날 것인지 우리는 모른다. 인간은 비료를 먹여 키우는 농장의 가축이 아니다. 가난한 파스칼의 등장은 부유한 익명의 다수가 태어나는 것보다 더 큰 영향력을 가진다.

중요한 것이 무엇인지 우리는 이를 예측할 수 없다. 우리들 각각은 아무것도 보장되지 않은 상태에서 가장 뜨거운 기쁨을 맛본다. 만약 가난이 우리에게 기쁨을 선사해주었다면, 우리는 향수가 되어버린 가난까지도 그리워하게 될 것이다. 동료들의 품으로 돌아가면서, 우리는 쓰라린 추억에서 맛보는 기쁨이란 것이 무엇인지 알게 되었다.

그게 우리를 더욱 풍요롭게 해주는 미지의 조건이라는 것 이외에 우리가 알고 있는 것은 무엇인가? 인간의 진리가 머물고 있는 곳은 어디란 말인가?

진리란, 스스로 모습을 드러내지 않는다. 만약 이 땅속에서, 다른 곳이 아닌 바로 이 땅속에서, 오렌지나무가 굳건한 뿌리를 키워간다면, 그리고 열매를 주렁주렁 매단다면, 그 땅은 오렌지나무의 진리이다. 만약 이 종교가, 만약 이 문화가, 만약 이 가치체계가, 만약 이 형태의 활동이, 다른 것도 아닌 만약 이러한 것들이 인간에게서 보다 쉽게 충만함을 만들어내고 무지했던 귀족을 해방시켜 준다면, 이는 이 가치체계와, 이 문화와, 이 형태의 활동이 인간의 진리이기 때문이다. 논리? 논리란 삶을 깨닫기 위한 장치이다.

• • •

이 책 전반에 걸쳐 나는 다른 이들이 수도원을 선택하듯, 사막과 정기선 비행이라는 길을 선택했으며 지고지순한 자신의 소명에 복종했던, 혹은 그래 보였던 이들 가운데 몇 사람의 이

야기를 적었다. 하지만 만약 내가 독자들에게 먼저 인간들에게 찬사를 보낼 것을 권유하는 사람으로 보였다면, 나는 나의 목표를 저버린 것이 된다. 무엇보다도 우선적으로 찬사를 보내야 할 것은 인간을 만든 대지이다.

물론 적성이라는 것도 일정 부분의 역할을 한다. 어떤 사람들은 자신의 일에 순응하며 그 속에 그저 갇혀 지내는가 하면, 또 어떤 사람들은 집요하게 자신의 길을 만들어간다. 어린 시절의 일들을 살펴보면 그 사람의 운명을 설명해주는 태초의 싹이 움트고 있었음을 알게 된다. 하지만 역사라는 것은 한번 읽히고 나면 환상을 만들어내기 마련이다. 이러한 싹은 거의 모든 사람에게서 찾아볼 수 있다.

우리는 평소에는 자신의 삶에 갇혀 있다가도, 조난이나 화재를 당한 밤이면 그 자신이 가진 역량보다도 더 많은 것을 해내는 장사치들을 알고 있다. 이들은 무엇이 자기네들의 삶을 충만하게 해주는지 잘못 알고 있지 않았다. 그날의 밤은 이들의 삶이 생동하던 순간의 밤으로 영원히 남을 것이다. 하지만 또다시 그럴 만한 기회가 주어지지 않아서, 호의적인 환경이 주어지지 않아서, 많은 것을 요하는 종교가 없어서, 이들은 그 자신의 크기도 가늠하지 못한 채 다시 잠들어버리고 만다. 물론 적성이란 것은 인간이 스스로를 해방시키는 데에 도움을 주는 것이 사실이다. 그러나 적성을 끌어낼 필요성 또한 마찬가지로 존재한다.

비행이 있는 밤, 사막의 밤, 이러한 것들은 모든 사람들에게 제공되지는 않는, 흔치 않은 기회이다. 하지만 상황이 인간을 끌어줄 때, 인간이란 모두 동일한 필요성을 보이게 마련이다. 내게 많은 교훈을 주었던 스페인에서의 하룻밤에 대해 이야기를 하더라도 이 주제에서 벗어나지는 않을 것이다. 몇몇 사람의 이야기에 너무 치중한 경향이 있는데, 가급적이면 모든 사람들에 대해 두루두루 이야기할 수 있었으면 좋겠다.

때는 내가 특파원으로 갔던 마드리드 전선에서였다. 그날 저녁, 나는 지하 방공호 깊은 곳, 한 젊은 대위의 식탁에서 저녁을 먹었다.

2

우리가 잡담하고 있을 때, 전화벨이 울렸다. 꽤 길게

269

이야기를 나누었는데, 사령부에서 하달한 명령으로, 노동자들이 기거하던 외곽지역에서 시멘트 요새로 둔갑한 집 몇 채를 제거해야 한다는 황당하고도 절망적인 공격에 관한 내용이었다. 대위는 어깨를 으쓱해 보이며 우리 쪽으로 다가와 말한다.

"우리 가운데 먼저 실력발휘를 하게 될 사람들은⋯⋯."

그리고 나서 대위는 그 자리에 있던 중사에게, 그리고 이어 내게 코냑 두 잔을 내민다.

"중사, 자네는 나와 함께 먼저 나간다. 마시고 가서 자게나."

중사는 잠을 자러 갔다. 테이블 주위에서 불침번을 서야 할 사람의 수는 열 명이다. 외부의 빛줄기 하나 새어들지 않을 만큼 빈틈없이 꽉꽉 메워진 이 방 안에서, 불빛이 너무도 강렬하여 나는 두 눈을 깜빡거린다. 5분 전, 총안(銃眼)을 통해 슬쩍 밖을 보았다. 입구를 가리고 있던 천 쪼가리를 들추어보니, 폐허가 된 집들 사이로 달빛이 환하게 비추고 있었다. 천 쪼가리를 다시 제자리에 돌려놓았을 때, 기름띠가 흘러간 것 같은 달빛을 닦아내는 느낌이었다. 그리고 이제 내 눈은 음산하기 짝이 없는 요새의 모습에 고정된다.

이 병사들은 필경 돌아오지 못할 테지만, 좀처럼 말이 없다.

습격은 질서정연하게 이루어진다. 곡식창고에서 낟알들을 퍼 올리듯 예비군 가운데에서 사람들을 차출한다. 그리고 파종을 위해 낟알 한 줌을 던지는 것이다.

우리는 코냑을 마신다. 오른쪽에서는 장기를 두고 있고, 왼쪽에서는 농담을 한다. 내가 있을 곳은 어디인가? 반쯤 취한 한 남자가 들어온다. 덥수룩한 수염을 쓰다듬고 부드러운 눈빛으로 우리 쪽을 쳐다본다. 그의 시선은 코냑을 향했다가, 다른 곳을 향했다가, 다시 코냑으로 돌아와서 애원하는 듯 대위를 겨냥한다. 대위는 낮은 웃음소리를 낸다. 희망의 빛을 본 남자도 같이 웃는다. 가벼운 웃음이 좌중을 뒤덮는다. 대위가 부드럽게 병을 뒤로 빼자, 남자의 시선에는 실망의 빛이 묻어나오고, 이렇게 유치한 장난이, 무언의 발레가 시작되고, 꽉 찬 담배연기와 밤을 새하얗게 지새운 데서 오는 피로감, 임박한 공격에 대한 이미지로 연결되면서 마치 꿈속의 한 장면처럼 다가온다.

우리는 배 선창 안에 틀어박혀 따뜻한 온기 속에서 놀고 있는 반면, 밖에서는 성난 파도가 몰아치는 듯한 폭발음이 가중되고 있다.

271

잠시 후면 이 사람들은 땀과 술, 기다림에서 오는 무기력 등
을 전시 전야의 왕수(王水) 속에서 말끔하게 씻어낼 것이다. 나
는 이들이 정화될 시간이 임박했음을 느낀다. 그러나 술에 취
해 술병과 함께 비틀거릴 수 있는 한 이들은 여전히 춤을 추
고, 체스 역시, 가능한 한 마지막 한 수까지 계속 두고 있다.
이들은 할 수 있는 한 자신들의 삶을 지속시켜 나가고 싶은 것
이다. 그러나 이들은 선반 위에 딱 버티고 있는 자명종을 맞추
어 놓았다. 그러니까, 자명종 소리가 결국에는 울려 퍼지게 되
어 있는 것이다. 그리되면 이 사람들은 자리에서 일어나 기지
개를 켜고 요대 버클을 채울 것이다. 대위는 권총을 집어들 것

이고, 술 취한 사람들은 술에서 깨어날 것이다. 그러고는 서두름 없이, 푸른 달빛 네모진 곳까지 완만하게 경사진 이 회랑을 모두가 걸어나갈 것이다.

이들은 아마도 '성스러운 공격'이니, '날이 춥다'느니 하는 등의 간단한 말 몇 마디를 주고받을 것이다. 그러고는 물에 잠기겠지.

시간이 되었다. 나는 중사가 일어나는 모습을 지켜보고 있었다. 중사는 한 지하 동굴의 잔해 속에서 철제 침대 위에 몸을 눕히고 잠을 자고 있었다. 나는 그가 자는 모습을 바라보았다. 불안하지 않은, 너무도 행복한 단잠의 맛을 아는 듯싶었다. 그 모습을 보니, 프레보와 내가 마실 물도 없이 좌초되어 고생했던 리비아 사막에서의 표류 첫째 날이 떠올랐다. 그날, 극심한 갈증을 겪기 전, 우리는 딱 한 번 두 시간 동안 단잠을 잔 적이 있었다. 잠이 들면서 나는 내가 굉장한 힘을 휘두르고 있음을 깨달았다. 즉, 현재의 내 상황을 '감히' 거부하는 것이다. 아직은 나를 평화롭게 내버려두는 이 내 몸의 주인으로서, 한번 두 팔에 얼굴을 묻고 나면 나의 밤은 행복한 밤과 구별할 아무것도 없게 된다.

273

중사는 그렇게 사람의 형상이 아닌 공의 모습으로 둥글게 몸을 말아 휴식을 취하고 있었고, 그를 깨우러 온 사람들이 촛불을 밝히고 병 주둥이에 초를 고정시켰을 때, 나는 두루뭉술한 더미에서 군화 말고는 아무것도 알아볼 수 없었다. 징을 박고 꽉 조인 군화, 일용직 노동자 또는 하역인부의 군화가 어마어마하게 많았다.

중사는 온갖 장비를 갖추고 있었고, 몸에 걸치고 있는 것은 모두 탄약통, 권총, 가죽 멜빵, 요대 등 일에 필요한 도구들이었다. 안장, 고삐 등 경작용 말에 필요한 모든 마구도 지니고 있었다. 모로코 동굴 깊숙한 곳에서, 우리는 눈먼 말이 끌어올리는 연자매를 보고 있는 것이었다. 이곳, 촛불의 불그스레한 불빛이 파리하니 떨리는 가운데, 연자매를 끌게 하려고 눈먼 말 한 마리를 깨우고 있었다.

"이봐, 중사!"

중사는 아직 잠이 덜 깬 얼굴로 알아듣기 어려운 말을 내뱉으며 서서히 몸을 움직였다. 그러나 잠이 깨기 싫었던 듯, 벽쪽으로 다가와 엄마 뱃속의 평온함과 같은 깊은 잠에 허우적대며 애꿎은 주먹을 쥐었다 폈다 하였다. 바다 아래에서 무엇

이라도 잡은 양 보이는 그 모습, 어떤 미역이라도 거머쥔 것인
지 나는 알 길이 없었다. 우리는 중사의 손을 펴야 했다. 우리
는 그의 침대 위에 걸터앉았고, 우리들 가운데 한 사람이 웃으
면서 팔로 부드럽게 그의 목을 받쳐서는 무거운 그의 머리를
들어 올렸다. 그 모습은 마치 따사로운 마구간에서 말들이 부
드럽게 서로의 목을 어루만지는 것과 흡사했다.

"이보게, 친구!"

나는 내 인생에서 이보다 더 다정한 모습은 본 일이 없었다.
중사는 다이너마이트와 피곤한 일상, 얼어붙은 밤의 이 세계
를 거부하고 달콤한 꿈의 세계로 들어가려는 마지막 몸부림
을 쳤다. 하지만 너무 늦었다. 무언가 외부로부터 불가항력적
인 힘이 전해져오고 있었다.

일요일, 학교 종은 그렇게 벌 받는 아이의 단잠을 천천히 깨
운다. 아이는 책상도, 칠판도, 그리고 숙제도 잊고 있었다. 아
이는 전원에서의 놀이를 꿈꾸었다. 하지만 소용없는 짓이었
다. 종은 언제나 어김없이 울리고, 냉혹하게도 아이를 인간들
의 부당한 세계로 데려간다.

아이와 비슷하게, 중사는 조금씩, 피로에 지친 육신에 대한

책임을 의식하고 있었다. 그가 원한 것은 아니었는데, 그의 육신은 조금 전, 자명종의 냉혹함 속에서, 마디마디에서 시린 통증을 느꼈고, 이어 몸에 실은 마구의 무게와 힘겨운 일정의 무게를 느꼈다. 그리고 죽음의 무게를, 몸을 일으켜 세우느라 피가 끈끈하게 달라붙고, 숨이 가빠오고, 자신을 둘러싼 빙판 위에서 싸늘하게 몸이 식어가는 그런 죽음은 아닌, 죽음 자체보다 오히려 죽어갈 때의 그 불편함을 맛보게 될 육체의, 죽음의 무게를 느꼈다. 그를 보면서 나는 계속 나 자신에 대한 각성을, 갈증과 태양, 모래에 다시 휘말려야 하는 안타까움을, 삶에 대해 책임져야 하는 이 상황을, 우리가 선택하지 않은 이 꿈을 생각하였다.

하지만 그는 일어서서 우리를 똑바로 바라보며 말한다.

"시간이 됐습니까?"

• • •

중사는 미소를 지었다. 인간이 그 모습을 드러내는 지점도, 논리적 예측에서 벗어나는 지점도 바로 여기다. 이 미소는 대

체 무엇이란 말인가? 나는 누구의 생일이었는지는 모르겠지
만 파리에서 나와 메르모즈가 몇몇 친구들과 함께 했던 파티
에 대한 기억이 떠오른다. 새벽에 우리는 바 입구에서 토할 것
같이 말도 많이 했고, 토할 것같이 술도 많이 마셨으며, 필요
이상으로 해이해진 모습이었다. 하늘이 이미 푸르스름한 빛을
띠게 되자, 메르모즈는 갑자기 팔로 나를 안았다. 너무도 세게
안는 바람에 나는 그의 손톱 움직임까지도 느낄 수 있었다.

"다카르로 떠날 시간이 왔어……."

정비사들이 두 눈을 비빌 때가 온 것이며, 프로펠러 덮개가
걷힐 때이자, 조종사가 일기예보를 점검하고 지상에는 동료
들밖에 있지 않을 때가 온 것이다. 이미 하늘은 물들어 있었으
며, 이미 우리는 우리가 초대 손님은 아닐 연회의 상보를 잡아
당겼다. 다른 이들은 자신들의 위험을 감수하고 있었다. 끝으
로 메르모즈가 말하였다.

"여긴 뭐가 이렇게 더러워……."

중사여, 그대는 어떤 연회에 초대되었기에, 그대의 목숨을
감히 내어놓는 것인가?

277

・ ・ ・

　나는 이미 그대의 속사정을 알고 있네. 자네는 내게 자기 얘기를 해주었더랬지. 바르셀로나 어딘가에서 나이 어린 회계원으로 있던 자네는 그때만 해도 나라의 분열 따위에는 별 관심 없이 그저 숫자만을 나열하였다고 했어. 하지만 동료 하나가 참전하고, 이어 또 다른 동료가 하나 둘 참전하자, 자네는 놀라움과 더불어 묘한 변화를 겪게 되었지. 그대가 하는 걱정들이란 조금씩 하찮은 것들로 여겨졌어. 그대가 누리는 기쁨, 그대의 걱정, 화려하진 않지만 나름대로 편안한 그대의 소소한 일상, 그 모든 것이 그대의 나이에 어울리지 않는 것처럼 느껴진 것이네. 거기에는 중요한 것이 없었어. 그리고 말라가 쪽에서 목숨을 잃은 한 동료의 사망소식이 전해져왔지. 자네는 그저 친구 하나의 복수를 하려는 것이 아니었네. 자네는 정치 따위에는 관심 없었지. 하지만 이 소식은 자네들에게, 좁디좁은 자네들의 운명에 전해져왔네. 마치 바다에서 풍랑이 몰아치듯 그렇게 말일세. 그날 아침, 동료 하나가 자네를 쳐다보며 말했지.

"갈까?"

"가세나."

그리고 자네들은 "가" 버렸네.

뭐라 말로 설명할 수는 없어도, 사실임이 분명한 이러한 진리를 설명해주는 이미지가 몇 개 떠오른다.

야생 오리가 철새 이주기에 지나갈 때면, 이들은 지나가는 곳 지상 위에 묘한 분위기를 유발한다. 삼각형으로 거대하게 무리를 지어 날아가는 이들의 모습에 홀린 집오리들은 익숙하지 않은 날갯짓을 시도한다. 야생의 부름이 이들에게 무언가 야생의 추억을 되살린 것이다. 그리고 농장의 오리들은 잠시 철새로 둔갑한다. 그전까지는 늪이며, 지렁이며, 축사 같은 이미지들로만 가득 찼던 이 작고 단단한 머릿속에서, 드넓은 대륙의 모습과 폭넓은 바람의 냄새, 바다의 지형이 전개되는 것이다. 동물이란 그렇게 환상적인 모습을 담을 만큼 자신들의 뇌가 그토록 커다란 것이었는지 예전에는 미처 몰랐을 것이다. 하지만 날갯짓을 하는 이 집오리는 곡식을 멀리 하고 지렁이를 외면하며 야생의 오리가 되고 싶어 한다.

전에 내가 키웠던 영양들도 떠오른다. 그곳에서 우리는 모두 영양을 사육했다. 철망을 친 집 야외에 영양을 가두었는데, 영양에게는 유동하는 공기가 필요하기 때문이다. 그리고 이들만큼 연약한 것은 없다. 그렇기는 해도 어린 나이에 갇히게 된 영양은 그런대로 생명을 부지하며 주는 먹이를 잘 받아먹는다.

쓰다듬으면 쓰다듬어주는 대로 가만히 있고, 손바닥에 자신들의 축축한 주둥이를 파묻는다. 그런 모습을 보면 사람들은 이 영양들이 길들여진 것이라고 믿는다. 사람들은 소리 없이 이들의 삶의 불빛을 꺼트릴 미지의 고난으로부터 이들을 구해낸 것이라고 생각하며, 가장 달콤한 죽음을 이들에게 선사하게 된 것이라고 믿어버린다. 하지만 언젠가 자신들의 뿔로 사막 쪽을 향해 우리를 밀어대는 모습을 발견하는 때가 온다. 마치 자석처럼 그쪽으로 몸이 끌리는 것이다. 영양들은 도망칠 줄을 모른다. 이들에게 우유를 가져다주면, 영양들은 그걸 마시러 온다. 쓰다듬어주면 그대로 가만히 있고, 더욱 다정하게 주둥이를 손바닥에 파묻는다. 하지만 사람이 이들의 곁을 떠나자마자 이들은 행복해 보이는 질주를 하며 철망 쪽으로 달려간다. 사람의 개입이 없더라도 영양들은 그곳에 남아 있지만, 철조망을 뛰어넘어 보려는 노력은 하지 않은 채, 그저 고개를 축 늘어뜨리고는 연약한 자신들의 뿔로 이를 밀어볼 뿐이다. 죽을 때까지 말이다. 짝짓기를 할 때가 되었을 때, 혹은 숨이 차도록 대 질주를 할 필요가 있을 때에는 어떻게 하는가? 그게 무엇인지 이 영양들은 알지 못한다. 사람에게 잡혀 사육을 당하는 이들에게 있어 야생의 눈은 아직 떠지지 않은 상태다. 이들은 수컷의 냄새도, 사막의 자유도 모른다. 사람은 영양보다 똑똑하다. 이 영양들이 대체 무엇을 그리 갈구하는 것인지 사람은 모르지 않는다. 이들은 그저 영양이 되고 싶은 것이며, 자신들의 춤을 추고 싶어 하는 것이다. 시속 130km로 달리며 이들은 앞으로 쭉 뻗어나가고 싶은 것이며, 사막 여기저기서 불꽃이 분출되듯 갑작스레 용솟음치는 맛을 알고 싶은 것이다. 영양에게 있어 가장 목숨을 위협하는 존재이자, 유일하게 영양의 속도를 뛰어넘는 동물인 자칼의 위협도 그리 중요하지 않다. 두려움을 맛보는 것이 영양에게 있어 하나의 진리라면 말이다. 태양이 내리쬐는 한가운데에, 사자의 발톱 공격 한 번에 그대로 노출되는 것이 영양에게 있어 하나의 진리라면, 사자가 무에 그리 대수이겠는가. 이들을 보고 있노라면 '이들이 지금 향수에 젖어 있는 것이로구나.' 라는 생각을 절로 하게 된다. 뭔지 모를 그 무엇을 바라는 마음, 그게 바로 향수다. 향수의 대상은 있지만, 그것을 표현할 말은 없다.

과연 우리는 무엇을 그리워하며 살아가고 있는가?

• • •

중사여, 무엇이 그대에게 자신의 운명을 배신해서는 안 된다는 생각을 갖게 해주었는가? 잠든 그대의 고개를 들어 올려주는 이 형제와도 같은 따뜻한 팔일 수도, 동정이 아닌 동감으로 그대에게 보내는 이 부드러운 미소일 수도 있을 테지.

"이보게, 친구……."

동정은 아직 둘로 나뉜 상태에 속하는 것이다. 둘이기에 나누어질 수 있는 것이다. 하지만 관계에도 격이 있다. 동정 같은 감정이 설 자리를 잃어버리는 그런 관계가 있는 것이다. 그곳에서 우리는 풀려난 죄수와 같은 해방감을 맛보게 된다.

2기(機) 1조로 팀을 이루어 아직 귀순하지 않은 지역인 '리오 드 오로'를 넘어갈 때, 우리는 이 같은 관계를 맛볼 수 있었다. 나는 조난당한 자가 구조해준 이에게 고맙다고 말하는 것을 한 번도 들어본 적이 없다. 대개는 이 비행기에서 저 비행기로 우편 행낭을 옮겨 실으며 기운이 죄다 빠져 욕설을 지껄이기 일쑤다.

"빌어먹을, 고장이 난 것은 자네 탓이야. 역풍이 한껏 몰아

치는데도 2,000m를 고집하고 날며 미친 짓을 한 자네 탓이라고! 만약 자네가 좀 더 낮게 나를 따라왔더라면, 우리는 벌써 포르에티엔에 가 있었을 거라고!"

그러면 목숨을 걸고 그를 구해준 친구는 미친놈 취급을 받는 것이 부끄러워진다. 대체 뭐가 고맙단 말인가? 그 역시 살아갈 권리가 있는 사람이었다. 우리는 모두 한 나무에 달린 가지들에 불과하다. 나는 나를 구해준 자네를 자랑스러워했던 것이다.

중사여, 자네가 죽을 채비를 해주었던 그가 왜 자네를 동정하겠는가? 서로 위험을 감수해야 하는 이 순간, 우리는 말이 필요 없는 일체감을 느낀다. 나는 자네의 출정을 이해한다. 만약 자네가 바르셀로나에서 가난하였다면, 일을 하고 돌아와도 아무도 없는 혼자였다면, 자네의 몸조차 피할 곳이 없었다면, 여기에서 그대는 성취감을 맛보았을 것이요, 세상과 만나게 되었을 것이다. 천민인 그대, 사랑으로 받아들여졌을 것이다.

필시 그대에게 깊이 뿌리내렸을 정치인들의 미사여구가 진실한 것이든 그렇지 않든, 논리적인 것이든 그렇지 않든, 이는 별로 중요치 않다. 이 미사여구들이 싹을 틔우는 씨앗처럼 그

대에게 내리꽂힌 것
이라면, 이는 이
말들이 그대의
필요에 부응하였
기 때문이리라.
판단은 오직 그대의
몫이다. 벼를 알아보는 것은 대지
가 아니겠는가.

3

우리의 형제와, 그리고 우리
이외의 그 누군가와 공동의 목적으
로 연결된 상태에서만 우리는 숨
을 쉰다. 그동안의 경험을 통해
우리는 사랑이란 서로 마주 보는 것
이 아니라 같은 방향을 보는 것임을
알게 되었다. 서로 재회하게 될 같은 정상을

향해 나아가며 같은 줄로 이어진 사람들만이 동료라는 이름으로 불릴 수 있다. 그게 아니라면 이 풍요로움의 시대에, 사막에서 마지막 남은 식량을 함께 공유함으로 인하여 그토록 벅찬 기쁨을 느꼈겠는가? 사회학자들의 그 어떤 주장이 이보다 가치 있을 수 있을 것인가? 우리들 중에 사하라 사막 한가운데에서 조난당한 동료들을 구할 때의 그 위대한 기쁨을 아는 모든 사람에게는 다른 모든 즐거움이 헛된 것으로 보였다.

오늘날의 세계가 우리들 주위에서 삐걱거리는 소리를 내기 시작한 것도 아마 이와 같은 이유에서일 것이다. 각기 자신에게 이 같은 벅찬 기쁨의 세계를 약속해주는 종교에 열광하고, 우리 모두는 상반되는 말을 통해 동일한 흥분을 표출한다. 각기 이성적 사유의 결실인 방법론에 대해서는 의견의 차이를 보이지만, 그 목적에 있어서는 모두 동일하다.

그러니, 놀랄 것도 없다. 자기 속에 잠들어 있는 미지(未知)의 것을 짐작조차 못 하고 있다가, 바르셀로나의 무정부주의자들의 지하 동굴 속에서 단 한 번이라도 그것이 깨어나는 것을 느낀 자는, 희생과 공조 때문에, 그리고 정의라는 굳건한 이미지 때문에 '무정부주의자'의 진리 이외에는 보지 못한다. 그리고 스페인의 수녀원에서 무릎 꿇어 앉아 있는 어린 수녀들을 보호하고자 한번 보초를 서본 사람은 기꺼이 교회를 위해 목숨을 바칠 것이다.

메르모즈가 안데스 산맥의 칠리 쪽 경사를 향해 비행기를 내리꽂으려 할 때, 그가 잘못 판단한 것이며, 필시 상인의 편지 한 장이 목숨과 바꿀 만큼 가치 있는 것은 아니라며 그를 반대하려 했었다면, 메르모즈는 아마 자신을 만류한 사람을 비웃었을 것이다. 그가 안데스 산맥을 넘을 때, 그에게 있어 진리는 자기 안에서 태어나는 인간이었기 때문이다.

만약 전쟁을 거부하지 않는 자에게 전쟁의 무서움을 설득시키려 한다면, 그를 미개인 취급하지 말고, 그를 판단하기 전에 이해시킬 방법을 강구하라.

• • •

모로코의 리프족과 스페인과의 전쟁 당시, 아직 귀순되지 않은 두 산 사이에 설치된 전초 진지를 지휘했던 한 남부의 장교를 보자. 이 장교는 어느 날 저녁, 서부 산맥에서 내려온 적

287

군 의원들을 대접하게 되었다. 사람들은 차를 마셨고, 그때, 예상했던 대로 총격전이 터졌다. 동부 산맥의 부족들이 초소를 공격한 것이다. 이에 대항하기 위해 의원들을 내보내려던 장교에게 적군의 의원들이 말하였다.

"오늘, 우리는 당신의 손님이오. 신은 우리가 당신을 포기하는 것을 허용치 않을 것이오."

의원들은 장교 측에 합세하여 초소를 구해냈고, 자신들의 독수리 둥지로 다시 올라갔다.

그런데 그 다음 날, 이들은 장교를 공격할 준비를 하고 그에게 사절단을 보낸다.

"그 전날, 우리는 당신을 도왔소."

"그랬지요……."

"당신을 위해 우리는 300개의 탄약을 태워버렸소."

"그랬지요."

"우리에게 그걸 돌려줘야 마땅하다고 보오."

그들의 호의 덕에 취하게 된 이점을 이용할 권한이 장교에게는 없었던 것이다. 그는 이들에게 내일은 자신을 향해 퍼붓게 될 그 탄약 300개를 돌려주었다.

인간에게 있어 진리란, 그 자신을 사람으로 만들어주는 것이다.

품위 있는 관계를 유지하고, 게임에 충실하며, 삶을 걸고 상호 존중하는 이 같은 진리는 어깨를 툭 치며 아랍인에게도 동족애를 표하고 이들에게 아첨하면서 동시에 이들을 모욕하는 인기 영합주의의 형편없는 친절함보다 훨씬 낫다. 따지고 보니, 결국 이런 행동은 다소 조롱 섞인 동정심에 지나지 않을 뿐이라고 결론을 내리는 이가 있다면, 옳게 내린 것이다.

또한 전쟁을 싫어하는 것으로 결론을 내리는 이가 있다면, 그것 또한 옳게 내린 것이다.

• • •

인간을 이해하고, 인간이 필요로 하는 것을 이해하고, 인간이 갖고 있는 본질 속에서 인간을 알기 위해서는 서로 명백한 진리를 외면하지 말아야 한다. 그렇다. 당신이 옳다. 당신이 모두 옳다. 논리가 모든 것을 보여준다. 세상의 불행을 꼽추들에게 전가하는 이들까지도 옳다. 만약 꼽추들에게 전쟁을 선

포한다면, 우리는 흥분하는 법을 금세 배울 것이다. 우리는 꼽추들의 범죄에 대해 복수를 할 것이고, 꼽추들도 물론 범죄를 저지른다.

이 같은 본질을 이끌어내고자 한다면, 일단 한번 받아들여지면 코란 전체를 굳건한 진리로 여겨버리는 구분의식과 거기에서 생겨난 맹신을 잠시 잊어버려야 한다. 사람은 우파와 좌파, 꼽추와 꼽추 아닌 사람들, 파시스트와 민주주의자로 나눌 수 있으며, 이러한 구분에 대해서는 재론의 여지가 별로 없다. 하지만 진리란, 독자들도 알다시피 세상을 단순하게 만드는 것이지, 카오스를 만드는 것이 아니다. 진리란 보편성을 끌어내는 언어이다. 뉴턴은 오랫동안 감춰져 있던 법칙을 수수께끼 풀어내듯 '발견'한 것이 아니다. 뉴턴은 창조적인 과정을 수행했고, 풀밭에 사과가 떨어지는 것, 또는 태양의 상승을 동시에 설명할 수 있는 인간의 언어를 창조해낸 것이다. 진리는 입증되는 것이 아니라 단순해지는 것이다.

이데올로기를 논해보았자 무슨 소용이 있는가? 그 이데올로기들이 모두 입증되거나 모두 위배된다면, 그리고 그러한 논의들이 인간의 안녕을 위협하는 것이라면 말이다. 반면 인간은 우리들 주위 곳곳에서, 같은 요구를 분출시키고 있다.

우리는 해방되기를 원한다. 곡괭이질을 하는 자는 자신이 하는 곡괭이질에서의 의미를 알고 싶어한다. 도형수가 하는 곡괭이질은 도형수를 겸허하게 만드는 것으로, 광맥을 탐사하기 위해 곡괭이질을 하는 자의 그것과 같은 성질의 것이 아니다. 광맥을 찾아 곡괭이질을 하는 자에게 있어 이 곡괭이질은 그를 더욱 성장시키기 때문이다. 도형장이란 도형수의 곡괭이질이 이뤄지는 곳이 아니라 무의미한 곡괭이질이 이뤄지는 곳이다. 문제는 물리적 고통에 있는 것이 아니다. 무의미한 곡괭이질은 그 행위를 하는 자를 인간들의 사회로 이어주지 않는다.

그리하여 우리는 도형장으로부터 도망치고 싶어 하는 것이다.

• • •

지금 유럽에는 세상에 태어나고 싶어했으나 의미 없이 살아가는 자의 수가 2억이다. 공업은 이들에게서 농민의 피가 흐

르는 언어를 송두리째 **빼**앗고, 이들을 거대한 격리구역에 가두었다. 시커먼 화물 차량으로 미어터지는 조차장(操車場)과 비슷한 그 '게토'에 말이다. 노동자들의 도시 깊숙한 곳에서, 이들은 깨어나기를 바라고 있다.

● ● ●

그 가운데에는 모든 직업의 굴레에 사로잡혀, 남이 가지 않은 길을 처음 가는 즐거움도 모르고, 종교적 즐거움이나 앎의 즐거움이 금지된 자들도 있다. 사람들은 이들을 키우기 위해서는 그저 먹여주고, 입혀주고, 필요로 하는 것만 갖다 주면 그만이라고 생각했다. 그리하여 차츰 쿠르틀린(Courteline)의 작품에 나오는 중산층과 마을의 정치가, 내면의 삶과 단절된 기술자의 기반을 닦았다. 하지만 비록 이들을 잘 교육시켰을 지라도, 더 이상 이들의 정신을 고양시키려고 하지는 않는다. 교양이라는 것이 그저 공식만 잘 암기하면 되는 것이라 생각하는 낭설이 생겨나는데, 수학 보충수업을 받는 열등생이 자연이나 순리에 대해서는 데카르트나 파스칼에 대한 지식보다

더 많이 알고 있는 법이다. 정신적 성장의 행보가 과연 같을
수 있겠는가?

• • •

다소 막연하긴 하지만, 모든 이는 삶에 대한 필요성을 느낀
다. 하지만 잘못된 해법들이 존재한다. 물론 제복을 입혀 사람
들을 움직일 수도 있다. 그러면 이들은 전쟁을 찬양하는 노래
를 부를 것이고, 동료들과 함께 빵을 나눠 먹을 것이다. 자신
들이 갈구하는 것, 즉 보편성의 맛을 찾은 것일지도 모른다.
그러나 이들에게 주어진 빵으로 말미암아 이들은 죽을지도
모른다.

나무로 된 우상을 만들어내어 좋든 싫든 확인된 옛 신화를
다시 끄집어낼 수도 있고, 범게르만주의나 로마제국의 광신
도들을 다시 부흥시킬 수도 있다. 독일인으로 태어난 것에 대
해, 베토벤과 같은 나라 사람인 것에 대해 독일인들을 도취시
킬 수도 있다. 배에서 석탄을 공급하는 선원에 이르기까지 독
일인 모두를 도취시킬 수도 있다. 물론 석탄 공급 선원에서 베

토벤 같은 인물을 만들어내는 것보다야 그편이 더욱 쉬울 것이다.

하지만 이 같은 우상은 육식적인 우상이다. 학문적 진보나 불치병 치료를 위해 죽는 이는 죽음과 동시에 삶을 선사한다. 영토의 확장을 위해 죽는 것도 아름다워 보일 수는 있으나, 오늘날의 전쟁은 전쟁이 소위 '진보시켜주는 것들' 또한 파괴해 버린다. 이제는 모든 종족을 살리기 위해 약간의 피만을 희생하는 차원의 문제가 아니다. 항공기와 독가스로 전쟁을 치르게 된 이후, 전쟁이란 유혈이 낭자한 외과수술에 지나지 않았다. 각자 시멘트벽을 피신처로 몸을 숨기고, 밤이면 밤마다 전투 비행중대를 출격시켜 상대 군을 격침시키며, 생존에 치명적인 시설들을 폭파시켜 그 생산 및 교역활동을 마비시킨다. 승리는 최후에 살아남는 자에게 돌아간다. 두 적은 함께 썩어 문드러져간다.

• • •

삭막해진 세상 속에서, 우리는 동료애를 갈구한다. 동료들간에 나눠 먹은 빵의 맛은 우리에게 전쟁의 가치를 받아들이게 하였다. 하지만 같은 목표를 향해 경주를 함에 있어, 옆 사람의 어깨에서 뿜어져 나오는 온기를 찾기 위해서는 전쟁이 필요하지 않다. 증오는 경주를 더욱 고무시키는 데에 아무런 역할을 하지 못한다.

우리는 왜 증오하는가? 우리는 모두 하나로 이어  져 있다. 지구라는 같은 별에 살고 있으며, 모두 한 배를 탄 선원들이다. 하나의 새로운 문명을 만들어내기 위해 문명과 문명이 서로 대립하는 것이 좋다 할지라도, 문명과 문명이 서로를 헐뜯는 것은 그야말로 끔찍한 일이다.

찾으려 노력하는 만큼 우리는 하나가 되기 때문에, 우리가 자유로워지기 위해서는 우리들 서로를 이어주는 목표를 인식하도록 돕는 것만으로 충분하니 말이다. 왕진을 할 때, 의사는 자신이 진찰하는 환자들의 신음소리에 귀를 기울이지 않는다. 그에게 있어서 유일한 관심이란 오직 이 사람을 치료하는 것뿐이다. 의사는 보편의 언어로 말을 한다. 원자와 성운의 문제를 동시에 해결해주는, 거의 신비에 가까운 방정식에 대해 고찰할 때의 물리학자도, 그저 단순한 목동에 지나지 않는 사람의 경우도 마찬가지이다. 별빛 아래 몇 마리 양들을 살피는 이 검소한 목동도 자신의 역할을 인식한다면, 단순히 명령에 복종하는 하인 이상의 스스로를 발견하게 되기 때문이다. 그는 양들의 보초가 되는 것이다. 각 보초 하나하나는 제국 전체에 대한 책임자이다.

• • •

목동이 자신의 역할을 인식하고 싶어하지 않는다고 생각하는가? 마드리드 전선에서 나는 참호로부터 500m 떨어진 곳에 자리 잡고 있는 학교를 가본 일이 있다. 작은 돌담 너머로 언덕 위에 있는 학교였다. 하사 한 명이 그곳에서 식물학을 가르쳤는데, 그는 손으로 개양귀비의 연약한 기관을 해부하며 주변의 장정들을 끌어 모았다. 모두들 둘러싸고 있는 흙먼지를 털어내면서 포탄 소리에도 불구, 그의 주변으로 순례자처럼 모여들었다. 한번 하사 곁으로 모여든 사람들은 책상다리로 앉아 턱을 괴고 그의 말을 경청하였다. 눈살을 찌푸리며 이를 악물기도 했고, 강의 내용에 대하여 그리 폭넓은 지식을 습득하지는 못하였지만, 사람들은 이들에게 이렇게 말하였다.

"그대들은 굴에서 이제 갓 나온 사람들로서, 원시 그대로의 모습을 하고 있다. 인류를 따라잡아야 한다!"

그리고 이들은 인류와 어울리려 무거운 발걸음을 재촉했다.

• • •

우리가 우리 자신의 역할을 인식하게 될 때, 우리는 그 역할이 아주 하찮은 것이라 할지라도 행복을 느낄 수 있을 것이다. 따라서 그러한 때만이 우리는 평화롭게 살아가고 평화롭게 죽음을 맞이할 수 있다. 삶에 의미를 주는 것은 죽음에도 의미를 부여해주기 때문이다.

• • •

죽음이 당연한 것으로 다가올 때, 프로방스의 나이 많은 농부가 생을 마감함에 이르러 자식들에게 염소와 올리브나무를

297

맡길 때, 그리하여 대대손손 이를 물려주도록 할 때, 죽음은 너무도 달콤하다. 농촌의 삶에 있어 죽음이란 절반의 가치밖에 갖지 않는다. 각기 콩깍지처럼 부서져서 그 씨앗들을 내보내는 것이다.

한번은 세 사람의 농부들과 만나게 된 적이 있었다. 이들의 어머니가 돌아가진 침상의 머리맡에서였다. 물론 고통스러운 순간이었다. 두 번째로, 탯줄이 끊어진 순간이었다. 그리고 두 번째로 매듭이, 한 세대를 다른 세대로 잇는 매듭이 풀어진 순간이었다. 세 아들은 세상에 자신들만 홀로 남은 것처럼 느끼게 되었으며, 모든 것을 다 배워야 하고, 잔치 때가 되면 온 가족이 모두 함께 식탁에 둘러앉던 기억을 빼앗긴 기분이며, 가족을 지탱하던 주춧돌을 잃어버린 느낌이었다. 하지만 이 모친과의 이별의 순간, 나는 제2의 삶이 주어진 것을 깨달았다. 아들들 역시 장차 한 집안의 가장이 되어 모임의 중심점을 이루면서, 정원을 뛰어오는 손자들에게 잔소리를 하게 될 때까지 아버지로서의 삶을 살아가게 될 것이었다.

나는 사망한 이들의 모친을 바라보았다. 꼬장꼬장해 보이는 시골 아주머니의 얼굴에는 평온이 깃들어 있었고, 두 입은 꼭

다문 채, 돌로 만든 가면처럼 변화가 없었다. 나는 어머니의 얼굴에서 세 아들의 얼굴을 알아보았다. 어머니의 얼굴이 세 아들의 얼굴을 만들었고, 어머니의 몸이 세 아들의 몸을 만들었다. 아름답기만 한 인간의 복사본이었다. 어머니는 이제 산산이 부서진 채 세상을 떠나지만, 과육을 빼고 난 후의 과일껍질 같은 모습이었다. 그리고 그 뒤를 이어 아들과 딸들이 자신들의 모습을 닮은 자식들을 찍어낼 것이다. 농가에서 인간은 죽지 않는다. 어머니가 돌아가셨다. 훌륭한 어머니셨다.

그가 가는 길에, 백발의 아름다운 유물 하나하나를 버려가며 가는 그 혈통의 상징은 비통하기는 해도 몹시도 소박했다. 그와 같은 변신을 통하여 어느 진리를 향해 나아가는 것인지는 모르겠지만 말이다.

이와 같은 이유로, 그날 저녁 시골 작은 마을에서 들리는 고인을 위한 추모의 종소리는 내게 묵직하게 느껴졌다. 그건 절망의 소리가 아닌, 조심스럽고도 부드러운 환희의 소리였다. 같은 소리로 장례식과 세례식을 축복하던 종소리는 한 세대에서 다른 세대로의 이행을 재차 알렸다. 그리고 평화롭게 이 가련한 노파와 대지의 결합을 축복하는 노랫소리가 들려왔다.

299

삶은 이렇듯 조금씩 서서히 자라나는 나무와 더불어 세대에서 세대로 이어지지만, 의식 또한 그렇게 세대 간의 이행이 이루어진다. 이 얼마나 신비로운 진보의 과정이란 말인가. 용암이 용해되어, 별이 한 덩이가 되어, 살아 있는 세포가 기적으로 싹을 틔워 우리가 태어났으며, 칸타타를 쓰고 은하수를 가늠하게 될 때까지 조금씩 자라났다.

어머니가 전해준 것은 비단 삶뿐만이 아니다. 어머니는 그 자식들에게 말도 가르쳤으며, 수 세기에 걸쳐 무척이나 서서히 축적해둔 짐과 그녀 자신도 물려받았던 정신적 재산, 동굴의 원시인으로부터 뉴턴과 셰익스피어를 구분하여 주는 모든 차이점을 이루는 신화와 개념, 전통이라는 유산을 자식들에게 물려주었다.

총알이 쏟아지는 가운데 스페인 군인들을 식물학 강의로 몰아갔던 배고픔, 메르모즈를 남대서양으로 몰고 갔던 굶주림, 어떤 사람에게는 시를 만들어내기도 하는 배고픔, 우리가 그러한 배고픔과 굶주림을 느끼는 이유는 천지창조의 과정이 아직 끝나지 않았고, 우리가 우리 스스로를, 그리고 우주를 인식할 필요가 있기 때문이다. 밤이 되면 우리는 어디론가 연락

을 하고 싶어진다. 이를 모르는 것은 오직 이기적인 것이라 믿
는 무관심의 현명함을 가진 자들뿐이다. 하지만 모두가 이 같
은 현명함을 부인하지 않던가. 친구들이여, 나의 동료들이며
그대들에게 증언을 구해본다. 우리가 행복감을 느낀 것은 정
녕 어느 순간이었는가?

4

이 책의 마지막 페이지에 이르니, 새벽녘 첫 우편기
가 뜰 무렵, 우리가 운 좋게 파일럿으로 지명되어 준비하고 있
었을 때, 우리를 배웅해주던 나이 든 사무실 직원들이 떠오른
다. 이들은 우리와 비슷했지만, 그들이 굶주려 있다는 사실은
알지 못했다.

시장기를 깨우치지 못한 사람들이 너무 많다.

몇 년 전, 기차로 오랜 여행을 하는 도중에, 나는 내가 사흘
간 파도에 돌 부딪치는 소릴 들으며 죄수처럼 꼼짝없이 갇혀
있던 이 기차 안을 두 발로 직접 다 훑어보고 싶은 생각이 들
었다. 나는 자리에서 일어섰다. 아침 8시경, 나는 긴긴 기차

안을 모두 둘러보았다. 침대칸은 비어 있었다. 첫 번째 칸도
비어 있었다.

하지만 세 번째 칸에는 수백 명의 폴란드 노동자들이 있었
는데, 이들은 프랑스에서 해고되어 다시 조국인 폴란드 땅으
로 돌아가는 길이었다. 사람들 사이사이를 성큼성큼 뛰어넘
으며 통로를 지나갔다. 나는 잠시 멈추어 이들을 가만히 바라
보았다. 등불 아래에 서서 보니, 이 기차간은 군대나 경찰서의
내무반 또는 공동 침실과 흡사했으며, 사람들은 모두 기차의
빠른 움직임에 어수선하게 뒤섞여 있
었다. 모두들 괴로운 꿈속에 깊이
빠져 있었고, 다시 비참한 삶을
이어가게 된 사람들이었다. 짧
게 깎은 머리들은 무거운
듯 보였고, 객실 나무 의
자 위에서 흔들리고 있었
다. 남자든 여자든 아이

든 할 것 없이 모두, 부지불식간에 이들을 위협하는 기차 안의
소음과 흔들림의 공격을 받은 듯 좌우로 왔다 갔다 하고 있었
다. 이들은 편하게 잠을 청할 수가 없었다.

경제적 조류에 휩쓸려, 프랑스 북부 지방의 작은 집 좁다란
정원에서 밀려나, 그 언젠가 보았던 폴란드 광부들의 제라늄
세 그루도 빼앗겨버린 채 유럽의 극과 극을 오가는 이들의 모
습을 보니, 이들은 인간답게 살 권리의 절반밖에 누리지 못하
고 있다는 생각이 들었다. 이들은 주방집기와 담요 및 커튼만
을, 곳곳이 삐져나오고 엉성하게 포장된 꾸러미에 넣어 간신
히 챙겨왔을 뿐이다. 고양이, 개, 제라늄 등 4~5년의 프랑스
체류기간 동안 길들였던 모든 것, 이들이 애지중지하고 좋아
했던 모든 것을 포기한 채 고국으로 돌아가야 했고, 손에는 그

저 주방 세간만이 쥐어져 있을 뿐이었다.

아이 하나가 엄마 젖을 빨고 있었는데, 그 모습이 너무 힘이 없어 마치 잠이 든 것처럼 보일 정도였다. 어수선하고 황당한 기차 안 풍경 속에서 삶은 어머니에게서 자식으로 이어지고 있었다. 나는 그 아버지를 바라보았다. 짓눌린 두개골은 바위처럼 민둥머리였다. 새우잠을 청하며 불편한 모습으로 잠을 자고 있었고, 구멍 나고 무릎 나온 작업복은 몸에 꽉 맞아 보였다. 인간이란 한 더미의 찰흙과도 같은 존재다. 따라서 그 밤, 형태 없는 표류물들이 기차간 의자 위를 짓누르고 있던 것이다. 나는 생각해보았다. 문제는 이 가난과 더러움에 있는 것이 아니었다. 이 흉물스런 광경에 그 문제가 있는 것이 아니었다. 과거의 그 어느 날, 이 같은 남자와 이 같은 여자가 서로 만나게 되어 남자는 필경 여자에게 미소를 지어 보였으리라. 그러고는 일이 끝난 뒤 여자에게 꽃을 안겨 주었을 것이다. 숫기 없는 좌파 성향의 이 남자는 아마도 거절당하는 꼴을 보게 될까 조바심을 내었겠지. 하지만 여자는 타고난 교태 덕분에 자신이 무슨 짓을 해도 남자의 용서를 받을 것을 확신하고 남자를 걱정시키는 재미에 빠져 있었을 것이다. 지금은 곡괭이

질 하는 기계, 혹은 두드리는 기계에 지나지 않게 되어버린 이
남자는 그렇게 가슴속 달콤한 떨림을 느꼈을 것이다. 신기한
것은 이들이 지금과 같은 진흙 덩어리가 되었다는 것이다. 이
들은 대체 그 어떤 끔찍한 주물에 들어가서 금형 기계에서 만
들어낸 것 같은 판박이 모양으로 찍혀 나온 것이란 말인가?
동물은 나이가 들어도 우아한 제 모습을 그대로 간직하는 법
이다. 이 아름다운 인간이라는 진흙이 이토록 망가지게 된 연
유는 무엇인가?

나는 불편한 장소에서 힘들게 잠을 자듯 기차간에서 힘겨운
잠을 청하고 있는 이 사람들 사이로의 여행을 계속하였다. 열
차 안은 거칠게 코고는 소리와 막연히 한탄하는 소리, 한쪽이
결리자 다른 쪽으로 돌아누워 보려는 우직한 이들의 기침 소
리들로 시끄러웠다. 그리고 조용히 바다에 밀리는 조약돌 소
리가 반주처럼 계속 이어진다.

나는 한 부부를 마주 보고 앉았다. 아이 하나가 엄마와 아빠
사이를 좋든 싫든 비집고 들어가 잠을 자고 있다. 아이는 잠결
에 자리를 돌아누웠고, 불빛 아래에 아이의 얼굴이 비쳤다. 그
얼마나 사랑스러운 얼굴이란 말인가. 이 부부에게서 그 소중한

사랑의 결실이 태어난 것이다. 두 사람의 질긴 인연으로부터, 여자의 매력과, 그리고 남자의 이해와 용서가 성공을 거두게 된 것이다. 나는 아이의 반들반들한 이마 위로, 삐죽거리듯 앞으로 내민 입술 위로 고개를 숙여보았다. 그리고 내게 말했다.

'이건 음악가의 얼굴이야. 꼬마 모차르트의 얼굴이라고. 앞으로 아이의 삶은 얼마나 아름답게 성장할까. 전설 속 어린 왕자님들의 모습도 이와 다르진 않았을 거야. 부모의 보호와 보살핌을 받으며 교양을 쌓고, 앞으로 뭐가 될지 모르는 그런 어린 왕자님의 모습이지 않은가! 만약 정원에서 새로운 장미가 한 송이 피어난다면, 모든 정원사들이 얼마나 감동을 하게 될 것인가? 그 장미를 따로 분리하여 키우고 불편함 없이 자랄 수 있게 해줄 것이다. 이 사람들에게 있어 그런 정원사란 존재하지 않는다. 꼬마 모차르트도 다른 아이들처럼 금형 기계에 찍히게 될 것이다. 모차르트는 그저 악취 풍기는 라이브 카페에서 썩은 음악을 만드는 것을 고작 최고의 기쁨으로 삼을 것이다. 모차르트의 미래는 닫혀버렸다.

나는 다시 내 자리로 돌아왔다. 그리고 내게 말했다.

'이들은 자신들의 운명으로 인해 전혀 고통받지 않을 것이다. 여기서 나를 괴롭히는 것은 동정심이 아니다. 영원히 아물지 않을 상처 때문에 동정을 하려는 것이 아니다. 그 상처를 지니고 있는 자는 그 상처를 느끼지 못한다. 지금 상처받고 있는 것은 개인이 아닌 인류 전체이다. 동정 따윈 관심 없다. 하지만 지금 나를 괴롭히는 것은 정원사의 관점에서 바라보는 것이다. 지금 나를 괴롭히는 것은 우리가 게으름에 빠져들듯 주저앉게 되어버리는 가난이 아니다. 동유럽 사람들은 천한 신분으로 살아가고 그것에 스스로 만족한다. 나를 괴롭히는 그것은 무료 급식만으로 치유되지 않는다. 내가 괴로운 것은 이 가난의 골 때문도, 이 닳고 닳은 옷 때문도, 이 흉한 몰골 때문도 아니다. 그건 말하자면, 한 사람 한 사람의 인간들 속에서 모차르트가 살해된 것 때문이다.'

오직 정신만이, 진흙 위로 입김을 불어넣을 때에 비로소 인간을 만들어낼 수 있다.

생텍쥐페리

Antoine Marie Roger De Saint Exupery

■ 생애와 연보

1900년
6월 29일, 프랑스의 리옹에서 백작인 아버지 장 마리 드 생텍쥐페리와 프로방스 지역 명문가 집안 출신 어머니 마리 브와이에 드 퐁스콜롬브 사이에서 2남 3녀 중 셋째로 출생. 위로는 마리-마들렌(1897년 출생), 시몬(1898년 출생)이 태어났으며, 아래로는 프랑수아와 가브리엘이 태어남. 귀족 출신 집안에서 다섯 형제 자매들과 풍족한 생활을 보냄.

1904년
부친인 장 드 생-텍쥐페리, 열차 사고로 사망. 유년시절은 숙모의 저택인 생 모리스 드레망에서 보냄.

1909년(9세)
가족과 함께 르망으로 이사, 10월에 예수회에서 운영하는 생 크루아 학교에 입학.

1912년(12세)
앙베리외 비행장에서 유명한 베르린과 우연한 기회에 비행기를 처음 타 보게 됨. 키엘뵈프 선생에게 처음으로 바이올린 교습을 받음.

1914년(14세)
동생 프랑수아와 함께 빌프랑슈 쉬르 손 시의 몽그레 중학교 입학. 그러나 첫 학기가 끝나자, 다시 스위스의 프리브루에 있는, 마리아니스트 수도회에서 경영하는 중고등학교로 전학해 이곳에서 1917년까지 수학함. 제1차 세계대전이 발발하자 어머니는 앙베리외 역에서 부상병 간호에 종사함.

1917년(17세)
대학 입학 자격시험에 합격함. 여름에 동생 프랑수아 사망, 이 사건은 비극적인 결말로 장식된 〈어린 왕자〉의 모티브가 됨. 10월, 파리의 보쉬에 고등학교로 전학. 후에는 해군사관학교 입학 준비를 위해 루이 르 그랑 고등학교에서 공부함.

1919년(19세)
해군사관학교 입학시험에서 필기는 합격했으나 구술시험에서 낙방함. 생 루이 고등학교를 거쳐 미술학교 건축과 입학.

1921년(21세)
4월, 군에 입대. 스트라스부르 제2전투기 연대 배속. 6월, 모로코 라바트의 제37 비행 연대에 배속. 병역을 마치고 그곳에서 조종사 자격증 취득함.

1922년(22세)
1월, 남프랑스의 이스토르로 견습 조종사로 파견됨. 육군항공대 조종병이 되고 하사로 진급. 예비사관 후보생으로 아보르에 가서 예비 소위로 임관.

1923년(23세)
부르제의 제33비행 연대에 배속됨. 그러나 비행장에서 최초의 사고를 당하여 두

개골 골절. 3월, 예비역 중위로 제대.(공군에 머무르려고 했으나 약혼녀 쪽의 반대로 이루지 못함.) 곧 약혼 취소. 부르통 타일 제조 회사의 제품 검사원으로 일하면서 시와 소설 습작에 몰두함.

1924년(24세)
소렐 자동차 회사에 입사. 2개월 연수 뒤에 몽뤼송 지역의 대표 판매원 됨. 18개월 동안에 판 차는 트럭 한 대가 전부였고, 주로 글 쓰는 일에 전념함.

1925년(25세)
사촌 누이 이본 드 레트랑주의 살롱에서 장 프레보, 지드 등을 알게 됨. 장 프레보는 잡지 〈은선(銀船)〉지의 편집장으로 생텍쥐페리가 작품을 발표하는데 많은 도움을 줌.

1926년(26세)
〈은선〉지 4월호에 단편소설 〈비행사〉 발표. 이는 그의 처녀작인 〈남방 우편기〉의 초고가 됨. 봄에 자동차 회사에 사표를 내고 프랑스 항공 회사에 입사함. 10월, 보쉬에 고등학교의 스승인 쉬두르 신부가 추천해 줌으로써 라테코에르가 설립한 항공 회사의 총지배인 레포 드 마시미를 알게 됨. 함께 일할 것을 권유받음. 그 무렵은 디디에 도라를 중심으로 정기 항공로가 개발되고 있을 때였고, 그는 조종사로 일할 것을 원했지만, 정비사로 채용됨.

1927년(27세)
툴루즈-카사블랑카 간, 다카르-카사블랑카 간 정기 항공기편의 조종사로 우편 비행 담당함. 10월, 중간 기착지인 스페인령 사하라 쥐비 곶의 비행장 책임자로 임명되어 파견 근무. 18개월 동안 스페인 및 불귀순 무어인과의 외교적 임무 수행과 동료 비행사들의 비행사고 구조를 위해 적극적으로 활동함. 〈남방 우편기〉 집필.

1929년(29세)

3월에 〈남방 우편기〉 원고를 가지고 귀국함. 사촌 누이의 살롱에서 알게 된 작가들을 통해 출판사와 연결됨. 이때 인연을 맺은 출판사 사장 가스통 갈리마르와 7편의 소설 계약. 〈남방 우편기〉 출간. 동료 메르모와 기요메에게서 함께 일하자는 요청을 받고 부에노스아이레스로 감. 여기서 아르헨티나의 아에로포스탈 항공 회사 지배인 직책 맡음. 〈야간 비행〉 집필 시작.

1930년(30세)

6월 13일, 안데스 산맥에서 행방불명된 가장 친한 동료 기요메를 찾기 위해 5일간 수색 비행. 쥐비에서의 공로로 레종 도뇌르 훈장 받음. 11월, 친구 소개로 훗날 그의 아내가 된 스페인 여성 콘수엘로 순신과 알게 됨. 〈야간 비행〉 시나리오 썼으나 상연되지는 못함.

1931년(31세)

앙드레 지드의 서문을 붙여 〈야간 비행〉 출간. 3월, 콘수엘로 순신과 결혼. 5월, 카사블랑카, 포르에티엔 간을 야간 비행하여 프랑스와 남미를 연결하는 항로 개척. 12월, 〈야간 비행〉으로 페미나 문학상 수상. 〈야간 비행〉 영역판으로 출간되는 한편, 미국에서 영화로 만들어짐.

1933년(33세)

전 항공사가 통폐합 되면서 〈에어 프랑스〉 항공 회사 창립. 이 회사에 입사하지 못하고 라테코에르 비행기 제조 회사의 시험 비행사로 근무. 11월, 상 라파엘 만에서 수상 비행기 시험 비행 중 두 번째 사고를 당함.

1934년(34세)

4월, 〈에어 프랑스〉에 입사. 유럽의 여러 나라뿐만 아니라 북아프리카 등으로 다니며 연수 및 강연 여행을 함. 7월, 사이공으로 출장 비행을 하다가 메콩 강 하류에 불시착, 부상당함. 이 무렵 에딩턴, 존스 등과 같은 과학자의 저서를 읽음. 착륙 장치를 개발하여 특허를 받는 등 그 후에도 발명을 계속하여 12개의 특허를 받음.

1935년(35세)
4월, 〈파리 스와르〉지의 특파원으로 모스크바에 파견되어 1개월간 체류하면서 르포 기사 연재함. 후에 〈인생의 의미〉로 출간됨. 12월, 기관사 프레보와 함께 파리와 사이공 간의 비행 기록 경신 수립을 위해 장거리 비행 시도, 리비아 사막에 불시착. 닷새 동안의 고투 끝에 한 대상(隊商)에 의해 기적적으로 구조됨.(이때의 체험이 〈인간의 대지〉와 〈어머니께 보내는 글〉에 기술됨.)

1936년(36세)
알렉산드리아로 돌아온 그는 8월, 스페인 내전을 취재하기 위해 〈랭트랑지장〉지 특파원으로 바르셀로나에 파견. 동료 메르모가 남대서양에서 순직함.

1937년(37세)
〈파리 스와르〉지 특파원으로 마드리드에 파견되어 에스파냐 내란 취재. 9월, '시문' 기로 뉴욕에서 아메리카 남단, 태르 드 푸에고 섬 간의 비행 항로 개척. 〈마리안〉지에 〈아르헨티나의 왕녀〉 발표함.

1938년(38세)
2월 15일, 뉴욕과 남미 대륙 최남단까지의 장거리 시험 비행 도중 과테말라 공항에서 이륙 중에 속도 상실로 추락, 수일 동안 의식 불명이 될 정도로 중상을 당함. 3월, 귀국 후 스위스와 남프랑스 등지에서 요양. 〈인간의 대지〉 집필. 아내와 별거 시작. 7월, 뉴욕으로 건너가 영문 번역자에게 〈인간의 대지〉 원고 제1부 넘김.

1939년(39세)
1월, 프랑스 국민훈장 수여. 2월, 갈리마르 출판사에서 〈인간의 대지〉 출간. 4월, 이 작품으로 아카데미 소설대상 수상. 미국에서는 〈바람과 모래와 별들〉이라는 제목으로 번역, 출판되었고, 뉴욕에서는 '이 달의 양서'로 선정됨. 뉴욕에서 다시 귀국, 제2차 세계대전 발발로 다시 대위로 소집되어, 오르콩트 2-33 정찰 비행단에 배속. 전투 조종사로 복무하면서 〈어린 왕자〉 초안 집필.

1940년(40세)
5월 22일, 아라스 지구 정찰 비행. 6월 20일, 보르도에서 알제리까지 기재를 수송하는 임무 수행. 8월 5일, 동원 해제. 마르세유로 돌아와 아게에서 〈성채〉 집필 시작. 11월 27일, 친구 앙리 기요메가 비행기에서 격추당하여 사망.

1941년(41세)
1월, 뉴욕에 도착해 정착함. 캘리포니아에서 외과수술 받음. 프랑스인의 분열에 대해 고뇌하면서 〈전시 조종사〉 집필.

1942년(42세)
2월 12일, 〈전시 조종사〉가 〈아라스 지구 비행〉이라는 제목으로 뉴욕에서 출판되어 베스트셀러가 됨. 독일 점령 당국에서 판매금지 조치함. 5월, 캐나다로 강연 여행. 11월 6일, 연합군의 북아프리카 상륙작전 성공으로, 다시 알제리의 2-33 비행단에 단 5회만 출격한다는 조건으로 복귀함. 〈프랑스인에게 고한다〉라는 글을 써서 발표함으로써 프랑스인의 단결 호소. 11월, 〈전시 조종사〉 파리에서 출판됨.

1943년(43세)
2월, 〈어느 볼모에게 보내는 편지〉 뉴욕에서 출간. 4월, 〈어린 왕자〉 출간. 5월, 알제리 우지다 기지에서 미군 사령관 휘하의 2-33 정찰 비행대에 복귀, 라이트닝 P38형기에 배속됨. 6월, 소령으로 승진. 7월, 조국 프랑스 프로방스 지방의 사진 촬영 정찰 비행으로 출격했다가 아게 상공에서 착륙에 실패하는 등 두 번의 사고 당함. 8월, 이것을 빌미로 미군 당국은 연령 제한을 들어(35세) 그를 예비역으로 편입시킴. 원대 복귀를 기다리며 우울한 나날 속에서 〈성채〉 집필.

1944년(44세)
5월, 원대 복귀가 실현되어, 제31폭격 비행대 사령관 샤생 대령이 그의 부대 배속을 승인함. 2-33 정찰대에 복귀. 6월과 7월 사이에 9차례에 걸친 프랑스 본토를 고공 촬영하기 위해 정찰 비행. 7월 31일 오전 8시 30분, 코르시카 섬 보르고 기지를 휘발유 6시간 분량으로 이륙. 오후 2시 30분, 그가 몰고 떠난 라이트닝 P38형기 행방불명됨. 독일 전투기에 의해 지중해에서 격추된 것으로 추측. 11월 3일, 프랑스 정부 수훈장 추서. 1935년부터 씌어진 작가 수첩 〈사색 노트〉 출간.

이 외에도 파리의 NRF 출판사에서 펴낸 〈성채〉와 1923년부터 1931년까지 쓴 서한집 〈젊은이에게 보내는 편지〉, 〈어머니에게 보내는 글〉이 출판되었는데 〈어머니에게 보내는 글〉은 생텍쥐페리의 사후에 그의 어머니 J. M. de Saint Exupery가 서문을 달아 출판했음. 1940년부터 1944년까지 집필한 수상집 〈인생의 의미〉가 유고집으로 출간됨.

옮긴이의 글

1939년에 발표되어 생텍쥐페리에게 아카데미 프랑세즈 소설부문 대상이라는 영예를 안겨준 작품 〈인간의 대지〉는 조종사가 하늘 위에서 내려다보는 시각으로 인간과 인간 세상을 조명해본 주옥같은 작품이다. '비행기만큼 대지의 참모습을 발견하게 해주는 도구가 없다'던 생텍쥐페리는 비행기 창문 너머로 바라보이는 풍경을 내다보며 '개미집이 되어버린 인간세상'을 생물학자의 시선으로 분석한다. 따라서 화자가 수천 미터 상공 위에서 관조적인 시각으로 만물을 바라보고 있기 때문에, 번역자 역시 번역하는 순간마다 저자와 함께 수 시간씩 고공비행을 하고 내려오는 기분이었다. 하지만 덕분에 편협한 시각에서 세상을 보는 게 아니라 작가와 더불어 폭넓은 시야로 세상을 바라보는 게 가능했다. 영어판 제목인 〈바람과 모래와 별들(Wind, Sand and Stars)〉보다 불어 원제 〈인간의 대지(La Terre des hommes)〉가 책의 내용을 더 잘 반영하고 있다는 생각이 드는 이유도 여기에 있다. 시종일관 화자는 사람과, 사람이 탯줄로 연결된 대지에 대해 이야기하고 있기 때문이다.

생텍쥐페리가 말하는 사람은 우선 자유롭지 못한 존재다. 아니, 자유로워서는 안 되는 존재이다. 허공 속에서 무한히 자유로워 보이지만 역설적이게도 그 무엇보다 자연의 지배를 강하게 받는 비행기와 세상을 이어주던 끈이 끊어져 버리고 나면 그땐 비행기의 운명도 조종사의 목숨도 끝이 난다. 사람 또한 관계와 관계의 끈이 끊어지고 완전히 자유로운 상태가 되어버리면 더 이상 존재의 의미를 갖지 못한다. 노예 상태에서 해방된 후 인간관계의 무게감조차 느껴지지 않았던 모하메드가 새 생활의 기반이 될 돈을 전부 털어 아이들에게 선물을 사주었던 이해하기 힘든 행동 또한 이와 같은 관점에서 설명된다. 관계의 무게가 존재의 의미를 만들어주기 때문이다. 이어 이 같은 관계를 무르익게 만드는 게 바로 시간이다. 이 작품 속에서 시간의 의미는 어느 들판에 불시착하여 인근의 한 낡은 가정집에 머물렀던 일화에서 잘 나타난다. 곳곳에서 시간의 때가 묻어나는 이 집에서는 낡고 오래된 것이 가치 있는 이유가 드러난다. 사물의 의미는 시간 속에서 무르익고, 사물과 사물의 관계 또한 시간 속에서 농익는 까닭이다. 그렇게 시간의 흐름에 따라 굳건한 관계의 끈으로 다져진 사람은 관계의 무게감으로 존재의 의미를 더하게 된다.

또한 사하라 사막을 배경으로 한 이 작품에서 잘 드러나는 것이 바로 '한계상황에 처한 인간'이다. '사막에서 길을 잃고, 언제 위험이 들이닥칠지 모르고, 모래와 별 사이에 내던져진 상태로 빈털터리 신세로 삶의 터전에서도 멀어져 있으며, 주변엔 극심한 적막만이 감도는 상황'에서 '오직 숨쉬는 달콤함 밖에는 의식하지 못한 채' 삶에 대한 숭고한 의지를 보여주는 것이다. '끝이라고 생각하면 정말 끝'인 상황에서 화자와 프레보는 마실 물 한 모금 없이 오아시스의 환각에 휘둘리면서도 희미한 한 자락의 의식에 의지한 채 수십 킬로미터를 걸어가서 베두인을 만나 결국 목숨을 부지한다. 자살이라는 달콤한 유혹에 굴하지 않은 건 '자신이 책임져야 하는 것들에 대한 책임을 지지 못하는 무능한 인간이 되지 않기 위해서'였다. 이는 생텍쥐페리가 이 책을 헌정한 기요메의 위대함을 본받은 것이라 생각된다. 기요메는 생텍쥐페리에게 있어 한 사람의 영웅이었다. 죽음을 목전에 둔 상황에서도 자신이 책임져야 할 것들을 저버리지 않았기 때문이다. 작가 자신의 자전적 소설이기 때문에 한계상황에 처한 인간의 모습이 사실적으로 그려지고 있는 이 대목에서 끝까지 목숨을 포기하지 않고 눈에 보이는 환상과의 싸움을 벌여가는 모습이 위대해 보였던 이유는 아마도 이처럼 나 자신과 남은 자에 대한 책임감으로 숭고한 의지를 보여줬기 때문이 아닐까.

"사람이 된다는 것은 엄밀히 말하면 책임을 진다는 것이다. 사람이 된다는 것은 자기와는 무관한 가난 앞에서도 부끄러움을 아는 것이다. 사람이 된다는 것은 동료가 가져간 승리를 함께 자랑스러워하는 것이다. 사람이 된다는 것은 그 자신의 돌을 가져다 놓으며 이 세상을 만들어 나아가는 데에 일조하는 것이다."

한마디로 요약하면 〈인간의 대지〉는 사람으로서 내가 어떻게 살아야 할지를 고민하게 해주는 작품이다. 표현은 상당히 시적으로 되어 있어 문장을 읽어본 후 머릿속에서 심상을 떠올려봐야 작가가 전해주는 감동이 느껴진다. 쉬운 책읽기를 좋아하는 요즘 세태에 비추어보면 전반적으로 생텍쥐페리의 작품들은 시대에 안 맞는 어려운 책읽기를 추구하는 편이지만, 어려운 만큼 그 여운은 진하다. 읽고 버리는 책이 아닌 읽고 평생 간직하는 책인 까닭이다.

—옮긴이 **배영란**

인간의 대지

초판 1쇄 인쇄 2009년 03월 25일
초판 1쇄 발행 2009년 03월 30일

지은이 | 생텍쥐페리
옮긴이 | 배영란
발행처 | 현대문화센타
발행인 | 양장목

출판등록 | 1992년 11월 19일
등록번호 | 제3-448호
주소 | 경기도 고양시 일산동구 백석동 1330
전화 | 031)907-9690 **팩스** | 031)907-9714
이메일 | hdpub@hanmail.net

ISBN 978-89-7428-354-4(03860)
값 12,000원